U0924041

乡村医生手记／致命的蛋

[俄]米哈伊尔·布尔加科夫◎著

王田◎译

新 华 出 版 社

图书在版编目（CIP）数据

乡村医生手记·致命的蛋 / (俄罗斯) 米哈伊尔·布尔加科夫著；
王田译. -- 北京：新华出版社, 2016.5
书名原文: The Fatal Eggs, A Country Doctor's Notebook
ISBN 978-7-5166-2535-4

Ⅰ.①乡… Ⅱ.①米… ②王… Ⅲ.①长篇小说－小说集
－俄罗斯－现代 Ⅳ.①I512.45

中国版本图书馆CIP数据核字(2016)第113462号

乡村医生手记·致命的蛋

作　　者：[俄]米哈伊尔·布尔加科夫　**译　　者：**王　田

责任编辑：曾　曦　**责任印制：**廖成华
封面设计：臻美书装

出版发行：新华出版社
地　　址：北京石景山区京原路8号　**邮　　编：**100040
网　　址：http://www.xinhuapub.com　http://press.xinhuanet.com
经　　销：新华书店
购书热线：010－63077122　**中国新闻书店购书热线：**010－63072012

照　　排：臻美书装
印　　刷：北京凯达印务有限公司

成品尺寸：145mm×210mm　1/32
印　　张：9.75　**字　　数：**210千字
版　　次：2016年7月第一版　**印　　次：**2016年7月第一次印刷

书　　号：ISBN　978-7-5166-2535-4
定　　价：39.00元

图书如有印装问题请与出版社联系调换：010-63077101

目 录
CONTENTS

乡村医生手记

致命的蛋

乡村医生手记

绣着花边儿的围巾

如果你从未在乡村的道路上开过车，那么由我来告诉你是怎样一回事儿是没有任何意义的；你无论如何都无法理解。但是如果你走过这样的路，那么我也就无须再提醒你这种事情了。

长话短说，我和我的司机花了整整二十四个小时才走完了从格拉切沃卡镇到莫约沃医院三十二英里的路程。实际上，花了将近整整二十四小时的时间，这简直就是不可思议的事儿：1916 年 9 月 16 日下午两点，我们从不平常的格拉切沃卡镇的郊区的最后一家玉米杂货零售商店出发，到 1916 年那个令人难忘的同一年的 9 月 17 日的下午两点过五分，我站在了莫约沃医院的院子里，院子里被人践踏过的草早已枯萎，又继续被九月的秋雨抹平。我的双腿完全被冻僵了，天气实在是太冷了，我站在那儿发呆，在大脑里一页一页翻着教科书，试图愚蠢地回想起是否曾经有人抱怨过肌肉硬化症的存在，或者，这只是我在格拉比罗夫卡村前一晚睡觉时空想出来的一种疾病。见鬼，这种病在拉丁语里怎么说？

我的每一束肌肉都在疼痛，令人无法忍受，就像牙疼的时候一样。至于我的脚趾头，我实在已经无话可说了——它们在我的靴子里一动也不动，就跟木头树桩一样坚硬。我坦白地承认，带着一种从内心中迸发出来的怯懦，喃喃低语，诅咒医生这种职业，也诅咒五年前向大学校长提交的那份申请表格。这场美妙的毛毛雨始终下个不停，雨滴就像从细网筛子里筛出来的一样。我的外套肿得就像一块海绵。我试图用我的右手手指抓住我的手提箱，但却徒劳无功，最后只好向着湿草地啐了一口来表达厌恶。我的手指再也无法抓住任何东西了。此刻，我的脑子里塞满了从吸引人的医学书里学过的各种各样的知识，我忽然记起那种疾病的名字——肌肉麻痹。“瘫痪。”我绝望地对自己说道，只有上帝才知道这是为什么。

“你们的路得让人适应一段时间。”我小声嘀咕着，嘴唇冻得发紫，带着怨恨的目光狠狠盯着司机，尽管糟糕的路况根本就不是他的错。

“啊，大夫同志，”他回答道，他们那种当地人留的干净的小胡子底下，嘴唇显得同样坚硬，“我已经开了十五年车了，我仍然不能适应它们。”

我全身战栗，悲惨地朝四周看了看，医院是两层白色的建筑，墙皮脱落，我助手的房子是用整根的原木搭的，我未来的住处是一幢整齐的两层房子，窗户显得很神秘，白得像墓碑。我长长地叹了一口气。突然，一种遥远的记忆闪过我的脑袋，不是拉丁语，而是一个甜甜的词语，一个精力充沛的男高音的形象，穿着蓝袜子，在我麻木和晕眩的大脑里唱着：你好，高雅的住宅和纯洁的……

再会了，再会了，我需要隔好长时间才能再次看见你，啊，金红色的博舒瓦大剧院，莫斯科，商店的橱窗……啊，再会了。

“下回，我一定要穿羊皮外套。”我自言自语，陷入了愤怒的绝望状态，我用已经不太灵活的手拽着手提箱的带子。“我会……尽管下回是十月中旬，到时我不得不穿两件羊皮外套。可以确定，我下回去格拉切沃卡镇要在一个月之后了。想想吧……实际上我还得靠它在路上过夜呢！我们只走了十五英里，路黑得就像坟墓一样……已经深夜了……我们不得不在格拉比罗夫卡停了下来，一位学校里的老师招待了我们食宿。今天早上我们七点出发，现在我们是在……上帝啊，这鬼地方开得可真慢，还不如我们人走得快呢，一只轮胎陷进了沟里，其他两只在空气中空转，我的箱子掉了下来砸到了我的脚，我们一会儿滑到左边，一会儿滑向右边，身子忽然前倾，又突然向后仰。一场美妙的雨始终下个不停，我的骨头都快结成冰了。谁能想象在灰色的、悲惨的九月中旬你竟然会受冻，就像是在寒冷的冬天里呢？啊，好吧，你当然会受冻。并且，如果你慢慢地死去，那么一路之上除了千篇一律、单调乏味的景色以外你什么也不会看到。在你的右边，是光秃秃、波浪起伏的原野，在你的左边是一片长得十分矮小的萌生林，与之相连的是五六幢灰色的、破败的小木屋，在里面就好像没有一个生物存在，也听不到任何声响。”

最后，手提箱终于消停了。司机弯下腰，从我上面把箱子递给我，可是我的手拒绝发挥它的功能，于是这个令人讨厌的家伙，里面塞满了书和各式各样的垃圾，重重地摔在了草地上，正好碰到我的腿上。

“上帝啊……”司机害怕起来，但是我没有抱怨。现在我的双腿并不比两根木棍更灵活。

“嘿，屋里有人吗？嘿！”司机高声叫喊着，挥舞着他的手臂，就像一只公鸡拍着它的翅膀一样。“嘿，我把大夫带来了！”

助手房子的黑色窗户里立刻出现了很多张面孔。门嘭地一声开了，我看见一名男子蹒跚着向我走来，身上穿的外套很破旧，脚上穿的靴子磨损得很厉害。他慌忙取下他的帽子以表示尊敬，快步跑上前，在距离我还有两步的地方停了下来，接着略带羞涩地朝我笑了笑，他用一种沙哑的声音向我表示欢迎：

“您好，大夫同志。”

“那么您又是谁呢？”我问道。

“我是耶戈里奇，”他介绍着自己，“这儿的看门人。我们都在期待您的到来。”

没有浪费一点儿工夫，他一把抓过我的手提箱，在他的肩上转了一个圈就拿着箱子进了屋。我一瘸一拐地跟在他后面，我的手努力伸进我的裤子口袋想要取出我的钱包，却没能如愿。

人的基本需要是很少的。首先是火。在莫斯科，当我发现我预备去遥远的莫约沃，我向自己承诺我会表现得很体面。在那些最先的日子里，我年轻的外表总是让我的生活变得无法忍受。我总是介绍自己是“某某某大夫”，想要获得承认，可不可避免的是，人们总是扬着他们的眉毛说：

“真的吗？我觉着你还是个学生。”

“不。我有医师资格证。”我闷闷不乐地回答，同时想：“我必须一开始就戴着眼镜，这是我必须做的。”可是这样做没有什么意义，因为我的视力好极了，我的双眼还没有被目前的经验弄花呢。既然戴眼镜对于那些永远不变的，充满深情并表示宽容的笑脸起不到任何辩护的作用，那我就试着设计故意保持一种特殊的言谈方式来引起人们对我的尊重。我试着说话的时候语调尽量平缓，说话的声音低沉而凝重，尽可能地抑制住我的冲动，不论走路还是跑步，千万不要像一个二十四岁年纪刚离开大学的学生那样。可现在回想起来，当初我的这些努力根本就没有成功过。

就在我成为人们关注的中心的时候，我违反了我给自己规定的未成文的行为准则。我坐了下来，在火跟前弓下身子，把我的靴子脱下来，不是在书房，而是在厨房里，就像一个对火非常崇拜的人，急切地、动情地靠近火炉里熊熊燃烧着的白桦树原木。我的左边放着一个倒扣着的浴盆，上面放着我的靴子，旁边挨着我的靴子的是一只已经拔过毛的小公鸡，它的颈部血迹斑斑，它那五颜六色的羽毛就在一旁堆着。尽管我的身体还是很僵硬，我还没有从寒冷中完全恢复过来，我还是努力完成了一整套十分重要和必要的活动。我首先认识了耶戈里奇的妻子阿克森雅，她的鼻子尖尖的，她是我的厨师。因此，是她杀了那只小公鸡预备给我做了吃。按着顺序，我被介绍给这里的所有的人。我的医生助手（原注：具有部分行医资格的外科医生的助手）叫作德姆扬·卢克伊奇，两个助产士是贝拉吉·伊万诺芙娜和安娜·尼古拉耶芙娜。我参观了一下这家医院，最后只剩下我一个人，毫无疑问，这家医院的配置很豪华。同样可以确定的是，我被迫承认（当然，是私下里），我根本不知道数量如此众多的这些闪闪发光的、还未经使用的医疗器械是干什么用的。别说我从来就没有在手中拿过这样的器械，告诉你实话吧，我以前根本就没有见过这样的东西。

“嗯，”我咕哝着，十分引人注目，“必须说，你们拥有装备十分精良的器械。嗯……”

“哦，先生，”德姆扬·卢克伊奇评论道，声音很悦耳，“这多亏了您的前任利奥波德·利奥波德维奇。您知道吗，他常常天一亮就做手术，一直做到黄昏。”

我立刻出了一身冷汗，心情阴郁地盯着泛着光的碗橱。

接着我们转了一圈，看了看空荡荡的病房，我很满意，因为病房可以轻松地安置四十位患者。

“利奥波德·利奥波德维奇有时候会在这儿安排五十个，”德姆扬·卢克伊奇安慰我说，安娜·尼古拉耶芙娜，一个长着灰头发的女人，头上别着头饰，靠近我说：

“大夫，您看上去非常年轻，非常年轻……这实在太让人惊奇了。您看上去就像是个学生。”

“哦，见鬼，”我自言自语，“是吗？你千万不要这样想，他们是故意那样说的。”

我咬紧牙关，喉头咕哝道：

“嗯……不，好吧，我……是的，看起来相当年轻……”

接下去我们一同去了药房，瞥了一眼，我就知道各种可能想到的药品都很齐全。两间昏暗的屋子里可以闻到很浓的药材的味道，药架上还摆满了不计其数的各种备用品。甚至还有取得专利的外国药品，如果要我再添上些品种的话，我还真想不出还能添什么。

“利奥波德·利奥波德维奇订购了这些。”贝拉吉·伊万诺芙娜自豪地向我报告。

“这个利奥波德绝对是个天才。”我想，心中对这位神秘的利奥波德充满了敬佩，他已经离开了莫约沃这个宁静的小乡村了。

除了火以外，人类也需要找到他的铺盖。晚饭吃了小公鸡之后已经过去很长时间了。耶戈里奇往我的床垫里塞满了稻草，上面铺了一条床单，我的书房里还点着一盏灯。我像被符咒镇住了一样，站在那儿，死死盯着利奥波德第三个伟大的成就：书架上挤满了书。我粗略计算了一下，足足有三十本用俄文和德文写的外科手术手册。甚至还有医学治疗大全！那种用皮革包着边儿的美丽的解剖学图册！

夜色渐浓，我开始收拾我的铺盖。

“这不是我的错，”我倔强地反复对自己说，心中不乐。“我获得了学位，在班上是一等生。难道不是我自己警告过那些返回城里的人吗？难道不是我自己说我要从初级助手干起来开始我的职业生涯吗？可是情况不是这样的，他们笑着对我说，‘你会得到你的铺盖的。’”所以现在我得找我的铺盖了。他们不会给我传染疝气吧？请告诉我该怎样找到我的铺盖？还有一点，当我把手放在一个疝气病人的身上的时候，他又会怎么想呢？他会在来世找到他的铺盖卷吗？这个想法立刻让我全身的血液变得冰冷起来。

“得了腹膜炎会怎么样？噢，不！喉炎呢？那个乡村儿童得的？气管切开术什么时候才能进行？如果根本就不用做气管切开术，那我就完全不知道该怎么办了……要是……要是……接生怎么办！我忘了还有接生这茬儿！不正常的胎位。那么我到底该怎么办呢？我真是个傻瓜！我早就应该拒绝这份工作。我真的应该拒绝。他们应该由他们自己去找另一个利奥波德来。”

心绪不佳，我在昏暗的书房里踱来踱去。当我走到灯跟前的时候，我可以看见玻璃窗上映照出我的脸很苍白，我还看见灯在玻璃上的影子，窗外是无边的黑暗。

“我快要像德米特利了，那个冒牌货——完全是一种奇耻大辱。”我糊涂地想来想去，再一次在桌子前坐了下来。

我又度过了大约两小时的自我折磨的孤独时光，最后不得不停了下来，我的神经再也无法忍受这种由我自己引起的恐怖感受了。接着我开始冷静下来，甚至制订出了一个行动计划。

“现在，让我想一想……他们告诉我现在几乎没有看病的人。他们正在村里剥亚麻呢，道路根本无法通行……”

“就在这个时候，他们会给你带来一个得了疝气的病人，那就这么办，”一个沙哑的声音在我的心里像打雷一样在说话，“因为，得了感冒的病人不会去费事找大夫，因为道路无法通行，他只会休息，最多他们会给你带来一个得了疝气的病人，我亲爱的大夫。”

这话听起来有几分道理。我又开始发抖了。

“安静，”我对那个声音说道。“不一定就是疝气病人。不要再犯神经了。你既已开始了征程，就不容你退缩。”

“这是你说的！”那个声音带着恶意说道。

“那么，一切就万事大吉了……离开我的参考书，我不会采取任何行动……如果我不得不开药方，我会深思熟虑，同时把我的手洗洗干净，我会打开参考书，把它摊开放在病人的病历上。我会开出有益健康的但却很简洁的药方，比如，钠水杨酸盐，0.5毫克，药粉形式，一日三次。”

“你也可以开固体苏打！你为什么不能只开苏打呢？”那个声音嚣张地说道，在拿我找乐子。

“苏打对这病管什么事儿啊？我还会开吐根制剂，180 毫升，或者是 200 毫升。如果您不介意。”

尽管根本没人向我要吐根制剂，我还是一个人孤独地坐在灯下，怯怯地翻开药典，找寻吐根制剂的说明；与此同时，在翻查过程中，我自动读到了其中一条，的确有一种物质叫作“因斯平”，此物不是别的什么药物，正是“醚制硫酸盐奎宁二甘醇酸”。很显然，它尝上去决不会是奎宁的味道！它是干什么用的？又该怎样处方？它长什么样，是粉末状的吗？见鬼去吧！

“好了，好了，那么你准备对一个疝气病人怎么处理呢？”那个令人恐惧的声音继续苦苦纠缠我。

“我让他们去洗个澡，”我恼怒地为自己辩护，“试着减缓他们的症状。”

“如果你碰上的是一个老家伙，一个疝气梗塞快要坏死的病人呢？洗澡不会解决任何问题，不是吗？一个疝气梗塞快要坏死的病人！”那个令人恐惧的声音带着魔鬼的腔调唱起了歌，“那你就不得不考虑把它们切除！……”

我投降了，别无选择，放声大哭。我向着窗外无边的黑暗发出我的祈祷：拜托，什么病人都可以，千万不要是疝气梗塞快要坏死的病人。

疲倦袭来，我浅声低唱：

“上床睡觉，不快乐的医师。把这些事睡过去。冷静，别再神经质了。看看窗外，多么黑啊，大地多么冰冷啊，睡觉吧，根本就没有什么疝气病人。你可以明天早上再去想。你会安顿下来的……睡觉……丢掉那本画满了图表的书，不论你怎样努力，你都不会搞清楚的……结肠开口……”

我想不起他什么时候来的。我只想起门闩在门上摩擦的声音，阿克森雅的尖叫声，还有一辆货车在院子里发出的嘎吱声。

他没戴帽子，羊皮外套也没有系扣子，胡子拉碴，目光散乱，显得非常激动。

他弯下身子，跪了下来，前额碰到了地板上。这是冲我来的！

“我是一个迷了路的人。”我想，带着一种悲悯的心境。

“哎，哎——出了什么事？”我小声嘀咕着，伸手去拉他的灰色衬衫的袖子。

他的脸扭曲了起来，嘴里自言自语，上气不接下气，语句并不连贯：

“哦，大夫，先生……先生……她是我的全部，她是我的全部，她是我的全部，”他的情绪突然爆发，声音变得非常年轻，能量极大，连灯罩都开始为之颤抖。“哦，先生，哦……”他痛苦地拧着自己的手，开始用前额敲击地板，好像要把地板敲碎似的。“为什么？为什么我要受到惩罚？我干了什么？为什么要我来承担上帝的怒火？”

“什么情况？到底出了什么事？”我高声喊道，感觉到浑身的血全涌到了脸上。

他跳了起来，向我冲了过来，向我耳语：

“你要什么都可以，大夫，先生……我给你钱，你要多少钱都可以。想要多少就有多少。我们会用食物当作诊费，如果你愿意。只是别让她死。千万别让她死。她就是成了跛子，我也不介意。我不介意！”他向着天花板吼道。“我有足够的钱养活她，我能对付。”

在黑色长方形的门的映衬下，我可以看见阿克森雅的脸色很苍白。顷刻间一种巨大的痛苦笼罩了我。

“好吧，到底什么情况？说话！”我大声喊道，暴跳如雷。

他停了下来。眼神儿迷离，接着又对我耳语，就像是在告诉我一个秘密：

“她掉到剥麻机里了。”

“剥麻机……剥麻机？那是什么东西？”

“亚麻，他们在剥麻，大夫，”阿克森雅小声向我解释，“你知道，剥麻机，剥亚麻……”

“总算有了一个好的开始。原来是这样。哦，我来这儿干吗来着？”我带着厌恶的口气对自己说。

“伤者是谁？”

“我女儿，”他低声说道，接着又开始喊起来，“救救我！”他又开始倒在地上，他的头发剪得就像拖把，盖住了他的眼睛，当地农民都理这种头。

医用压力灯侧向一边的灯罩是锡制的，发出极亮的光束。她躺在手术台上，身上盖着白色的、散发着新鲜气味的医用油布，我看到她这个样子，我脑子里所有关于皮疹病人的念头全都一扫而空。

她的头发，几乎全是微红的头发，乱成一团散落在手术台上。她头上的辫子很长，放下来可以够到地面。

她的白棉布裙被撕开了，上面全是血迹，血迹的颜色有深有浅，从深褐色到猩红色不等。煤油灯的灯光呈现出一种生机勃勃的黄色，与她惨白如纸的脸色形成鲜明的对照，而她的呼吸开始变得急促，鼻子开始抽动起来。她那失去血色的脸上，没有任何表情，宛如一尊石膏模型，一种罕见的真正的美在我眼前正在逐渐消散。人的一生中很少会看到这样一张脸。

手术室完全静默了，大约保持了十秒钟，但是我们身后紧闭的门外传来了受到压抑的声响，有人在喊叫，并且一遍又一遍撞击着他的头部。

“他要疯了，”我想。“护士们必须得看住他。她为什么这么美？尽管他的骨骼结构并不怎么好；她母亲一定是个美人。他是个丧妻的人……”

“他是个鳏夫吗？”我自言自语着。

“是的，他是。”贝拉吉·伊万诺芙娜轻声地回答。

德姆扬·卢克伊奇好像被愤怒控制了一样，把裙子撕开，一直撕到腰部，她立刻赤裸了。我看着这一切，我看到的甚至比我期待的还要糟糕。严格地说，左腿没剩下什么。从受创的膝部以下，只有一些带血的碎片，被碾碎的红色的肉和白色骨头的碎片胡乱地向外凸出。右腿胫骨膝盖以下破裂，骨头的顶部穿破了皮肤表面，她的脚毫无生气地垂在一边，就好像与身体没有任何连接一样。

“是的……”医生助手轻轻地说道，这就是他当时说出的所有的话。

我立刻恢复了我的心智，开始摸她的脉搏。她冰冷的手腕没有任何回应。过了几秒钟，我才检测到一丝微弱的、不规则的脉动。血液还在流动，中间有停顿，因此我才有时间飞速地看一下她发白的嘴唇和鼻孔，现在它们正在变成蓝色。我已经感觉到自己就要说出“全都结束了”，但是幸运的是，我控制住了我自己……脉搏又传来了一次跳动的迹象。

“被碾压之后的外伤症状，”我对自己说。“真的没有什么可做的了。”

但是突然，我严厉地说，用一种我自己都无法辨识的声音说出：

“樟脑。”

安娜·尼古拉耶芙娜俯身在我耳边低声说道：

“大夫，要樟脑做什么？别再折磨她了。让她再受一遍苦有什么意义吗？她现在随时都会死……你救不了她。”

我愤怒地看着她，说：

“我要樟脑……”她的脸变得通红，充满愤恨地走到小桌子跟前，打开一次用量的针剂。我的医生助手很显然也不赞同进行手术。虽然如此，他还是手脚麻利，迅速地拿出注射器将黄色的油性针剂在伤者肩部的皮肤上进行了皮下注射。

“死吧。快些死，”我对自己说。“死吧。否则我的存在对你又有什么意义呢？”

“她现在就会死。”医生助手低声说道，仿佛猜到了我的心事。他意味深长地注视着床单，但是很显然改变了主意。让血把床单弄脏似乎是一件让人感到遗憾的事。可是，几秒钟之后，他就得用床单把她覆盖。她就像一具尸体，但是却又没有死。突然，我的头脑开始变得清醒，就好像自己置身于遥远的医学院里解剖室的玻璃屋顶之下。

“樟脑再次注射。”我的声音有些沙哑。

我的医生助手顺从地再次将油性针剂注入她的体内。

“她真的不会死吗？”我绝望地想道。“我真的不得不……”

所有的情况在我脑子里过了一遍，我突然意识到，不需要任何医学教科书，不需要任何建议或者是帮助（带着不可动摇的信心），现在，我确信，在我的生命中头一次我不得不对一个将死之人进行截肢手术。我确信，那个将死之人将在手术刀下死亡。她注定要死在手术刀下，毕竟，她体内的血液已经不多了。血液在六英里的送治途中从她碾碎的大腿那里已经流干了，甚至没有生命体征可以表明她的意识是清醒的。她一动不动。哦，她为什么还没有死去呢？她那发疯的父亲会对我说什么呢？

“准备进行截肢手术。”我对助手说道，我说话的声音好像根本就不是自己的声音。

助产士凶狠地看了我一眼，但是我的医生助手的目光里闪着一丝同情，接着就开始忙着准备手术用的器械了。普利姆斯煤油炉开始呼啸着工作了。

一刻钟过去了。我翻开她冰冷的眼睑，带着一种迷信的恐惧检查着她那快要失效的双眼。那里显示不出来什么生命的信息。一具快要成为尸体的躯体还怎么能活呢？我戴着白色手术帽，我的前额不停地流下大滴大滴的汗珠，根本无法控制，贝拉吉不时地用医用薄纱布将它们擦去。这个女孩儿身体里剩下的血液正在被咖啡因稀释着。还要不要继续注射？安娜·尼古拉耶芙娜轻柔地按摩着因为生理盐水滴液之后的肿胀起来的部分。这个女孩儿又活过来了。

我拿起手术刀，试图模仿我在大学里曾经看到过的进行截肢手术的男子的样子。我只祈求命运不要让她死，至少在下面手术的半小时里不要死。“当我顺利完成手术之后，让她在病房里死……”

我只能依靠自己的常识，这种常识在受到异乎寻常的情势的刺激之后转化为实际的行动。就像一个十分有经验的屠夫，我在她的大腿上用锋利无比的手术刀划了一刀，做出一道整齐的圆形切口，与肢体分离后的皮肤甚至连一小滴血都没有流出来。“如果血管开始出血我该怎么办？”我想，我没有转身，脑袋侧了一下，瞥了一眼摆放整齐的镊子。我用刀切着大块的女性的肉体，肉与血管相连——血管就像略带白色的小管子——但是没有一滴血从里面流出来。我停了下来，用一把镊子夹住血管，然后继续切割，每当我怀疑刀下是血管的时候，我就停下来用镊子夹住。“动脉……动脉……见鬼，它叫什么来着？”手术室现在开始呈现出一副完全专业的样子。止血钳挂了一排。我的助手们把它们拿下来用纱布擦拭干净后再夹上去，而我开始用一把闪闪发光的、锯齿细密的锯子锯大腿部分圆形的骨头。“她为什么还没死呢？这真让人感到惊讶……上帝啊，人类的生命力多么强大啊！”

骨头被锯断了。德姆扬·卢克伊奇的手里拿着这个女孩儿的大腿。只有少量的骨头和肉。这些全都被丢弃了，手术台上只剩下一个体格缩小了的年轻女孩儿，就像一截树桩被截短了三分之一，还剩下一段残肢向外伸出。“还需要一会儿工夫……请不要死，”我强烈地祝愿着，“要进行下去，一直到他们把你送到病房，一定要有信心，我可以渡过眼下这个难关。”

他们绑紧了绷带，接着，我开始用缝隙很大的针脚将创面缝合，双膝不断碰到手术台抖个不停。突然，我停了下来，我猛然意识到：我是不是在创口止血的时候插入了一段止血棉没有取出。我的眼前顿时一片黑暗，大汗淋漓。我感觉到自己就像是在洗桑拿。

我长吁了一口气。我看着这截树桩，再看看她苍白的脸，感到疲倦极了，我问道：

“她还活着吗？”

“是的，她还活着。”立刻有了回应，我的医生助手和安娜·尼古拉耶芙娜齐刷刷地、异口同声地回答道。

“她也许还能坚持一会儿。”我的医生助手细细的声音传进我的耳朵里。接着他犹豫着，试探性地向我建议：

“大夫，也许你不用碰另外一条腿。我们可以进行包扎，你明白……否则她不会坚持到送进病房的……好吗？她最好不要死在手术室里。”

“我们给她打上石膏。”我粗声粗气地说道，背后被某种说不出来名字的力量催促着。

地板上到处都是白色的石膏。进行完最后一步，我们全都浑身湿透。女孩儿身体一动也不动。右腿打上了石膏，胫骨露在外面，忽然我又突发奇想，我要在伤口对应的石膏部分开个小口儿以便观察。

“她还活着。”助手喘着粗气，惊讶地说道。

接着我们抬起了她，床单上立场出现了一大片空白区域——我们已经把她的三分之一的躯体留在手术台上了。

走廊里掠过一片身影，护士们跑前跑后，我看见一个头发蓬乱的男子扶着墙慢吞吞地走着，嘴里发出低沉的吼声。他被带走了。终于安静下来了。

在手术室里，我清洗了所有的血迹，我的手，一直到肘部满是血污。

“大夫，我还以为你做过很多截肢手术呢！”安娜·尼古拉耶芙娜突然这样问我。“手术做得非常好，不比利奥波德差。”

她在说出“利奥波德”的名字的时候的腔调总是一成不变，就好像她在谈论医学院的院长一样。

我心中狐疑，向他们的脸上扫了一眼，在所有人的脸上我看到的是尊敬和惊讶的表情，也包括德姆扬·卢克伊奇和贝拉吉·伊万诺芙娜。

“嗯，好吧，事实上我只做过两例……”

我为什么要撒谎呢？直到今天我也没有弄明白。

医院完全静下来了。

“如果她死了，一定要来叫我。”我对我的医生助手小声说道，出于某种原因，他没有对我说“好吧”，而是恭敬地对我说：

“先生，您干得非常好。”

几分钟之后，在医师休息区，我站在我的书房里的灯的旁边，这盏灯的灯罩是绿色的。四下里寂静一片。

漆黑一片的窗户上映照出一张苍白的脸。

“不，我看上去不像那个冒牌货德米特利，而且，你知道吗，我好像已经上了岁数，眉宇间出现了一条深深的沟壑……他们会对我说，‘她死了。’”

“是的，我要去看看，最后再看她一眼，从现在开始，每时每刻都可能有人敲我的门……”

有人在敲门。两个半月过去了。这是入冬以后第一个明净的夜晚，月光照在窗户上，闪着明亮的光。

他进到屋子里面，只是在此刻，我才真正地仔细看了看他的长相。是的，其实他长的很不错。四十五岁。眼里闪着光。

一阵悉悉索索的声响。一个年轻女孩儿，面容姣好，相当妩媚，手里拄着拐杖进了屋。她只有一条腿，穿着一条相当肥大的裙子，裙子有一道红边儿。

她看着我，双颊上泛起了红晕。

“在莫斯科……在莫斯科，”我边说着边在纸上写下地址，“他们会给你安排做修复术——给你安上假肢。”

“吻他的手。”她的父亲突然给她下命令。

我困惑极了，我亲了一下她的鼻子而不是她的嘴唇。

接着，她拄着拐杖，打开一个包，包里是一条雪白的围巾，上面笨拙地绣着一只红色的小公鸡。这就是我每次查房的时候她一直藏在枕头底下的东西！我记起在她床头的桌子上放着线。

“我不能接受。”我严肃地说，甚至摇了摇头。但是她给我递了个眼神儿，我只好接受了。

这条围巾就挂在我在莫约沃的卧室里，此后随我浪迹天涯。最后，围巾变旧、褪色、磨损、消失，就像我的记忆逐渐模糊、消失一样。

钢制气管

我孤身一人，被十一月里的阴沉的暴风雪天气包围着。屋子里的火灭了，烟囱里传出一阵带有哀怨的呻吟声。我在大城市里生活了二十四年，一向认为暴风雪只存在于小说之中。现在，它们就在现实生活中呼啸着出现了。这里的夜晚不是一般的长，我陷入空想之中，盯着灯在窗户上映射出来的影像以及它的绿色灯罩。我梦想着去离这最近、三十二英里之外的城镇。我渴望离开我的乡村诊所到那儿去。他们有电，那儿还有四位医生供我咨询。但是，没有机会离开，有时我意识到离开是一种怯懦的行为。这里才是我最应该待的地方，毕竟，我曾经学过医。

“是的，想象一下，他们会给我带来一位快要分娩的妇女，还有并发症。或者说，一个疝气梗塞快要完全坏死的病人？到那时我又该怎么办呢？发发善心，请告诉我。四十八天前，我证明自己合格并且为自己‘赢得了声望’。可是，声望是一回事，而疝气是另一回事。我曾经看过一位教授给一个疝气梗塞快要完全坏死的病人做手术。他成功了，而我只是坐在圆形竞技场中。我只是要想方设法让自己生存下去……”

不止一次我只要一想到疝气症，沿着我的脊柱就会出一大身冷汗。每个晚上，当我坐下来喝茶的时候，我的想法都一样：我的左手边放着所有关于产科手术的医学手册，最上面放着德得来因的著作的小型版本。右手边放着十本不同的带图解的关于临床手术的医学书。我每天受着折磨，呻吟着，我抽烟，喝没有放奶的冷茶。

有一天我正在熟睡。我记得那天，绝对没错——11 月 29 号，我被敲门声惊醒了。五分钟后，我穿上了裤子，我的双眼像抹了胶一样，那是向那些关于临床手术的神圣的书顶礼膜拜的结果。我能听见院子里雪橇擦地咯吱作响的声音——我的两只耳朵变得异乎寻常的灵敏。情况表明，一定是出现了比疝气或者胎儿异位更可怕的病症。当晚 11 点，一个可爱的小女孩儿被送到莫约沃医院。护士的声音单调而沉闷，对我说道：

“这个小女孩儿很虚弱，快死了……大夫，您能立刻来医院吗？求您了。”

我穿过院子，向着医院的门廊走去，像是被煤油灯闪烁的灯光施了催眠术。诊疗室里亮着灯，我所有的助手都在等着我，全都穿着他们的工作服：医生助手德姆扬・卢克伊奇，年轻但是很能干，还有两位很有经验的助产士安娜・尼古拉耶芙娜和贝拉吉・伊万诺芙娜。我只有二十四岁，仅仅在两个月前证明自己有资格做医生，现在已经被放到掌管莫约沃医院的负责人的位置上了。

我的医生助手神色凝重地为我打开了大门，患者的母亲走了进来——或者说，她就像是飞进来的一样，她的身体在摇摇晃晃地滑动，脚下的靴子满是冰雪，她的披肩上还有没有化的雪。她抱着一个包裹，里面传来平稳的嘶嘶声和伴有嘶哑的金属音，类似拉风箱的声音。这位母亲的脸因为泣不成声而显得有些扭曲。她取下披肩，扔掉她的羊皮外套，这才打开包裹，我看到包裹里是一个大约有三岁大的可爱的小女孩儿。有好一会儿，我看到她的样子，完全忘记了临床手术，忘记了我的孤独，忘记了我在大学里学到的那些无用的知识：所有这一切都被这个可爱的小女孩儿的样子完全抹掉了。我该把她比作什么？你只会在巧克力盒子上看到这样的儿童——头发自然地蜷曲成小卷发，是黑麦成熟时的那种颜色，深蓝色的双眼，长着玩具娃娃一样的小脸蛋儿。过去人们常常把天使画成她这个样子。可是，在这个孩子的两眼之间有一层奇怪的阴影，我立刻发现这是非常可怕的——这个孩子不能呼吸。“她很快就要死了。”我完全确信这一点，我的心里立刻感到一阵剧痛，为这个孩子深深感到惋惜。

她的喉咙每呼吸一下就收缩一下，并且凹陷下去，她的血管是肿胀的，小脸儿的颜色从粉红变为百合花一样苍白。我立刻意识到这种脸色的变化意味着什么。我做出了最初的诊断，与此同时，我的判断也得到了两位助产士的经验的印证：“这孩子得了白喉。她的喉咙已经被隔膜堵住了，很快就会全堵上的。”

“她病了有多久了？”我问道，打破了我的助手们由于紧张而形成的静默状态。

“到今天有五天了。”母亲回答道，同时用她那干涩的双眼死死盯着我。

“白喉。”我咬紧牙关，开口对我的医生助手说道，然后转向母亲说道：

“你为什么拖了这么久才来？”

就在此刻，我听见身后传来一阵啜泣声，有人说道：

“五天，先生，五天！”

我转过身，看见一位长着圆脸的老妇人不知什么时候悄悄走了进来正在哭。“我真希望这些老女人不要在世上存在。”我这样想。带着一种对即将出现的麻烦的不祥的和让人感到心痛的预感，我说道：

“安静，女士，你打断我们了，”我接着向做母亲的重复了我刚才的问题：“你为什么拖了这么久才来？五天吗？嗯？”

突然，就好像是不假思索一样，这位母亲把手中的小女孩儿递给了祖母，在我面前跪了下来。

“给她吃些药吧，”她说着，前额触地，砰砰作响。“如果她死了，我也不活了。”

“赶快起来，”我回答道，“要不然我不再跟你谈话了。”

母亲立刻站了起来，她宽大的裙子弄出一阵不小的动静，她从祖母手中接过孩子，在自己的怀里抚慰着。那位老妇人转到门框那边开始祈祷，小女孩儿呼吸的声音就像是有条蛇在嘶嘶叫。医生助手说道：

“他们就是这个样子。这些人啊！”他嘴上的小胡子猛地抽了一下。

“您的意思是她会死吗？”母亲问道，她死死盯着我，脸色发青，带着愠怒。

“是的，她会死的。”我坚定而平静地说道。

祖母撩起她的裙边，抹了抹眼睛。母亲用一种非常难听的声音喊道：

“给她给点什么吧！救救她！给她开些药吧！”

我知道我还能做些什么，于是继续保持镇定。

“我能给她开什么药呢？说吧，你告诉我。这个小女孩儿就要窒息了，她的喉咙已经快要堵住了。五天时间，您让她和我隔着十万八千里。现在，您让我还能做什么呢？”

“您是干这个的，您应当知道。”老妇人在我左前方呜呜地哭诉着，声音有些做作，这让我立刻很讨厌她。

“闭嘴！”我对她说道。我转向医生助手，命令他将小女孩儿带走。小女孩儿的母亲把她递给了助产士，小女孩儿挣扎着，很想哭出来，但是她的声音根本不能让外面的世界听到。母亲对她做了一个想要保护她的动作，但是我们使她离开了，在压力灯的光束下，我想办法仔细检查着小女孩儿的喉咙。我以前从未见过白喉，除了几个轻微的、很容易看过就忘的症状以外。她的喉咙里充满了碎布一样的、有规律跳动着的白色物质。小女孩儿突然猛地吐出一口气，吐了我一脸，我全都接住了，一点儿也没有退缩。

“好了，现在，”我说道，我自己都惊讶于我的平静。“情况就是这样：已经晚了，这个小女孩儿就快死了。什么也救不了她，除非——进行一次手术。”

我惊呆了，自己也搞不清楚我为什么会这样说，可是我就是控制不住自己要这样说。一个念头忽然在我的脑子里闪过：“如果她同意做手术该怎么办？”

“您说什么？”母亲问道。

“我不得不把她的喉咙切开，在靠近她脖子底部的地方，然后把一根镀银的管子放到里面去，这样她就能呼吸了，也许这样我们还能救她的命。”我解释道。

小女孩儿的母亲看着我，就好像我是疯子一样，立刻从我手中抢过孩子，并且用她的手臂护着孩子，与此同时，那位老妇人又开始唠叨了：

“什么主意！你难道要让他们把她划开！什么——把她的喉咙切开？”

“走开，老女人，”我带着憎恶，对她说道。“注射樟脑药剂！”我命令医生助手。

当小女孩儿的母亲看见注射器的时候，她拒绝把孩子交给我们，但是我们设法向她解释其实这没什么可怕的。

“也许这玩意儿能把她治好？”她问道。

“不，根本治不了。”

于是，这位母亲开始号啕大哭。

“别哭了。”我说道。我看了一下我的手表说道：“我给你五分钟时间把事情好好想一想。如果五分钟后你们不同意，我就拒绝进行手术。”

“我不同意！”母亲尖声喊道。

“不同意。我们不会同意的。”祖母也插话道。

“这由你们来决定。”我回应道，声音有些发虚，我想：“好吧，情况就是这样了。这让我轻松多了。我已经说了我该说的话，并且已经给她们机会了。看那两个助产士目瞪口呆的样子。她们拒绝的话，那我就得救了。”我刚想到这些，突然在我脑子里传来另一种声音，就好像不是我自己的声音似的：

“看哪，你疯了吗？你说不同意是什么意思？你在诅咒这个孩子死。你还有没有同情心啊？”

“不同意！”孩子的母亲再次高声喊道。

此刻我却在想：“我是干什么吃的？我只会杀死这个孩子。”可是，我却说道：

“来吧，来吧——你们必须同意！你们必须同意！看哪，她的手指甲已经变黑了。”

“不，不！”

“好吧，把她们带到病房去。让她们坐在那儿。”

她们被带走了，坐在点着灯的走廊里。我可以听见女人们的哭泣声和那个小女孩儿嘶嘶的呼吸声。医生助手几乎是立刻，对我说道：

“她们已经同意了！”

我感到我的血液霎时间变冷了，但是我发出了清晰的指令：

“手术刀立刻杀菌消毒，立刻准备好剪子、钩子，还要准备一根探针。”

一分钟之后，我跑过院子，一场暴风雪袭来，天旋地转，风吹得人睁不开眼睛。我冲进自己的屋子，手里计算着时间，一把抓过一本书立刻翻了起来，找到了一段关于气管切开术的图解。解释得非常清楚，却又十分简单：喉咙被打开后，手术刀伸到气管里。我开始阅读文本，但是怎样都无法看懂——书上的字儿就好像在我的眼前跳跃。以前我也从未看过别人做气管切开手术。“啊，好吧，现在，是有点儿晚。”我自言自语，悲惨地看着绿色的灯和那段清楚的图表解释。我突然感到自己正在被一次非常可怕和艰巨的任务灼烧着，我立刻返回到医院，浑然忘却暴风雪的存在。

诊疗室里，一个黑影，她穿着裙子紧紧抓着我，向我哀诉着：

“哦，先生，您怎么能切开一个小女孩儿的喉咙呢？您怎么能？她同意了，那是因为她愚蠢。但是您还没有得到我的同意——不，你们还没有得到我的同意。我只同意你们给她喂药，可是我决不允许切开她的喉咙。”

“把这个女人撵出去！”我高声喊道，还加了一些感情强烈的话：“你是最蠢的人！是的，就是你。她是聪明人。而且没人会征得你的同意！把她给我撵出去！”

助产士牢牢地抓住老妇人的手臂，把她推出了诊疗室。

“准备好了！”医生助手突然喊道。

我们走进空间狭小的手术室里；闪闪发光的医疗器械，炫目的医用高压手术灯的灯光，以及手术用油布好像表明这里属于另一个世界……我最后一次去看孩子的母亲，因为小女孩儿被她用手臂死死地抱住。她用沙哑的声音说道：“我丈夫现在不在镇上。他回来知道我这样做，他会杀了我的。”

“是的，他会杀了她的。”老妇人在一旁看着我回应道，目光里透着恐惧。

“不要让他们进手术室！”我下了命令。

于是，手术室里现在只剩下了我们，我的助手们，我自己，还有丽卡，那个小女孩儿。她一丝不挂地坐在手术台上，在无声地哭泣，那情形实在让人同情。他们把她平放在手术台上，用皮带捆起来固定好，清洗了她的喉咙，在喉咙上涂抹了医用碘酒。我拿起手术刀，还在纳闷我这到底在干什么。手术室里静极了。我用手术刀在肿胀的白色喉咙底部划了一刀，做了一个与脖颈垂直的切口。一滴血都没有流出来。我用手术刀在狭长的切口之间沿着凸起的白色带状部分又划了一刀。还是没有一丝血迹。慢慢地，我一边试着回忆医学教科书上图解部分的说明，一边开始用比较钝的探针对那些精细的组织进行分离。黑色的血立刻从创面的较低的那部分喷涌而出，很快就流满了她的脖子。医生助手开始用药签给伤口止血，却怎么也止不住。我拼命回想我在大学里学到的一切，开始用止血钳夹住伤口的边缘，但是情况也未见改善。

我头上感到一阵冰凉，前额上立刻涌出了许多汗。我痛苦地后悔自己学医，现在把自己撂在了这凶险的窘境。带着愤怒而又绝望的心态，我冒险将止血钳猛地刺入伤口的流血区域，强行使伤口闭合，血立刻就被止住了。之后我们用医用薄纱布对伤口进行擦拭；现在我面临的情况很清楚，完全让人无法理解。哪里都看不见气管。我做出来的这个创面的情形和书上的图解完全不一样。我用接下去的两到三分钟在创面上无目的地刺着、戳着，先是用解剖刀，接着用探针，寻找气管。两分钟之后，我绝望了，我根本就找不到气管。“这下子全完了，”我想。“我为什么要做眼下的这一切呢？我本来用不着费劲做这个手术的，丽卡本来可以在病房里安静地死去。而眼下她马上就要死去，喉咙被割了个大口子，而且我将永远无法证明原本无论如何她都会死的，本来我不至于把形势弄得像眼下一样不可收拾了，再没有比这更糟的了……”助产士静静地擦着我眉毛上的汗珠。“我就应该放下手中的手术刀说：‘我不知道下面该干什么。’”当我想着这些的时候，我的脑海里突然出现了小女孩儿的母亲的双眼。我再一次举起手术刀，用力地刺入丽卡的脖子，这回，刀下得更深，尽管同样还是目标不明确。组织被分离开了，让我大吃一惊的是，气管竟然出现在了我的面前。

“钩子！”我用有些嘶哑的声音说道。

医生助手立刻把钩子递给了我。我用两把钩子刺穿气管的两边，并且把其中一把交给了我的助手。现在我只能看见一样东西：气管的圆环部分，略呈灰色。我用锋利的手术刀戳了戳气管通道——气管就像冻住了一样，太恐怖了。气管从切口处伸出来，医生助手就像疯了一样：他用劲地拽着气管向外拔。在我身后，两个助产士呼吸局促，大口大口地喘着粗气。我抬起头，看看到底发生了什么：手术室里热得要命，让人难以忍受，医生助手已经昏了过去，可是他的手里还死死拉着勾住气管的钩子向外拽。“这就是命啊！”我想，“一切都在和我作对。现在，我们就是谋杀丽卡的凶手啊。”接着，我黯然神伤地对自己说：“等我回到自己的房间，我一定用枪把自己干掉。”接着，年纪稍大一点的那个助产士，很明显更有经验一些，突然从身后猛地扑向医生助手，一把夺过他手中的钩子，同时从她的紧咬的牙缝中迸出这么几个字来：

“大夫，加油干哪……”

突然，医生助手体力不支，一下子扑倒在地上，可是我们谁都没有转身去管他。我把解剖刀用力插入气管进行扩张，然后往里面快速插入一支镀银的金属管。插进去很容易，可是丽卡却没有任何反应。空气并没有按照预先想好的那样进入她的气管。我叹了口气，停了下来：我已经尽了全力了。我当时感觉就像是在祈求某人的原谅，原谅我考虑如此不周，竟然会去学医。此刻，手术室里死一样的寂静。我看见丽卡的身体都变紫了。我正准备要放弃，马上就要哭出声来，突然，这个孩子的身体猛烈地抽搐起来，从金属管里喷射出一股恶心的、凝结成块的物质，空气立刻嗖的一声就进入了她的气管。当她真正开始呼吸的时候，这个可爱的小女孩儿开始哇哇大哭。那一瞬间，医生助手又爬了起来，脸色苍白，满头大汗，他看着丽卡的喉咙满脸都是惊愕的表情，立刻协助我把创面缝合。

我感到眼花缭乱，汗水流到了眼睛里，模糊了我的视线，这时我看见助产士们的脸上现出欢乐的笑脸，其中一个对我喊道：

“大夫，您的手术做得实在是精彩极了。”

我以为她在跟我逗趣儿，于是对她怒目相向。接着，手术室的门被打开了，一股新鲜的空气吹了进来。丽卡的身上裹着一条毯子被送了出去，孩子的母亲立刻出现在走廊里。她的眼睛里是一种野兽的目光。她问我：

“怎么样了？”

当我听到她说话的声音，我感到后背脊柱上冷汗直流，我立刻意识到如果丽卡死在手术台上会是怎样一种情形。但是我却用一种非常平静的声音对她说道：

“别担心，她还活着。她还会继续活下去，我希望。只是她现在还不能和你说话，那要等到我们把那根管子取出来才行，希望这样没有惊吓到你。”

就在这时，那位祖母不知道从什么地方钻了出来，她盘腿坐到地上，向着门把手，向着我，向着天花板不停地作揖。这回我没有再对她发脾气，而是转身离去，命人给丽卡再打一针樟脑药剂，安排护士轮流看护她。然后我穿过院子回到我自己的房间。我记得我房内的绿色灯罩的煤油灯还亮着，德得来因的著作打开着，到处散乱地放着各种书。我走到床跟前，稍微换了一下装束，躺了下来，立刻从现实世界中消失了，当晚一夜无梦。

一个月过去了，接着又过了一个月。我变得越来越有经验，经我诊治的有些病例，要比丽卡的喉咙的情形还要可怕，我早已把她忘得一干二净了。雪覆盖了整个大地，我的日诊量每天都在增加。新年第一天一大早，一个妇女来到我的诊疗室，手里牵着一个裹得里三层外三层的小女孩儿，看上去就像一只圆桶。妇女的眼睛里闪着光。我仔细看了看，认出了她们。

“啊，丽卡！情况怎么样？”

“一切都很好。”

母亲从丽卡的脖子上解下围巾。尽管她很害羞并且抵抗着，我还是设法扬起她的下巴仔细看了看。她粉红色的脖子上有一道深褐色的与脖颈垂直的疤痕，旁边还有两针缝合的印记。

“好了，”我说道。“你们不用再来了。”

“大夫，谢谢您，谢谢您，”母亲说道，她转身对丽卡说：“对这位先生说谢谢！”

可是丽卡没有想跟我说话的意思。

我再也没有看见过她。渐渐地，我记不起她了。与此同时，我的就诊量还在增加。后来，我每天要救治一百一十位病人。我们的工作从早上九点开始，晚上八点结束。整天像上满了弦的发条一样，疲惫不堪，有一次我刚查完全部病房，年纪稍大的那位助产士突然对我说：

“是你做的那次气管切开术给你带来了这么多病人。你知道他们在村里是怎么说你的吗？故事都传开了，说丽卡病了，一根钢制的气管被装进她的体内来代替她自己的气管，然后又缝起来了。人们跑到她的村子专门去看她。大夫，您现在是名声在外啊。祝贺您。”

“那么他们认为她现在还是在用钢制气管活着吗？”我问道。

“对极了。大夫，您实在是太棒了。您做手术时真是冷静极了，我在旁边看着呢，真是太了不起了。”

“嗯，好吧，我从来就不允许自己焦虑，你知道。”我说道，我也不知道我为什么要这么说。我实在是太疲倦了，甚至感到有点羞愧，于是我的目光就移向了别处。我道了声晚安就回家了。天上飘下大片大片的雪花，笼罩着大地上的一切，我点起了灯笼，漫天大雪中，我的屋子显得宁静、孤独、威严而又有气势。我走在回家的路上，心里只有一个愿望——睡个好觉。

像埃及的夜一样黑

今天是我的生日吗？世界消失到哪里去了？在哪儿？哦，莫斯科的那些电灯在哪儿？人们到哪里去了？天空在哪儿？我透过窗户向外望去，只有一片黑暗……

我们与世隔绝，离这儿最近的煤油灯也要到七英里以外的火车站上才能看到，甚至还有可能，它们摇曳闪烁的灯光会被这场暴风雪吹灭呢。去往莫斯科的午夜快车呻吟着急匆匆地呼啸而过，甚至停都不停。实在没有必要在这个被遗弃了的小站停留，埋葬在大雪中——也许只有一种情况例外，那就是整个铁路线被大雪堆积，无法通行。

离这儿最近的街灯要在三十二英里以外的地区中心镇才能看到。那里的生活是甜蜜的：那儿有一家电影院，有商店。这里，在空旷的原野上狂风怒号，雪片飞舞，那里，毫无疑问，电影在上映，凤尾蕨属植物的茎和枝向着微风倒去，棕榈树摇摆着自己的身躯，一片热带岛屿风光映入眼帘……

在这个时候，我们是孤独的。

“像埃及的夜一样黑。”德姆扬·卢克伊奇评论道，

他的评论显得有些严肃，但却很切题。埃及的夜，他用的就是埃及这个词儿。

“再来一杯。”我向他发出邀请。（对我们别太苛刻，毕竟，我们——一位医生，一位医生助手，还有两个助产士——也是人啊。几个月来，连续不断，除了几百个或伤或病的农民之外，我们还没有看见一个人呢。我们工作送走时光，下雪天气就如同放置在坟墓之中。想必，在医生的生日当天，喝上几杯已经被巧妙稀释过的烈酒，品尝一下当地出产的小鲱鱼，我们应该是可以获准允许的吧？）

“大夫，祝您健康！”德姆扬·卢克伊奇带着发自心底的真诚说道。

“真希望您能与我们一起永远在这儿同甘共苦！”安娜·尼古拉耶芙娜说道，她的酒杯叮当作响，接着她把自己带着花朵图案的晚礼服拉了拉。

贝拉吉·伊万诺芙娜举起她的酒杯，小啜了一口，然后蹲下身子捅了捅炉子。熊熊燃烧的火焰映红了我们的脸庞，而伏特加在我们各自的体内产生出一股热流。

“我就是无法想象，”我看着她在炉子里捅起的四散的火苗，愤怒地说道，“那个女人为什么要服用那么多剂量的颠茄制剂。整个故事听起来太疯狂了！”

医生助手和两位助产士想起了曾经发生过的事，不禁相视而笑。那是要进行手术的一个早晨，一个红脸盘的农村妇女，大概

三十岁，冲进我的诊疗室。她一下就趴倒在我身后的那把妇科诊椅上，然后从自己衣服的前襟里拿出一个宽口的药瓶，嘴里哼哼唧唧像唱歌一样向我讨好：

“大夫，非常感谢您开的药。这药对我来说实在太管用了。您能再给我开一瓶吗？”

我从她手里拿过了瓶子，瞥了一眼瓶子上的标签，药瓶的绿色薄膜映入我的眼帘。标签上是德姆扬·卢克伊奇不太整齐的笔迹：“着色制剂。颠茄……1916 年 12 月 16 日。”

换句话说，昨天我已经给这个女人开了相当重的颠茄制剂了，而今天，我的生日这天，也就是 12 月 17 日，这个女人又回来了，手里拿着空药瓶，还要继续让我给她开药。

“你……你……你的意思是你昨天把这些药全都吃完了？”我向她问道，感到十分吃惊。

“全部都吃光了，先生，全部，”这个女人说道，她的声音听起来舒服极了，就像唱歌一样。“上帝保佑您，您为我开了这药……我回家以后喝了半瓶，睡觉的时候又喝了半瓶。疼痛完全消失了……”

我扶着那把辅助分娩的妇科产椅，借以稳住自己的身体。

“我是怎么跟你说的？”我用嘶哑的声音说道。“我跟你说过，一次五滴……女士，你是怎么服用的？你……你……”

“我喝光了，我发誓我全喝光了！”女人坚持着，认为我还是不太相信她把颠茄制剂全喝光了。

我抓住她红润的双颊，翻开她的眼睛看她的瞳孔。瞳孔显示没有任何异常。她的眼睛看上去美极了，完全正常。她的脉搏，也处于极佳状态。无论如何，这个女人没有显示出任何颠茄中毒的迹象来。

“不可能！”我说道，然后高声叫道：“德姆扬·卢克伊奇！”

德姆扬·卢克伊奇穿着他的白大褂儿，从通向诊疗室的走道走了进来。

“看看这位美人做了什么，德姆扬·卢克伊奇！我实在是不理解。”

这位农村妇女焦虑不安地朝四周看了看，意识到自己做了什么错事。德姆扬·卢克伊奇拿过药瓶，用力闻了闻，手里拿着药瓶转了个圈儿，严厉地说道：

“我说亲爱的，你在撒谎。你根本没有服用这种药！”

“我发誓……”她又开始喊了。

“女士，别想骗我们，”德姆扬·卢克伊奇噘起了自己的嘴唇大声斥责道，“我们早把你的小把戏给看穿了。现在，你赶快坦白吧——你把药给谁了？”

女人扬起她完全正常的瞳仁，看向刷得雪白的天花板，生气地说道：

“那我可以……”

“停！”德姆扬·卢克伊奇大声咆哮道，转过身子对我说道：“大夫，这就是他们的做法。一位聪明的女演员来诊所，等我们给她开了些药，她回去就把药分给村里的其他妇女。”

“哦，先生，您怎么能……”

“闭嘴！”医生助手打断了她的话。“我在这儿待了有七年了，我知道这种情况。当然，她会走过每个农场，每一回滴那么几滴，最后就把药瓶里的药滴完了。”他补充道。

“再给我一些那样的药吧。”女人用一种花言巧语的腔调哀求着。

“现在，我们不会了，”我回答道，一边擦去我眉毛上出的汗。“我再也不会让你得到这种药了。你的胃疼是不是好多了？”

“就像我说的那样——完全消失了！”

“好，那就好，不管怎么说。我会给你开些其他品种的药，对你大有益处。”我给这个妇女开了一些镇痛药，她走了，很是失望的样子。

这就是我们在医生的屋子里在我生日那天一起坐着讨论的那个事件，而此刻的窗外，暴风雪给天地降下了一道黑幕。

“啊，是的，”德姆扬·卢克伊奇说道，他正在优雅地用力咀嚼着一条沙丁鱼，“啊，是的。在这儿，我们对这种事情早已习以为常了。而您呢，亲爱的大夫，在您度过您的大学时光并且在莫斯科生活过之后，不能不开始适应这里的很多情况。我们可是生活在偏远地区啊。”

“是的，偏远地区。”安娜·尼古拉耶芙娜回应道。

暴风雪在烟囱里呼啸着，可以感觉到它们正在刷拂着墙面。黑色的铸铁炉子泛出一种紫色的反光。炉子里的火光送来祝福，温暖着这些深陷在乡村深处的医务工作者。

“你听说过关于你的前任利奥波德·利奥波德维奇的事了吗？”德姆扬·卢克伊奇问道，他点着了一支烟，在点烟之前他很有礼貌地递给了安娜·尼古拉耶芙娜一支烟。

“他是一位了不起的大夫！”贝拉吉·伊万诺芙娜热情地回

应道，她凝视着暖洋洋的予人生气的火苗，眼睛里闪着光。她为这个节日而特意梳理的满头乌发显得熠熠生辉。

“是的，”医生助手表示同意。“农民们很崇拜他。他也用自己的正确的方式去接近他们。他们总是很乐意躺下来等着利波梯给他们做手术。他们叫他‘利波梯·利波梯维奇’，而不是利奥波德·利奥波德维奇。他们对他有信心。他知道自己该怎样同他们交流。举个例子，他的朋友，都尔特塞沃村的费尧多尔·科索瓦来诊所找他看病。他会对利波梯·利波梯维奇这样描述自己的病情，他会说，我的胸堵住了，我喘不上气了。或者，他会这样说，我的喉咙里有一把粗锉刀在使劲锉哩……”

“喉炎。”我有些近乎机械地咕哝道，在这儿，我早已养成了闪电般诊断的习惯。

“很对。利波梯会说，‘好吧，我会给你开些玩意儿，要不了几天，你就好了。取一些法国芥末弄成药膏。敷在你两肩之间的背部，另一处敷在你的胸部。连敷十分钟，然后把它们取下来。等会你回去就按照我给你说的这么办！’”

“于是这个男人拿着他的芥末药膏走了。两天以后他又返回了诊所。”

“嗯，现在你感觉怎么样啊？”利波梯问道。

“科索瓦说道：‘你看，利波梯·利波梯维奇，那些芥末药膏没起到任何作用。’”

“‘不可能！’利波梯回答道。‘法国芥末药膏一定会对你的病管用。我觉着你一定是没把它敷上，是这样吧？’”

“你什么意思——没有敷上？它现在还在我的……”

“他说着转过身来，芥末药膏还贴在他的皮夹克上面呢！”

我放声大笑，而贝拉吉·伊万诺芙娜咯咯地笑起来，然后猛地戳了一下炉子里燃烧着的一根原木。

“请原谅我，”我说道，“我认为一定是你编造出来的！根本就不可能发生这样的事！”

“编造？编造？”两个助产士异口同声地高声喊起来。

“天地良心，我绝没有编造！”医生助手带着苦涩的笑容惊呼道。“实际上，我们这儿的生活，一长串类似这样的事件一个接一个发生……为什么，这儿发生的事情就是这样的……”

“说说关于糖的故事怎么样？”安娜·尼古拉耶芙娜惊呼道。“贝拉吉·伊万诺芙娜，给他讲讲糖的故事！”

贝拉吉·伊万诺芙娜关上炉门，低下眼帘，开始讲述：

“有一天，我去都尔特塞沃村给人进行分娩……”

“都尔特塞沃村那可是出了名的！”医生助手不由得大声喊起来，接着他马上道歉：“对不起！亲爱的，继续。”

“好吧，我自然要对她的身体进行检查，”贝拉吉·伊万诺芙娜继续讲述，“在她的产道里，我感觉有一些异物的存在……是一些小块或者是颗粒状的东西……后来发现竟然是颗粒状的糖！”

“多么神奇的故事啊！”德姆扬·卢克伊奇说道，有些扬扬得意。

“对不起，等等……我没明白……”

“那就是等着让你诊治的农村妇女！”贝拉吉·伊万诺芙娜回答道。“当地那些很聪明的女人这样教她。她生产的过程非常困难，她说这意味着她肚子里的孩子不愿意出来看见天日。于是她就不得不把她的孩子给引诱出来，而把孩子引出来的最好的办法就是在产道里放一些甜的东西！”

“太可怕了！”我惊叫道。

“当一个妇女要分娩的时候，她们就会把她的辫子塞到嘴里嚼。”安娜·尼古拉耶芙娜说道。

“这样做的目的究竟是什么？”

“只有上帝才知道。我接生还接过三回这样的情况，那个不幸的女人躺在那儿，往外吐着什么东西。她的嘴里全是头发或者是猪鬃。很显然，她们认为这会让分娩过程进行得更顺利一些……”

当助产士们讲述自己接生的经历的时候，她们的眼睛里闪着泪花。我们在火旁坐了好长时间，喝着茶，我听得出了神。贝拉吉·伊万诺芙娜说有一回她不得不把一个孕妇从她的村子里带到医院，贝拉吉总是让自己的雪橇走在那些农民的雪橇的后面，以免他们半道上改变主意又把孕妇带回村里还给她的母亲；贝拉吉又讲了有一天，有一个妇女正要进行分娩，胎位有些不正，他们竟然把她的身子头朝下吊在天花板上，为的是让肚子里的孩子翻个身儿；还有一个来自科罗波沃村的产妇，听说医生的做法是要把出生的婴儿的液囊弄破，竟然用一把餐刀割伤了她的孩子的脑袋，因为伤口实在太大，即便是像利波梯这样声名卓著以技艺出名的大夫都没能救下孩子，只是设法救下了母亲……

炉门关闭了已经有好长一段时间了，我的客人们动身回到他们各自的住所。我注意到只有安娜·尼古拉耶芙娜住所里的窗户闪过一丝黯淡的光，接着就熄灭了。一切都消失了。暴风雪之外，又加上了十二月的冬夜里那种无法穿透的黑暗，一道黑幕把我和天地分隔开来。

我在我的书房里踱来踱去，地板在我的脚下咯吱作响；房间由一只荷兰炉进行供热，我可以听见远处有一只老鼠忙碌地啃咬东西的声音。

“不，”我在反思，“这无边的黑暗，像埃及的夜一样黑，我要与你搏斗，只要命运还把我安排在这荒野里。颗粒状的糖……汝等苍生，众神俯视！”

我沉浸在我的幻想中，绿色灯罩透出一片绿光，我的眼前浮现出一座巨大的大学城，里面有一座教学医院，医院里有一个大厅，地板上铺着瓷片，室内有闪着亮光的水龙头，干净洁白的消过毒的床单，还有一位讲师，脸上长着灰色的向上翘着的小胡子，神气极了，充满了睿智……

就在这时，传来了一阵敲门声，在黑夜里显得既恐怖又吓人。我打开门问道：

“是谁，是阿克森雅吗？”我问道，身体靠在楼梯的栏杆上（医生的住处分作上下两层：楼上是我的书房和卧室，楼下是餐厅，还有一间屋子不知做什么用，还有厨房，以及阿克森雅和她丈夫的住处，她丈夫可是这家医院重要的、价值无法估量的看门人）。

沉重的门闩发出隆隆声，出现了一只点亮的灯笼，来回不停地动着，一大股冷风立刻吹了进来。阿克森雅通告道：

“是病人，一个男人。”

我呢，告诉你实话吧，高兴坏了。我还没准备要睡觉，正感觉有点儿孤独，听到老鼠啃咬的声音以及回忆自己的过去，感到有些沮丧。既然来了个男病人，那肯定不会是最糟糕的情况了——

肯定不是来生孩子的。

“他是走来的吗?

“是的。”阿克森雅打着哈欠回答道。

“好吧，把他带到我的书房里来。”

楼梯吱吱呀呀响了好一阵儿。上楼来的男子块头和体重都非常大。与此同时，我坐在我的写字台后边，努力保持镇静，以保证我二十四的年纪的样子不会轻易从医神艾斯库雷普发给我的职业面具后面溜出来。我的右手拿着听诊器已经做好了准备，就好像手里攥着一把左轮手枪。

门那儿出现了一个人，他侧着身子走路，手里拿着帽子，穿着件羊皮外套，脚上穿着靴子。

“你为什么大晚上才来?”我问道，声调老成持重，以抚慰我的心灵。

“对不住了，大夫，”那个人用一种轻柔、悦耳的男低音回答道。“暴风雪太可怕了。把我给困住了，我怕极了。实在没办法，请您原谅，先生。”

“一个彬彬有礼的人。”我这样想，心里高兴起来。我非常喜欢这个人，甚至他厚厚的红色胡须都给我留下了良好的印象。很显然，他的胡须是他长期关注和精心呵护的对象。胡须的主人不但对它们精心梳理，甚至还在上面小心地涂着一种物质，即便是只在这个村子生活过很短一段时间的医生，也会毫不费劲地看出来他给自己的胡子上抹了黄油。

“你遇到什么麻烦了?脱掉你的大衣。你从哪儿来?”

羊皮外套被脱了下来，椅子上立刻堆起了像山一样巨大的东西。

“我一直在发烧，难受极了。”病人回答道，脸上的神情悲哀而又阴沉。

“发烧？啊哈！你是从都尔特塞沃村来的吗？”

“是的，先生。我是磨坊主。”

“给我说说你是怎么难受的。”

“每天十二点，我的头就开始疼起来，然后我全身就好像烧着了一样……我浑身打颤，大概要好几个小时呢，然后明天又开始继续这样。”

“已经可以确诊了！”我脑子里迸出这样的话，带着一种胜利的喜悦。

“其他时间你还感到什么？”

“我的腿老是感觉有点儿虚。”

“啊哈。请脱掉衬衫。嗯……好的……”

当我结束了对这个病人的检查之后，我乐了。在时断时续看了许多女病号和一看到金属压舌板就会害怕地抽搐的未成年人之后，在早上经历过颠茄事件之后，在我这个已经遭受了许多苦痛、受过大学训练的医生的眼中，这个磨坊主病人该是多么大的安慰啊。

磨坊主说话很理智。而且，他还表现出他能识文断字，他的每一个举动和姿势，都表现出对我为之奉献的科学——医学的尊重。

“好了，我亲爱的老乡，”我一边说道，一边用手轻轻地敲着他既宽又厚实的胸部，“你得了疟疾。会反复出现发热现象……眼下正好有一张病床空着。我强烈建议你住院治疗。我们会随时对你进行必要的观察。我先给你开药，进行内服治疗，如果效果不行，我们会给你进行皮下注射。很快你就会好了。怎么样？”

“先生，非常感谢您！”磨坊主非常有礼貌地回答。“我听说过很多关于您的事。他们对您满意极了。他们说您给他们做了许多大好事。我很高兴进行注射——只要能治好就行。”

“啊，这个人真是黑暗里的一道光！”我一边这样想着，一边坐到写字台跟前写方子。写方子的时候对我来说真是一段心情愉悦的时刻，就好像不是哪一个磨坊主来住院，而是我的兄弟在这里住院一样。

在一张处方单上我写着：

“奎宁单片 0.5 毫克

震战性谵妄症，10 次剂量

病人姓名：库多夫

职业：磨坊主

内服药剂，每次 1 片，晚十二点服用。”

在另一张处方单上我写着：

“贝拉吉 · 伊万诺芙娜，请接收这个磨坊主入院，安排在二号病床。他得了疟疾。如处方所示，内服奎宁药剂，在热症发作大约四小时之前也就是午夜十二点开始服用。还要对你特别说一声——他是一个能识文断字、很聪明的人。”

当我已经躺在床上的时候，我从脾气粗暴、打着哈欠的阿克森雅手里收到一张作为回复的小纸条，上面写道：

“亲爱的大夫，全弄好了。贝拉吉 · 伊万诺芙娜。”

之后我就睡觉了……突然又被叫醒了。

“怎么回事？什么？到底怎么回事，阿克森雅？”我嘴里咕哝着问道。阿克森雅谦恭地站在那儿，身上穿的是带圆点花纹的黑色裙子。摇曳闪烁的蜡烛灯光的映照下，可以看出她睡意尚浓，却又一脸担忧的表情。

“玛雅刚刚跑过来——贝拉吉·伊万诺芙娜通知您立刻到医院去。”

“出什么事了？”

“她说二号病床的磨坊主快要死了。”

“什么？快死了？他怎么可能快死了呢？”我去找我的拖鞋，光脚碰到地面立刻就感受到地板的冰凉。我划了好几根火柴，花了好长时间把蜡烛芯挑出来，直到最后点着了蜡烛，发出蓝色的火焰。时钟指示刚好是早上六点钟。

“到底发生了什么？他得的的确是疟疾，难道会是其他什么病？他到底能出什么事呢？他的脉搏摸上去好极了……”

五分钟之后，我穿上了袜子，结果穿反了，衣着乱糟糟，短上衣的扣子也没系，脚上匆匆套上靴子，就一路跑着，穿过院子，冲向二号病床，外面仍然是漆黑一片。

二号病床是一张经过改造之后的床，床边堆着一大堆弄皱了的床单被褥，在煤油灯的灯光下坐着的正是那个磨坊主，身着医院的病号服。他的红色胡须显得很凌乱，他看着我，目光有些呆滞，眼窝深陷。他坐在那儿身体还摇晃着，像个醉汉，他盯着我，惊恐地环顾四周，呼吸沉重。

护士玛雅则朝着他发青的脸打着哈欠。

贝拉吉·伊万诺芙娜，头发披散着，工装还只换了一半，就向我快步走来。

“大夫！”她用有些嘶哑的声音向我高声叫道。“我向您发誓，不是我的错！谁会想到？您还特意叮嘱我说这个人很聪明呢。”

“到底怎么回事？”

贝拉吉·伊万诺芙娜搓着她的手，说道：

“大夫，您能想到吗？他把十片奎宁一股脑儿全吞下去了！在晚上十二点。”

一个阴沉的冬天的黎明。德姆扬·卢克伊奇移开了洗胃泵。病房里有一股樟脑的味道；地板上放着一只大碗，里面满是红棕色的液体。磨坊主脸色苍白，筋疲力尽，躺在床上，浑身上下裹着一条床单，红色胡须向上翘着。我俯身上前摸着他的脉搏，以确定他的确是经过紧急抢救之后活下来了。

“嗨，你现在感觉怎么样了？”

“还看不见东西……哎呦……哎呦……”磨坊主用昏沉的男低音呻吟着说道。

“我也是，”我火冒三丈地回答道。

“咋的了？”磨坊主问道（他的听力还没有完全恢复）。

“老头儿，你只告诉我一件事情：你为啥要这样做？”我冲着他的耳朵大声吼道。

他阴郁地断断续续地嘴里咕哝着回答道，尽管有些勉强：

“唉，好像看起来一次吃一片这样的药太浪费时间了。于是我想，我还是把它们一次全吞了就完事了。”

“简直令人难以置信！”我惊呼道。

“他还真是下得了决心啊！”医生助手在一边带有恶意地说道。

“不，我要与之搏斗……我要……我……”苦战了一晚上，香甜的睡眠战胜了我。黑暗，像埃及的夜一样黑，又降临了，在这黑暗中，我独自一人站立着，手中握着，也许是一把剑，或者，也许是一个听诊器。我向前猛冲，搏斗……深入敌后，身在腹地。但是我并不是孤身一人作战。和我在一起的是我的武士组成的队伍：德姆扬·卢克伊奇，安娜·尼古拉耶芙娜，贝拉吉·伊万诺芙娜，全都身着白色战甲，团结一致向前猛冲。

睡觉……多么好的福利啊……

旋转的洗礼

随着时间的流逝，我在乡村医院里渐渐适应了我的新的生活方式。

村子里的人们依然在剥亚麻，就像他们过去做的那样。道路仍然无法通行，每天来诊所看病的病人不超过五个。我晚上的时间是完全自由的，我把这些时间用来对我的图书馆藏书进行分类，阅读医疗手册，还有独自一人长时间地品茗，伴着俄式茶壶水烧开时发出的吱吱声。

整个白天和晚上，天降大雨，雨滴不停地敲击着屋顶，雨水从天上倾泻而过，流过我的窗户的时候形成一道道水槽，打着旋，最后在地上变成一片汪洋。屋外的世界由烂泥、黑暗和雾气朦胧构成，透过雨雾可以看见我的医生助手的屋子，还有挂在走廊里的那盏煤油灯，它只能发出一小片昏暗、模糊的灯光。

在这样的夜晚，我坐在我的书房里，研读着解剖学图解大全。这种绝对的静谧状态只是偶尔会被躲在餐室里的餐具柜后面的老鼠的啃咬声惊破。

我一直读着，我的眼皮感觉越来越重，一直到最后眼皮几乎就要粘一块了。最后，我打了个哈欠，把图解大全放到一边，决定上床睡觉。我舒服地伸了个懒腰，满心期待一场熟睡，才不辜负这户外雨点吵闹的伴奏，然后我就来到我的卧室，脱下衣服，躺在了床上。

我的脑袋刚挨到枕头上，脑子里就迷迷糊糊地浮现出安娜·普洛克霍洛娃的脸庞，安娜是来自特罗波沃村的一个十七岁的女孩儿。她那时正需要拔牙。我的医生助手德姆扬·卢克伊奇，悄无声息地在人群中摇摆走过，手里拿着一对闪闪发光的用来拔牙的钳子。我记起他总是喜欢说“诸如此类的人和事”而不是具体地指称“这样的人和事”，因为他喜爱一种故弄玄虚的风格，于是我笑了，躺下睡着了。

然而，大约半个小时之后，我突然醒了过来，就好像自己被掐疼了一样，我坐了起来，带着恐惧的心理，死死盯住那无边的黑暗，侧耳倾听。

有人正在敲医院外面的大门，声如雷震，响个不停，我立刻意识到这种敲门声不是什么好兆头。

接着，我的住所就传来了敲门声。

噪声停止了，下面传来移动门闩的声音，厨师和人说话的声音，听不太清楚的回答的声音，接着有人上楼，静静地穿过书房，来到我的卧室门前敲门。

“谁啊？”

“是我，”回答的声音很低，然而很尊敬。“是我，护士，阿克森雅。”

“出什么事了？”

“安娜·尼古拉耶芙娜找您来着。她们让您尽快赶到医院，越快越好。”

“到底出什么事了？”我问自己，感觉我的心脏着实停止跳动了一下。

“一个都尔特塞沃村的女人被送来了。她难产了。”

“我们又出发了！”我这样想着，同时无法让自己的脚穿上拖鞋。“见鬼，火柴也点不着。啊，好吧，这种事迟早会发生。你这辈子要做医生就不要想碰到其他什么了，不是喉炎，就是腹腔黏膜炎。”

“知道了，告诉他们我立刻就来！”我大声喊道，一边从床上起来。阿克森雅的脚步声渐渐远去，又传来了门闩的移动声。睡意在片刻间消失了。我用颤抖的手点着了灯，开始穿衣服。现在是十一点半……这个难产的妇女会出什么状况呢？是胎位不正吗？是骨盆太小吗？或者是什么其他更坏的情况。或许我不得不使用钳子。还是我应该直接把她送到镇上的医院？没问题！他们都会说，他可真是一位好大夫啊。不论什么情况，我都没有权力这么做。不，我一定得自己完成手术。可是做些什么呢？只有上帝才知道。如果我慌了神儿不知所措，后果将是灾难性的——我会在助产士们面前颜面扫尽。不管怎么说，我得先看一看情况；没有先看情况就开始忧虑一点意义也没有……

我穿好了衣服，把外套搭在肩上，希望所有的事情都会变好，我在雨中跑向医院，脚踩在铺在泥泞道路上的木板咯吱作响。昏暗的灯光下，我在医院门口看见了一辆马车，拉车的马正在用蹄子扒着有些腐朽了的木板。

“你们把要分娩的妇女带来了吗？”我向躲在马身后的人问道。

“是的，就是这样……我们送来了，先生。”一个显得悲伤和阴沉的声音回答道，是个女人的声音。

此刻，医院变得生机勃勃起来，一片忙乱。手术室里医用高压灯被点着了。在通向产房的狭小通道里，阿克森雅从我身边经过，手里拿着一只浴盆。一阵微弱的呻吟声从门里传出，时断时续。我推开门，走到产房里边。狭小的、粉刷得很白的产房被天花板上点着的灯照得很亮。手术台上躺着一个年轻的女人，身上盖着一条毯子，一直到她的下巴颏那儿。她的脸因为疼痛已经扭曲得变了形，头发完全是湿的，卷曲起来紧贴在她的前额上。安娜·尼古拉耶芙娜手里拿着一支大号温度计，正在调节着接生盆里溶液的温度，为接生做着准备。贝拉吉·伊万诺芙娜正从储物柜里取出干净的床单。我的医生助手，身子靠在墙上，摆了一个拿破仑式的站姿。他们一看见我，就立刻来了精气神。床上的孕妇睁开了眼睛，扭动着她的手，喘着粗气，又开始呻吟了起来，悠长的呻吟声听上去让人感到格外可怜。

“好了，现在，麻烦在哪儿呢？”我问道，声音显得很自信。

“胎位横向。”安娜·尼古拉耶芙娜急促地回答道，她正在往放好溶液的接生盆里倒水。

“我明白了——明白，”我故意放慢说话的速度，皱了皱眉，又说道：“好了，让我们先看一看……”

“阿克森雅！给大夫洗手！”安娜·尼古拉耶芙娜突然猛地喊出一句。她脸上的神情很严肃。

水流过我的手，冲刷掉我手上的肥皂泡，我用力搓着手，双手开始变得发红，同时我又问了安娜·尼古拉耶芙娜一些琐细的问题，比如孕妇是几时送进医院的，她是哪儿的人……贝拉吉·伊万诺芙娜的手伸到毯子底下，我坐在床边，开始轻轻地感受孕妇隆起的腹部。这个快要生产的女人呻吟着，扭动着，她的手紧紧抓着床单，把床单都抓皱了，手抓得太紧，手指甲都快掐到肉里去了。

“这儿，这儿，放松……不会用很长时间。”我说道，一边用双手触摸着她那温暖、蓬松而又干燥的皮肤。

这种检查毫无意义，因为事实是很清楚的，安娜·尼古拉耶芙娜非常有经验，她已经告诉我哪儿出了问题。我当然可以对这个孕妇进行检查，但问题是，我也无法获得比安娜·尼古拉耶芙娜已经知道的更多的新情况了。她的诊断当然是正确的：胎位横向。情况很明显。那么，下一步该干什么呢？

我皱着眉，继续触摸着孕妇腹部的各个位置，眼睛瞥向我两边的两位助产士的脸。她们两位的神情显示出对我眼下所做的赞许，神情都很专注。可是，尽管我的活动是正确的，并且看上去充满了自信，但其实我只是尽我的全力来隐藏我内心的紧张不安。

“非常好，”我说道，叹了一口气，从床前站直了身体，因为，看上去外部检查已经没什么可做的了。“让我们对她进行内部检查。”

安娜·尼古拉耶芙娜的脸上又一次露出赞许的目光。

“阿克森雅！”

水龙头流了好多水。

“哦，看来我只能去请教德得来因了！”我在往手上涂肥皂的时候悲惨地想着。唉，这几乎是不可能办到的事。无论哪种情况，德得来因在眼下这样一个时刻又能怎样帮助我呢？我把涂在手上的厚厚的肥皂洗掉，再涂上医用碘酒。一块十分干净的布在贝拉吉·伊万诺芙娜的手中沙沙作响，然后她俯下身子走向等待检查的孕妇，我小心谨慎并且羞怯地准备开始进行内部检查。我的脑子开始不知不觉地回忆我在妇产科医院里所看到的一切。半透明球形灯罩里闪烁的电灯，泛着光的贴着瓷片的地板，水龙头，以及各种医用器械，到处都闪闪发光。被医院正式接收的初级医师，身着白大褂儿，正在对孕妇进行实际分娩操作，周围围着三个实习医师助手，实习护士，以及一大堆正在医院实习的医科学生。一切都那么有秩序，并且显得很安全。

而我现在，全得靠我自己了，我接手了一个孕妇，她正在经受着痛苦，而我对她要负责。然而，我并不知道我应该怎样做才能帮助她，因为我在我的生命中在医院里近距离观察妇女分娩只见过两回，而且那两回还是完全顺产的。眼下的事实是，我正在进行一场妇产科考试，这对我丝毫没有价值，对这个孕妇同样没有任何价值，我从她的身体内部感受不到任何有用的信息，而且我也完全不理解这些信息。

是到了该做出某种决定的时刻了。

“胎位横向异常……既然是胎位横向异常，我就必须……我必须……”

“把她从头到脚翻转过来。”安娜·尼古拉耶芙娜嘴里嘀咕着，看得出她在苦苦思索，最后实在无法抑制自己终于说出来了。

一位上了年纪、更有经验的大夫也许此刻会将自己的身体侧向一边插嘴问她一句，但是我却不是那种随意冒犯别人的那类医生。

“是的，”我几乎是在同时说出话来，脸上的神情很严峻，“足部胎位倒转。”

德得来因的著作一页一页在我眼前晃过。内部法……综合法……外部法……一页一页晃过，还带着图解和说明。骨盆，因为脑袋巨大因而身体扭曲并被挤扁了的婴儿……婴儿的胳膊吊着并且打了个结儿。

实际上，我在不久前还读过分娩方法这一段，并且在下面还画了着重线，竭力吸收里面的每一个词，在脑子里画出每个部分与整体之间的关系图，研究过各种分娩的方法。在我研读的时候，我想象著作的全部内容全都印在了我的脑子里。

然而，此刻，只有一句话回到了我的记忆之中：

“胎位横向异常是对分娩最为不利的一种胎位。”

太对了。这种胎位无论是对孕妇还是对一位只是在六个月前才获得行医资格的医生来说太不利了。

“非常好，我们要进行手术。”我站起身来说道。

安娜·尼古拉耶芙娜的脸上立刻有了生气。

“德姆扬·卢克伊奇，”她转过身对医生助手说道，“准备好氯仿进行术前麻醉。”

她这样说实在是一件好事，因为我自己还拿不准手术进行是不是要进行麻醉！当然了，必须进行麻醉——然后呢？

还有，我必须看一眼德得来因的著作……

我在洗手的时候说道：

“好吧，接下来……准备进行麻醉，让她舒服些。我一会儿就回来，我得回趟房间，拿些香烟来。”

“好极了，大夫，等您回来，我们也就准备好了。”安娜·尼古拉耶芙娜回答道。

我擦干了手，护士把我的外套披在肩上，我连袖子都没有穿就开始向我的住所跑去。

在书房里，我点起了灯，连帽子都忘了取下，就直接冲向书架。

就在那儿——德得来因的《妇产科手术》。我急忙打开翻起来，书里面的纸平滑而又有光泽。

“……对每一位母亲来说，胎位倒转术都是一种非常危险的操作……”

我的脊柱上立刻出了冷汗。

“最主要的危险来自手术中可能同时发生的子宫破裂……”

同时发生……

“产科大夫的手进入到子宫中，如果遇到任何障碍无法抓到婴儿的脚，无论是由于缺少空间，还是由于子宫壁的收缩，那么他都应该停止继续进一步尝试进行胎位倒转手术……”

很好。我这么能干，凭着某种奇迹发生，认识到这里提到的“任何障碍”并且停止进行“进一步尝试，”那么，我能问一句吗？眼下我对这个已经被麻醉了的来自都尔特塞沃村的孕妇还能做些什么呢？

还有：

“试图从胎儿的背部后面去抓住胎儿的脚是完全不被允许的……”

注意：

“抓住胎儿上面的脚被认为是不正确的做法，因为这样做，就很容易使胎儿被翻转得太远；这将引起胎儿遭受一次重击，将会引起非常糟糕和严重的后果……”

“非常糟糕和严重的后果”这是一个相当含混不清的表达，但却带有不祥的含义。这位来自都尔特塞沃村的女人如果让他的丈夫变成了鳏夫会怎么样呢？我擦了擦眉毛上出的汗，给自己鼓了鼓劲儿，对那些完全可能导致错误的各种可怕的因素完全漠视，试着只记下那些绝对最重要的手术操作要点：我该做什么，从哪儿以及怎样把我的手伸进去。可是当我的眼睛继续向下看着那些被印刷出来的黑体字的时候，我又不断地遇到新的可怕的内容。它们从纸上跳到我的眼前。

“……遇到子宫破裂的极端危险的时候……”

“……对孕妇来说，内部法和综合法应被界定为最为危险的妇科手术方法……”

最为重要的是结尾部分：

“……每耽搁一小时，则危险随之上升……”

够了。我的阅读行为已经结出了硕果：我的脑子完全成了浆糊，一团糟。有一刻我甚至确信自己什么都没有理解，最关键的是，我根本不知道我即将进行的胎位倒转术到底该用哪种方法：综合法，双边极面法，内部法，外部法……

我扔了德得来因的著作，一屁股坐到了扶手椅子里，挣扎着使我纷繁的思绪恢复正常秩序。然后我看了一下我的表。见鬼！我已经在我的屋子里待了二十分钟，他们都还在等我进行手术呢。

“……每耽搁一小时……”

小时由分钟组成，而眼下这种情况，分钟以疯狂的速度向前飞奔。我把德得来因扔到一边，疾步跑回了医院。

所有的准备工作都已就绪。医生助手站在一个小桌子旁准备着氯仿药瓶和实施麻醉时用的面罩。准备接受手术的母亲已经躺在了手术台上。整个医院里都能听见她不停的呻吟的声音。

“现在都好了，勇敢些，”贝拉吉・伊万诺芙娜俯下身子，对她小声嘀咕着以示安慰，“大夫马上就会帮你治好的。”

“哦，不！我没劲了……不……我没法忍住！”

“别害怕，”助产士在她耳边低语。“你能忍住。我们等会儿给你吸一些东西，然后你就什么也感觉不到了。”

水龙头里的水喷涌而出，发出哗哗的响声，我和安娜・尼古拉耶芙娜开始清洗从双手一直到两肘。在呻吟和尖叫声作为背景的情况下，安娜・尼古拉耶芙娜向我描述了我的前任，一位非常有经验的外科医师，是怎样进行胎位倒转术的。我贪婪地听她讲，一个词儿也不想错过。那十分钟里给我讲述的内容，要比我参加学位考试时关于妇科学的部分的所有知识都要多得多，我的确通过了妇科学考试，并且考卷“成绩卓著”。从她简要的评价，不完全的句子，以及偶尔显示的提示，我学到了在教科书上从未找到的最为关键的要点。等我开始用消毒纱布擦干我的双手，以干净、整洁的面目出现在手术台前的时候，我已经信心十足了，一个坚定的而又完全确定的计划在我的头脑中已经成熟。现在再也用不着费心去考虑到底该采用综合法还是双边极面法去生孩子了。

这些学术性很强的词语在那一刻完全失去了意义。只有一件事最为重要：我不得不把自己的一只手伸入到孕妇体内，辅助体外的另一只手进行胎位倒转，这个过程不能依靠任何书本，只能依靠人类的常识，如果缺少了这种常识，那么医生也就无法成就任何事业，也就是说，此刻要小心翼翼地同时又要坚定地把胎儿的一只脚向下拉，然后再把胎儿拖出孕妇体外。

我一定要保持冷静，小心翼翼，但同时还要做到要有完全的决断力，不容有任何犹豫。

“好了，开始工作。”我指导医生助手做下面的工作，然后开始用医用碘酒擦拭我的手指。

贝拉吉·伊万诺芙娜立刻把孕妇的胳膊放好，医生助手把盖在她那张充满了痛苦表情的脸上的面罩夹紧。氯仿开始从暗黄色的玻璃瓶内滴出，手术室里马上充满了那种甜甜的、令人作呕的味道。医生助手和两位助产士脸上的神情由于高度专注，就好像凝固了一般，又好像受到了巨大鼓舞的样子……

“哈！啊！”孕妇突然开始尖声喊叫起来。有那么几秒钟，她浑身痉挛，翻腾着自己的身体，还想把脸上的面罩拨下来。

“按住她！”

贝拉吉·伊万诺芙娜蹲下来用胳膊死死按住孕妇的胳膊。孕妇又叫喊了好几回，把自己的脸从面罩底下扯出来。渐渐的，她的动作越来越慢，最后她只是迟钝地迸出几个字儿：

“哦……放我出去……啊……”

她的声音变得越来越弱。白色手术室现在沉寂下来了。半透明的液体继续向下滴着，滴着，滴到白色的医用纱布上。

“贝拉吉·伊万诺芙娜，脉搏？”

“稳定。”

贝拉吉·伊万诺芙娜抬起孕妇的胳膊又放了下来：现在孕妇的胳膊就像一条皮带一样了无生气，啪的一声落在床单上。医生助手摘下面罩，开始检查她的瞳孔。

“她睡着了。”

流了一大摊血。我的手一直到肘部全都是血。床单上也满是血迹。血块和沾着血的医用纱布到处都是。贝拉吉·伊万诺芙娜轻轻摇着并且用手拍打着婴儿，阿克森雅忙着往接生盆里倒着热水。

婴儿被反复放入冷水和热水盆中。他一声不吭，小脑袋毫无生气地一会儿摆向左边，一会儿又摆向另一边，就像穿着线的木偶的脑袋一样。突然，在一声尖叫之后，他开始闹了起来，然后又是一声长出的粗气，最后终于发出他生命当中的第一次哭声，尽管声音还显得有些沙哑和微弱。

“他活了……活了……”贝拉吉·伊万诺芙娜把婴儿放在婴儿床的枕头上，嘴里嘟囔着。

这个时候，他的母亲也活过来了。真是万幸，没有出什么乱子。我摸了摸她的脉搏。是的，脉搏平稳而又有力。医生助手轻轻地摇着她的肩部，对她说道：

“亲爱的，醒醒。”

在医生助手和阿克森雅把这位母亲推到病房之前，那条被血污弄脏了的床单被扔到了一边，很快地这位母亲的身上盖了一条新的被单。已经包在襁褓里的婴儿头枕在小枕头上，棕色的有些发皱的小脸从襁褓中伸出来，小家伙不停地低声呜咽着，实在是惹人怜爱。

水龙头里的水不断向外哗哗地流着。安娜·尼古拉耶芙娜饥渴地抓起一根烟抽了起来，因为抽得太猛不由得大声咳嗽起来。

“大夫，您这个胎位倒转手术干得真漂亮。您看上去自信极了。”

我用力地搓着我的手，打眼朝她瞥了一下，心里想：她是在讽刺我吗？不像是，她的神情是一种很真诚的以我为傲的表情，一种对我很满意的表情。我的心里现在也满是欢乐。我朝四周扫了一眼，看着四下里一片血污狼藉，又看了看浴盆里的血水，感到自己已经赢了。但是在我的内心深处的某个地方，还存在着一丝狐疑。

“现在让我们等等，看看下面的情况。”我说道。

安娜·尼古拉耶芙娜转过身惊讶地看着我。

“还能发生什么？万事大吉。”

我嘴里咕哝着作为回答。我的意思是想说，我还在怀疑，孩子的母亲是不是真的已经安全了，是不是健康的，我还在怀疑手术中是不是对她的身体构成了某种伤害……这种想法始终在我的心里转圈圈儿，让我感到厌烦。我对妇产科的知识是那样的薄弱，是那样的不成系统和纸上谈兵，充满了书生气。如果孕妇产后换上了疝气症呢？会表现出什么样的症状？什么时候会发作——现在，还是以后，或许？最好不要讨论这样的话题。

“好了，几乎没问题了，”我说道。“感染的可能性不能排除。”我又补充道，嘴里重复着这时候跳入我的大脑的某本教科书上写的第一个句子。

“哦，那个，”安娜·尼古拉耶芙娜慢吞吞地说道，带着一些得意和自豪。“好了，我们会有好运的，那种事情无论如何都不会发生的。怎么会呢？无论如何都不会。这里的一切都是干净的，而且都消过毒了。”

一点之后我才返回到自己的房间。在我的书房的写字台上，灯光照着德得来因的著作，翻开的那一页的标题是“胎位倒转术的危险”。又过了一个小时，我一边啜着一杯冷茶，一边翻看着这本著作。一种非常有趣的现象发生了：以前所有看上去那么晦涩的文章，现在全都变得完全能够理解了，就好像在灯光照射下看得一清二楚一样。就在这儿，就在这个夜晚，就在乡村深处，就在这盏灯下，我认识到真正的知识是什么。

“一个医生在乡村行医也能获得许多经验，”我这样想着，同时躺倒睡下，“但是即便有这样的条件，他也必须继续研读，研读……读更多的书，更多的……”

带斑点的皮疹

“没问题，就是它！”灵感在我的身上迸发。不再需要依靠我的知识，作为一个只是在六个月前才获得行医资格的医师，我没什么可依靠的经验。

由于害怕触摸这名男子裸露的、温暖的肩膀（尽管其实也没什么好怕的），我从我站立的地方原地未动对他说道：

“你能离灯近一点吗？”

他移动身体，按照我说的靠近灯光，高压煤油医用灯的光束射向他微微带有黄色的皮肤。他隆起的胸部和腰窝处泛着黄色，有一排带斑点的皮疹。当我俯下身子看他的胸部的时候，我打了一个冷战，感到十分恐惧，我对自己说，“就像天空中的星星。”接着我的视线离开了他的胸部，看向他的脸部。我眼前的这名男子大约有四十岁左右，穿着很不整洁，灰色胡子，有些肿的眼睑下面长着一双明亮的小眼睛。让我感到大为惊讶的是，我从这双小眼睛里看到一种尊严，同时也看到了他对自我的重视。由于冷漠和感到有些厌烦，他时不时地眨眨眼，然后调整了一下自己裤子的皮带。

“没问题——就是梅毒。”我反复对自己说，感到可怕。这是我的职业生涯展开，从医科大学毕业直接被投放到这边远的乡村以来第一次遇见梅毒病例。

我以前也偶然碰见过梅毒病例。病人跑来向我抱怨他的喉咙总是有被堵住了的感觉。我完全不知情，甚至根本就没想到会是梅毒，我让病人把衣服脱掉，只有这样我才能看到这种带斑点的皮疹。

把所有症状放在一起看——他沙哑的喉咙，不祥的喉咙红肿，那些奇怪的白色斑点，以及他已经出现斑点了的胸部——我猜都是这种麻烦的病所致。我的第一反应，带有一种怯懦的心理，是用高纯度升汞医用棉球使劲搓我的双手。我之所以立刻这样做的原因主要是受到大脑里那个比较焦虑的想法的不良影响，我想他也许咳嗽的时候咳到了我的手上。于是我有些心虚地近乎神经质地拿起压舌板检查我的病人的喉咙。检查之后，我应该把压舌板放在什么地方？我最后决定把它放在窗台上的一卷棉花团上。

“好了，现在，”我说道，“你知道吗……呃……好像……事实上，非常确定……你知道的，你得了一种相当讨厌的疾病——你的病是梅毒……”

我话一出口，我就感到很尴尬。我认为他也许会吓得灵魂出窍。然而情况根本不是那回事儿。他斜瞥了我一眼，就像一只母鸡在听到有声音叫它的时候，它会用圆眼睛向上看一样。我非常惊讶地在他的圆眼睛里看到了不信任我的目光。

“你得的病是梅毒。”我声音轻柔地重复道。

“那是什么病？”那个长了带斑点的皮疹的男子问道。

我的大脑里简要地回想起我上大学的时候，实习医院里刷得雪白的病房，还有报告厅里挤满了成排成排的学生，长着灰色胡子的讲授性病学的教授……但是我很快回过神儿来，我现在身处的地方距离报告厅有一千英里，而我距离最近的火车站足有三十英里，以及我唯一能用的灯竟然是煤油灯……我可以听见诊疗室白色的门后面在过道另一面数量众多等待就诊的病人们发出的单调乏味的嗡嗡声。窗外，夜色已经悄悄降临，今年第一场冬雪已经在大风中飘舞起来了。

我让我的病人脱掉更多衣服，发现了一大块已经自行愈合的损伤区。我不再有任何怀疑，并且感受到一种内在的自豪感油然升起，每当我做出一个正确的诊断的时候就会有这样的感受。

“你把衣服穿上吧，”我说道。“你得的病是梅毒！这是一种对全身都有影响的非常严重的疾病。治疗需要花很长时间。”

说到这儿的时候我的声音有些颤抖，因为——我敢发誓——我感觉到他那种母鸡似的目光里明显的是惊讶中带着嘲笑的意味。

“可是，我只是喉咙有一点儿哑而已。”病人说道。

“是的，我知道。这就是喉咙变沙哑的原因，你的胸部出现皮疹也是因为病情的表现。看看你的胸部。”

他斜着眼看了一下自己的胸部。可目光中闪烁的嘲讽意味并未见消退。

“你能不能给我开些治喉咙的药？”他问道。

“他为什么老是这样？”我多少有些不耐烦地想道。“我在说他得的梅毒，而他担心的竟然是他的喉咙！”

“看这里，”我继续大声说道，“你的喉咙只是一个小问题。我们也会把你的喉咙治好，但是最重要的事情是治好这种最根本的疾病。治疗需要持续很长一段时间——两年。”

听到这些，病人用眼睛瞪着我。我从他的眼睛里读出了他的判断和结论：大夫，你昏头了！

“为什么要这么长时间？”他问道。“怎么还要两年？我要的就是一些漱口药把我的喉咙治好。”

我看见他满脸通红。我开始说了。我不再害怕吓唬他了。哦，不。恰恰相反，我甚至暗示他的鼻子会烂掉。我告诉他如果不接受必要的治疗，他将来会怎么样。我提到梅毒这种可怕的传染病是什么，最后还详细地告诉他杯子、盘子、勺子以及洗脸毛巾该如何单独使用以切断传染源。

“你结婚了吗？”我说道。

“结了。”他回答道，有些惊讶。

“赶快把你妻子叫来！”我命令道，情绪有些激动。“我估计她也病了，是不是？”

“把我妻子带来？”他问道，眼睛瞪着我，非常惊讶。

我们继续在这样的氛围下交谈。他不停地眨着小眼睛，盯着我的眼睛看，我也盯着他的眼睛看。实际上，这还不能称作一次对话，只能算作一篇个人独白——一篇精彩的个人独白，主角是我，一个从任何教授那里都能获得期末最高分数和评价的医学院学生的个人独白。我发现自己就是关于梅毒这种疾病的所有信息的一座大矿藏。我足智多谋，奇招迭出，可以把德国和俄国出版的医学教科书中关于梅毒的缺漏的那些空隙全都顺利填补起来。我告诉他梅毒患者如果不及时治疗，病人的骨头会发生怎样的病变，并且顺道描绘了一下病人后续出现的身体瘫痪的情形。还有他不接受治疗对他的后代的影响——以及另外一个与此有关的问题，他的妻子该怎样得到拯救呢？如果她已经被传染了，她一定会出现什么情况，她该接受什么样的治疗呢？

最后，我话已说尽，刚才口若悬河，现在河已断流，我下意识地从自己的裤兜儿里取出一本参考书，红色封面，书名是金色烫金字。这是我最忠实的朋友，在我充满了艰辛的职业生涯的最初阶段，我一刻也没有离开她。有多少回，当我处方时碰到十分棘手的病例，就像是在我面前出现了一道黑色的无底深渊一样，她都会挺身而出勇敢地救我。在病人穿衣服的时候，我偷偷地打开这本关于梅毒的参考书翻了起来，终于找到此刻我最需要的内容。

升汞药膏是最好的治疗方案！

“你必须擦这种药膏。我给你开六小袋儿药膏。一天一袋儿，就像这样……”

我起劲儿地给他演示该怎样使用这种药膏，用我的手在白大褂儿上比画着。

“今天你必须擦你的胳膊，明天擦腿，然后再擦另一只胳膊。擦完六次以后，把它们全都洗掉，然后来找我。一定不能间断。你听到了吗？一定不能间断！除此以外，在治疗期间，你一定要特别注意你的牙齿和你的嘴。我会给你做一次嘴部清洗。每次吃完饭，你一定要漱口。”

“那我的喉咙呢？”他声音沙哑地问道，我立刻意识到他只是在听到“嘴部清洗”的时候才苏醒过来。

“是的，是的，你的喉咙也一样要治。”

几分钟之后，他身着羊皮夹克，从我的治疗室的门前一晃而过不见了，一个戴头巾的女人挽着他的胳膊。又过了几分钟，当我穿过昏暗的走廊，从门诊部出发，到药剂师那里去取一些香烟的时候，我碰巧无意中听到一个沙哑的声音在低声说着话：

“他不怎么样。是个年轻人。我只是喉咙疼，知道吧，但是他却把我全身看了个遍……胸，肚子……我手上还有好多活儿呢，到医院来看病用了我半天时间。到我赶回去，天都黑了。上帝啊，我什么病都没得，只是喉咙疼，可是他却给了我一些药膏治我的腿。”

“太粗心了，太粗心了。”传来一个农村妇女的声音，声音有些颤抖，但却同意男人的判断，当我穿着白大褂儿从他们身边像幽灵一样掠过的时候，她的声音停了下来。我实在忍不住向四下张望，在昏暗的灯光下，我认出了他的小胡子，那胡子就像麻绳一样粗，我也认出了他厚厚的眼睑，像鸡的眼一样的小眼睛，还有那十分凶猛的哑喉咙。我脖子一缩，肩头一沉，偷偷地想把自己装扮成一个驼背的人，就好像是我有罪一样，其实我心头的怒火熊熊燃烧。我就这样消失了，当时我的心态实在是差极了。

我完全是在浪费我的生命吗？

我拒绝做出这样的判断。这之后一个月，每天早晨，我都会仔细查看接诊记录，就像一位侦探探案一样仔细，期待能看见这名男子的妻子的名字，毕竟，那名男子很用心地听完了我关于梅毒这种疾病所发的长篇大论。我等了这名男子一整月的时间。他再也没有来。一个月过去了，我渐渐淡忘了他的存在，我停止忧虑，把他给忘了。因为，这个偏远的乡村医院，总是有一些新鲜的事儿在发生，每个工作日都会给我带来意想不到的疑难杂症让我忙得焦头烂额。有无数次我陷入完全不知所措的状态，只有重新调整自己的心绪，带着无比的热情重新投入对疾病的斗争之中。

现在，多少年过去了，我也离开了那座偏远的白色墙皮脱落的乡村医院，我将思绪集中在他胸部上的带斑点的皮疹上。他现在在哪儿？他在做什么？别告诉我，我知道。如果他现在还活着，他和他的妻子一定在一遍又一遍去那座摇摇欲坠的医院看病。他们会抱怨自己腿上出的病灶损伤面造成的伤痛。我能清晰地在脑子里勾画出他解下自己的裹脚布四处寻求同情的样子。新来的年轻医生，男医生或者是一位女医生，穿着打补丁的工作服，俯下身子看他的腿部，按压他的损伤面的指骨，寻找病因。他最后找到了病因，在他的病历本上写道："传染病，梅毒，三期，"然后问他以前是不是有人给他开过那种黑色的药膏。

就在那时候，正如我现在记起了他，他也会想起我，那一年是 1917 年，窗外飘雪，六个小纸袋子，纸袋子是用蜡纸做的，里面包的是六块尚未使用的黏糊糊的药团儿。

"是的，他的确给我开过一些。"他将会这样说，而这个时候，他的神情就不再是嘲讽了，而是感到恐惧。医生会开出一张处方，进行钾碘化物治疗，或者是进行其他什么治疗方案。此刻他也许会瞥一眼他的参考书，就像我当年做过的一样……

亲爱的同事们，向你们致敬！

"……还有，我亲爱的妻子，请给萨伏隆·伊万诺维奇带去我诚挚的问候。除此以外，我亲爱的妻子，我去看病了，因为最近六个月以来，我得了一种非常讨厌和让人感到十分痛苦的病——梅毒。我和你在一起的时候没有告诉你这个情况。我正在接受治疗。”

你的丈夫，阿纳托利·布科夫

那个年轻的女人紧紧按着她的法兰绒披肩，她的披肩把她的嘴包得很严实，她坐在椅子上，另一只手摇着，发出呜咽的哭泣声。她的头发卷得很厉害，被化了的雪打湿了，紧贴在她的额头上。

“难道他不是猪吗？”她哭诉道。

“是的，他就是猪。”我坚定地回答道。

接下来她来找我看病，这是最痛苦和最艰难的部分。我不得不让她冷静下来，但是我该怎样让她冷静下来呢？我们对候诊室里熙熙攘攘、吵闹嘈杂的不耐烦的抱怨声早已习以为常了。我的灵魂，也还没有迟钝到能对人类遭受的苦难无动于衷的程度，在这种情况下，我在某种程度上还能找到一些安慰的话语来安慰她。首先，我要驱除她内心的恐惧心理。我告诉她，到目前为止，在没有对她进行彻底检查以前，什么事也没有被确定，因此她不能向绝望屈服。即便是最后确诊患了梅毒，我们也没有理由向绝望屈服，我用最近这种可怕的疾病已经得到成功治疗的病例来安慰她。

“他就是猪。”年轻的女人哭泣着，泪水四流，竟至哽咽。

“是的，他就是猪。”我回应道。

我们在一起花了好长时间诅咒这个“亲爱的丈夫，”他在家里只待了很短的时间就去莫斯科了。哭到最后，女人的眼泪都哭干了，满脸泪痕，双眼红肿，她的黑眼睛里透着绝望的目光。

“我该怎么办？我有两个孩子。”她声嘶力竭地说道。

“等等，等等，”我嘟囔道。“让我们来看看我们应该干什么。”

我把助产士贝拉吉·伊万诺芙娜叫来，病房里只有我们三个人，还有一张妇科诊疗椅。

“这个流氓。”贝拉吉·伊万诺芙娜嘴里发出嘶嘶声。此刻，女人沉默了下来，她的两颗黑眼珠凝视着窗外，此时已近黄昏。

这是我所做过的最为彻底和深入的检查之一。贝拉吉·伊万诺芙娜和我对她身体的任何一个角落都没放过。但是我没有发现任何可疑的地方。

“你知道吗，”我说道，非常兴奋地希望这不仅仅是一种带有良好愿望的想法，就是我们在后面的检查里找不出恶性的初疮硬性下疳：“你知道检查结果吗？你可以停止忧虑了！还有希望。是的，有希望。当然，还有一种可能性，就是它会长出来，但是眼下，你的身体没有任何问题。”

“没问题？”被查的女人声音沙哑地问道。“没问题？”她的眼睛里闪着光，两个颧骨上出现了两个红圈儿。“可是你不是说，它正在长吗？”

“我自己也无法理解，”我喘着粗气对贝拉吉·伊万诺芙娜说道。“根据她给我们讲的内容看，她应该会被感染。但是，什么也没有。”

“是根本就没有。”贝拉吉·伊万诺芙娜在我说了之后又重复了一遍。

我们在一起又花了几分钟时间低声交谈了一下各种注意事项，而这些注意事项都是很私密的，并且我们和病人定好了下次检查的日期，然后我告诉这个女人她应当定期来医院做检查。

我看着她，发现她整个人都虚脱了。希望悄悄而至，然而几乎就在同时又被现实击得粉碎。她泪如泉涌，像黑影一样逃走了。从那个时候起，她的生活就被置于达摩克里斯的剑下。每星期六，她静悄悄地来到我的诊疗室接受检查。她的体重减少了不少，她的颧骨因为过大的压力变得更突出了，她的双眼眼窝深陷，周围都是黑眼圈儿。她解下自己披肩，这种动作后来成为一种经常性的行为，然后还是我们三人去病房里给她做系统检查

最开始的三个星期六过去了，我们什么都没有发现。然后她的身体也开始逐渐恢复。她的眼睛里又有神儿了，脸上又有了生气，那种因为忧愁而扭曲的神色在她的脸上渐渐舒退去。成功的可能性大为上升，检查结果对我们有利。危险期终于度过了。到第四个星期六的时候，我可以确信地这样说。我估计大概有百分之九十的概率，我们可以得到一个十分欣慰的结果。最初的二十一天危险期已经完全度过了。初疮硬性下疳会进一步发展为晚期的可能性可以说是微乎其微的。第四周最后终于也过去了，一天，当我把闪亮的观察镜从脸盆上方移开的时候，我最后一次检查了她的腺体，我对这个女人说：

“你再也不会有任何危险了。你以后再也不用来了。你十分幸运。”

“我全好了吗？”她问道，这种表示疑问的声音我永远都无法忘记。

“是的，你好了。”

我没有能力去描述她此刻脸上的表情。我只记得，她向我们

深深地鞠了一躬，然后就走了出去。

她的确走了，不过，后来她又来了一次。她抱着一大堆东西来看我们——两磅黄油和两打儿鸡蛋。我心里经过可怕的思想斗争，最后一样东西也没要。我对此感到非常自豪和骄傲，尽管我还那么年轻。可是后来，在革命之后紧跟而来的那段我不得不度过的没吃没喝的艰苦岁月里，我常常想起这里的煤油灯，想起那些黑色的眼睛，以及那些带着手指印儿的黄灿灿的整齐的黄油块，眼睛里就会情不自禁地流出几滴泪儿。

可是我为什么会回想起这个女人？四个星期的恐怖体验实在是应该诅咒的，而且从那时起这么多年都已经过去了。有一个原因。因为她是我碰到的第二个梅毒疑似患者，而且后来我用自己生命当中最好的时光去做性病研究。第一个疑似患者是胸部长有带斑点的皮疹的那名男子。她是第二个，也是唯一的一个例外，还因为她十分恐惧：她是我们四个（贝拉吉·伊万诺芙娜，安娜·尼古拉耶芙娜，德姆扬·卢克伊奇还有我）在煤油灯的灯光下所做的工作经历中唯一一个还留在我的记忆当中的人。

她准备接受每个星期六令人痛苦的就诊，就好像是在受酷刑一般，与此同时，我开始研究起这种疾病。秋季漫长的夜晚为我提供了无边的宁静，用瓦覆盖着的火炉为我提供了热量，一盏青灯相伴，我感觉自己进入到了一个完全孤独的世界。户外大风怒号，可是这儿，只有被狂风吹斜的雨才会叩响我的窗棂，根本就察觉不到，细雨又变成无声飘落的雪花。我久坐不起，长时间地研读最近五年内的医生出诊记录。病人和村庄的名字在我眼前一个一个出现，成百上千，成千上万。我在病人一栏里寻找着梅毒病例，碰到过不少。有许多行记录上经常令人厌烦地写着“支气管炎,”“喉炎”，还有其他一些病……这儿，赫然写着：“梅毒，三期。”页边的空白，同一笔迹，用粗体写着：

“升汞软膏，外用，3.0 克，每日一次。”

是了，这就是——那种黑色药膏。

我接着看下去。支气管炎和黏膜炎经常在我眼前跳舞，然后，突然，会被下面的字眼儿打断……“梅毒”又出现了。

事实上，出现最多的记录，是梅毒二期病例。三期病例出现的不是很多,在“治疗”一栏里面是用粗体写成的“钾碘化物”字样。

这些发了霉的医生出诊记录本，是我从阁楼里取出来的，我研读越久，就会获得更多启发，尽管我的临床经验还比较少。我开始认识到这些记录里面有很多惊人的东西。

“这就意味着，”我在黑暗中对自己说道，同时这话也是对正在书架背后啃咬着旧书本的老鼠说的，“这就意味着这里的人们对梅毒这种疾病还没有概念，梅毒对身体造成的损害也没有吓到他们。我明白了。于是他们的伤口有的是自行愈合的，在身体上留个疤。这就是全部情况吗？不，根本不是！有的人就进入梅毒二期，也是险象环生的阶段。塞姆扬 · 科霍托夫，32 岁，喉咙疼痛，丘疹向外流脓，接着他会去医院就诊，然后他会得到那种灰色药膏……”

灯光在桌子上照出一个圆圈儿，烟灰缸底儿上印的巧克力肤色的女人像在烟头的覆盖下消失了。

“我要找到这个塞姆扬·科霍托夫。现在，让我们想一下……”记录本的纸有些发黄，摸上去噼啪作响。1916 年 6 月 17 日，医生给了塞姆扬·科霍托夫六小袋升汞药膏，很早以前，这种药膏就被用来治疗像他这样情况的病人。我能想象出我的前任在递给塞姆扬药膏的时候是怎么给他说的：

“塞姆扬，在你擦过六次以后，就把它们全部洗掉，然后再来找我。塞姆扬，你在听我说话吗？”

塞姆扬当然会向大夫鞠躬，用沙哑的嗓音向医生道谢。好了，又过了十天到十二天，他的名字在记录本里一定会再次出现。让我看一下……我又翻起了记录本，同时又点起了一支烟。嗯……竟然找不到他了！十天以后他再也没有出现，二十天以后也没出现。他根本就不在了。可怜的塞姆扬·科霍托夫。最大的可能性是，那种带斑点的皮疹已经全部消失了，就像黎明前天上渐渐隐去身影的星辰，湿疣也已经干化结疤了。还有一种可能，塞姆扬毫无疑问已经死了。也许，我会在我的诊疗室看见他，治疗他的梅毒瘤对身体的损害。他的鼻梁上还没长痘痘吧？他眼睛里的瞳仁还对称吧？哦，可怜的塞姆扬·科霍托夫！

可是我们这里接待的病人是谁？不是塞姆扬·科霍托夫，而是伊万·卡尔波夫。对此不必大惊小怪。为什么卡尔波夫就不会得病？是的，但是，等一下——为什么给他开的药是氯化亚汞加糖和小剂量的牛奶？原因是伊万只有两岁大！而他正在受罪，“梅毒二期”。那致命的“二期”！当他的妈妈带他到医院的时候，他浑身上下长满了疹子，医生来检查，他挣扎着，想要摆脱医生对他的控制。情况再清楚不过了。

“我知道，我能猜到。现在，我意识到这个两岁大的孩子受到的是梅毒初期的毒害，这种身体的损害后面紧跟着的是梅毒的二期。问题出在嘴上！是通过勺子传染的。”

从这片未开垦的处女地，从这无边的宁静以及宁静的乡村生活里我学到了什么呢！是的，这本旧的医生出诊记录本里有很多有趣的事告诉这位年轻的医生。

在伊万·卡尔波夫上面的记录上写着：

“阿乌德特雅·卡尔波娃，39岁。”

她是谁？哦，我知道了。她是伊万的母亲。她带着伊万来医院的时候，伊万正在哭。

伊万·卡尔波夫下面的记录：

“玛利亚·卡尔波娃，8岁。”

“她是谁？他姐姐吗？需要更多的氯化亚汞……”

他们全家都在这儿。一家人。只缺少了一个家庭成员——卡尔波夫，35岁到40岁之间。他的名字我叫不上来。西多尔，还是普约特……？不管怎么说，这不重要。

啊，在这儿找到了他的资料。现在我看看。他很可能是从该诅咒的战场上返回家园，却没有“坦白”，或许他不知道他需要这样做。接着他再一次走了。就是这样开始的。阿乌德特雅之后患病的是玛丽，玛丽之后是伊万。他们用相同的碗吃饭，用的是同一条毛巾。

这儿还有一家。还有一家。有一位老人，70岁了。“梅毒二期”。是老人。他是怎么得上的？不是性传播。他只不过和人共用了一个杯子，不是通过性传播途径。外面天已经亮了，十二月里的清晨，天色发白。我独自一人整晚上钻研医院里的记录，钻研带着图表解释的写得十分精彩的德国医学教科书。

在去往卧室的路上，我打着哈欠对自己嘟囔道：

“我准备跟这种病搏斗。”

与这种病搏斗，我就得首先看到这种病。没过多长时间，我还就真的看到了它们。一条可以通行雪橇的路修好了，这些天来，每天都有一百多病人来找我看病。我诊疗的一天从多云的白天开始，到晚上吹起黑色的薄雾结束，直到这时，最后一辆雪橇才会消失，发出充满神秘色彩的嘶嘶声。

这种病很阴险，用多种方式伪装自己。它有各种表现形式，比如，它会是少女喉咙上的白色伤口，也可能表现为罗圈腿，或者是一位老妇人黄色腿上深深的但却不疼的溃疡，又或者是一位正当盛年的妇女身上向外流着脓的丘疹。有时候，这种病骄傲地显示着自己的存在，长在人的额头上，那种新月形的被称之为“维纳斯王冠”的就是它了，有时又在儿童的鼻子上表现为像哥萨克人的拖鞋那样形状的肿块儿。还有许多时候，这种病根本就逃过了我的注意。毕竟，我还只是刚离开医学院报告厅没多久的医科毕业生啊！

没有任何帮助，我独自一人对这种病的治疗进行着探索。这种疾病，有时候是潜伏在人的骨头里的，同时也潜伏在人们的心中。我从中学到了很多东西。

“他们给我说要擦一些东西。”

“是那种黑色药膏吗？”

“是的，先生，黑色药膏。”

“是四肢交替涂抹吗？第一天擦胳膊，第二天擦腿？”

“是这样的。你怎么知道？”（一副讨好的口气）

我怎么会不知道呢？那情况太明显了。只要看看那个梅毒瘤的样子就知道了！

“你很疼吗？”

“我想是的！号起来的时候比女人生孩子的声音还大呢。”

“哦……你的喉咙疼不疼？”

“疼。我的喉咙很疼。从去年就开始了。”

“我明白了。利奥波德·利奥波德维奇给过你药膏吗？”

“给过。跟我的靴子一样黑，是的。”

“好了，你没把药膏擦在身上，你没做对……”

我浪费了无数的灰色药膏。我开出了大量的钾碘化物作为处方药，说了很多狠话来吓唬他们。我想方设法劝说一些人在擦完第一个疗程六小袋药膏之后返回医院继续进行治疗。实际上，有些人开始进行了最初的注射疗程，尽管他们大多数人并没有最后全部完成。大多数人就像沙漏里的沙子一样滑过了我的手指，在大雪封路、天地一片黑暗的情况下我根本就不可能出去找他们。我开始确信，梅毒在这里之所以可怕，是因为这里的人根本就不怕它。这就是为什么，在刚开始回忆这些的时候，我会首先提到那个黑眼睛妇女。我记得她，从心底里尊敬她，就是因为她非常害怕梅毒。但这样的人只有她一个。

在我逐渐成熟的过程中，我变得越来越实事求是，有时甚至会感到十分郁闷。我梦想自己在这里的工作会结束，这样我就可以返回到大学城里搞研究，这会对同梅毒搏斗的事业变得容易些。

就在这样阴郁的气氛下，一天，一个长得非常好看的年轻女人来到医院就诊，她手里抱着一个襁褓。两个刚学会走路的孩子在后面跟着她，拽着这个女人羊皮夹克下面穿的蓝色裙子的下摆，因为他们脚上穿的靴子太大不合适，所以走起路来跌跌撞撞。

“孩子们突然出了疹子。”这个面颊红润的女人说道，神色很严肃。

我小心翼翼地摸了摸拉着母亲衣襟的可爱的小女孩儿的额头。她立刻把自己藏在母亲的身后，消失得无影无踪。我伸出手来去摸另一边拉着母亲的长着一张胖脸的小男孩儿的额头。他们两个的额头摸起来很正常。

“亲爱的，你能把衣服脱下来吗？”

她把小女孩儿的衣服脱下来。小女孩儿赤裸着的幼小躯体上星星点点都是疹子，就像此刻冬夜的天空。有蔷薇疹，也有正在流脓的丘疹，从头到脚都是。万卡，那个小男孩儿，突然从我的手中挣脱出来，开始大声号起来。德姆扬·卢克伊奇跑上前来帮我。

“是感冒风寒，对吗？”母亲说道，她看着我，神色平静。

“感冒风寒！”卢克伊奇咆哮道，脸部扭曲起来，既感到厌恶，又表现出一丝悲悯来。“该诅咒的整个克罗波沃区都患上了这种感冒风寒。”

“这怎么得的？”母亲问道，而我正在检查她的胸部和斑斑点点的躯干。

“把衣服穿上。”我说道。

然后我坐下来靠在桌子上，脑袋伏在胳膊上打了个哈欠（这位母亲是那天的最后一个，她是第九十八个）。接着我说道：

“你们，亲爱的，你们全部，还有你的孩子病得非常厉害。

这是一种非常可怕和危险的疾病。你们必须立刻进行治疗，持续时间会非常长。”

多么遗憾啊，实在找不出足够的文字来形容此刻这个女人向外凸出的眼睛里那种怀疑的目光。她把孩子在手中翻了个个儿，就像是在转动一根原木，呆呆地盯着孩子的腿，问道：

“这种病是从哪儿得上的？”

同时她极不老实地咧嘴一笑。

“问题不在这儿，”我回答道，说完点着了一支烟，这是今天的第十五支烟了。“你应当问的是接下来你的孩子们会出什么事，如果你不让他们及时治疗的话。”

“没什么的，会怎样呢。”她回答道，然后开始用襁褓把孩子包裹起来。

我的表就搁在我身前的桌子上。就我能记起来的，到我跟这位母亲说这话不到三分钟，她就开始放声大哭。我很高兴看到她的泪水，我故意使用带有恐吓性的、残酷的话语来吓唬她，因为只有这样，我才能够接着说下面的话：

“那么，他们就留下来住院。德姆扬·卢克伊奇，请你把她们安排在医院的附属建筑里住。明天我会去一趟城里，申请在这里开设一所专门收治梅毒病人的住院部。”

医生助手表现出很大的兴趣：

“可是，大夫——（他是一个伟大的怀疑论者）——我们该怎样安排我们现有的人力？药物的使用怎么办？我们再也找不出护士的人手了……谁给病人做饭呢？你考虑过那些吃饭的家伙事儿吗？需要那么多注射器怎么办？”

我固执地摇了摇头，回答道：

“这些事情我全负责了。”

一个月过去了。

医院的附属建筑有三间房子，屋顶积雪覆盖，照明由锡制灯罩煤油灯提供。病床上铺的都是破烂的旧床单。这里只有两支注射器——一支是小的可注射一克剂量的注射器，还有一支是可注射五克剂量的专门用来治性病用的注射器。换句话讲，这里真是可怜，被大雪围困没办法，实在是太穷了。但是，值得自豪的是，有一支注射器还省着没用——只用了一支注射器，尽管我内心还是非常担心要是这支坏了怎么办，我还是想办法对住院部里这几个梅毒重病号注射了对治疗梅毒有特效的撒尔佛散药剂。

而且，我感到很可宽慰的是，七名男子和五个女人躺在医院的附属建筑里，每天，他们身上带斑点的皮疹正逐渐从我眼前消失。

到了晚上。德姆扬·卢克伊奇手里拿着一盏小灯，灯光照向那个害羞的小男孩儿万卡，他的嘴上还留着刚吃过粗面粉之后的痕迹，嘴边全是面糊。这个男孩儿好长时间都不出皮疹了。这对我的良心真是一种最好的止痛膏，在灯光的照射下，我仔细看着他们四个人的病况。

“我想明天我们就得走了。”孩子的母亲说道，她的身躯在罩衫下蜷缩着。

“不行，你们还不能走，”我回答道。“你们必须进行下一疗程的注射。”

“我不同意，”她反驳道。“我家里还有一大摊子事儿呢。

谢谢您的帮助，可是明天我一定得走，我们现在好多了嘛。”

渐渐的，我们之间的对话变得越来越激烈，我们最后都没有控制住自己的情绪。我们的对话以此结束：

“你知道你是什么吗？”我说道，同时感到自己的脸火辣辣的。“你真是个……蠢货！”

“你这是什么话？你总是在你的病人面前骂娘吗？”

“你比蠢货还要蠢！你不是，你是一个……看看你的孩子万卡吧！你准备杀了他吗？好，我告诉你，我不会让你杀了他的！”

她又多待了十天。

十天！就是十匹野马也不能把她拉住让她在医院里待那么久。但是，相信我，天地良心，我心可鉴，我把她叫作“蠢货”甚至连一丝内疚都不会感到。我用不着说对不起。和那些带着斑点的皮疹比起来，我骂声娘又算得了什么呢！

从那时起，许多年过去了。命运和动荡不安的岁月在我和那些大雪覆盖的医院附属建筑之间拉开了好长一段距离。现在那里正在发生什么？谁现在在那儿呢？我确定那儿的条件已经改善了很多。那座建筑物很可能已经粉刷一新，床单也早已换成新的了。当然，现在还是没有电。很可能就在我写下这些文字的当口儿，一位年轻大夫正俯下身子观察病人的胸部情况呢。煤油灯发出的黄色的灯光正在照着病人泛着黄色的腿呢。

亲爱的同事们，向你们致敬！

暴风雪

此刻，像狼一样，对着漫天的暴风雪嗥叫，

此刻，像个孩子一样，哭泣，悲嗥，流泪。

根据无所不知的阿克森雅的讲述，整个故事是这样的，一个叫帕奇科夫的办事员，他住在沙洛莫特耶沃村，爱上了一位农艺学家的女儿。他热情似火，这个不幸的人绞尽脑汁想要追求到自己心爱的人。他开车到附近的格拉切沃卡镇为自己订了一套礼服。新衣服让人眼花缭乱，应该这样说，是办事员的新裤子上的灰色条纹给这个运气不好的男人的命运盖上了最后的印章。农艺学家的女儿同意嫁给他。

我在为卷入剥麻机的那个女孩儿成功进行了截肢手术之后就获得了巨大的声名，可是此后我就不得不背负着我的名声进行工作。每天都有一百多农民驾着雪橇来到我的诊所就诊。我的午饭经常被打断。算术，是残酷的科学：假设我在每个病人身上花五分钟时间……五分钟！……那么五百分钟就等于八小时又二十分钟——没有休息，请注意这一点。除此以外，病房里还有四十位住院病人等着我巡视诊疗。同时我还得做手术。

简而言之，当我晚上九点钟离开医院的时候，我已经没有任何欲望吃饭、喝茶、睡觉了。我唯一想做的就是把自己关起来，再也没有人来叫我看病。而且最近两星期以来，我坐在雪橇上已经出诊了五回。

我的眼睛上有一层黑圈儿，鼻梁上有一道竖痕，就像那儿待着一条虫子。在晚上，透过一片薄雾，我梦见自己手术失败，肋骨露在外面，我的双手沾满了人类的鲜血，这时候我会猛地出一身冷汗，从梦中惊醒，尽管此时室内镶着瓦片的炉子还在冒着热气。

在巡视病房的时候，我会急切地在病房里快速走动，后面跟着一个男助手，或者是两个女助手。我走到一个病人的床边，病人呼吸很困难，正在打点滴治疗高烧，很悲惨的样子，这时候我要把我脑子里的一切想法全都赶出去。我的手指感受着病人发烫的、干燥的皮肤，我会检查病人的瞳仁，摸摸他的肋骨，用听诊器听听他神秘的、向下沉的心跳，心里只有一个念头——我该怎样救治他？以及我该怎样救治我的下一个病人——下一个……救治他们全部！

这就像是一场战役，从每天早上积雪反射那束苍白的灯光开始，一直到医用高压灯断断续续地射出那道黄色的光束为止。

“我想知道这一切该怎样结束？”有天晚上，我这样问自己。“整个一月，雪橇将会源源不断地来到这里，还有二月，三月。”

我很有礼貌地给格拉切沃卡镇的管理局写信，提醒他们应当给我配备另外一位医生做我的助手。

信件用雪橇送出，穿过一片风和雪的海洋，送到二十五英里以外的镇上。三天后我得到了答复：他们说行，当然要配备人士，当然要配备人手，肯定要配，只是不是现在……现在还没有人能来……

信的末尾还有一行恭维我的话，评价我的工作很好，并且祝愿我继续取得成功。

受到这些对我的工作评价的鼓舞，我又开始大干起来，忙着给病人擦拭消毒，注射白喉免疫血清，切开病人身体上畸形的长着脓肿的组织，给病人打上石膏等等。

星期二来的不是一百人，而是一百一十一个病人来就诊。我在晚上九点完成了手术，躺倒开始睡觉，猜想明天会有多少病人。我做梦梦见明天会来九百人。

我朦朦胧胧感觉今天早上从窗户外射到我的卧室里的早晨的光白得有些异常。我睁开双眼，不知道是什么把我给叫醒了。我这才意识到：有人在敲门。

“大夫……”我认出这是贝拉吉·伊万诺芙娜的声音。“您醒了吗？”

“嗯——啊。”我嘀咕着，还没有完全清醒。

“我来告诉您，今天早上您不用急着去手术了。只来了两个人。”

“什么？你开玩笑吧。”

“不，我是认真的。大夫，起暴风雪了，一场大暴风雪，”透过卧室的锁眼儿，她兴奋地重复着。“而且来的这两个人都是来看牙的，蛀牙。德姆扬·卢克伊奇就把他们的情况处理了。”

“是的，但是……”我也不知道为什么，就从床上跳了起来。

事实证明，今天过得很是惬意。查完病房之后，剩下的时间，我回到我的住处，先是闲逛了一会儿，嘴里哼唱着歌剧的片段，抽抽烟，在窗棂上敲敲手指。窗外的景象我以前从未见过。天和地就好像消失了一样——只有旋转的、飞舞着的白色精灵，四面八方，旁侧斜出，忽上忽下，就像疯狂的魔鬼在天地之间随意抛撒自己使用的牙粉。

中午，我让阿克森雅烧了三桶半热水。我都有一个月没好好洗过澡了。

我和阿克森雅从储物间里阿克森雅阿克森拖出一个超大尺寸的洗衣盆，把它放到厨房的地板上。（没问题，也很自然，在我们这个偏远的地方，没有什么像样的澡盆；在医院里倒是有澡盆——而且后来它们都坏了。）

下午两点钟，显而易见，户外飞舞着的大雪渐渐变得稀薄起来，而我坐在我的浴盆里，脑袋上满是肥皂泡。

“啊，这就像什么来着……”我嘴里嘀咕着，心里美滋滋的，我舀着浴盆里滚烫的水浇着背。“这才是生活呢！洗完澡以后，我们吃饭，然后——上床睡觉。只要让我美美滴睡上一晚上觉，我才不在乎明天来一百五十个病人呢。阿克森雅，有什么新闻吗？”

阿克森雅此刻正待在碗碟储藏室，她要一直等着我沐浴更衣完毕。

“沙洛莫特耶沃村的办事员结婚了。”阿克森雅回答道。

“他结婚了！这么说她已经接受他了，是这样吗？”

“当然。他爱她爱得发狂……”阿克森雅低声哼唱着，手里正在洗的碗碟叮当作响。

“她漂亮吗？”

“她可是这方圆百里内的大美人啊。身材苗条，金色头发……”

“你可从没说过！”

就在这时，门外传来重重的敲门声。我皱了皱眉，用水洗掉身上的泡沫，仔细倾听。

“大夫正在洗澡。”阿克森雅喊道，结果传来了一声低吼作为回应。

“大夫，这有您一张便条。”

“从门缝儿给我递过来。”

我从浴盆里爬了出来，浑身颤抖着，抱怨我的运气怎么这么不好，然后从阿克森雅的手中接过有些潮湿的信封。

“我可不准备离开这个盆子，这是确定的事。毕竟，我也是人啊。”我这样说着，其实并不是十分自信，我又坐进了浴盆里，然后打开了信。信上写着：

我亲爱的同事（后面赫然写着一个巨大的感叹号）。我被迫（这个词儿又被划掉了）真诚地请求您能马上赶来。有个女人头部遭到重击，头部正在流着血……（后面的内容被划掉了）鼻子和嘴也流着血。她休克了。我对付不了了。我真诚地请求您能马上赶来。马夫的马好极了，您快来吧。她的脉搏非常弱。已经使用了樟脑进行急救。（签名）医生（字迹模糊看不清了）。

“真是不走运。”我悲惨地想道，目光注视着炉子里熊熊燃烧的木头。

“有人把这张便条带来了吗？”

“是的。”

“把他带到这儿来。”

他走进屋里，一瞬间我还以为一个古罗马的士兵走进来了呢，他戴着金光闪闪的头盔，头盔下面是一顶有御寒用的耳罩的皮帽子。他穿着一件狼皮外套，当他进屋的时候我明显感到了外面的寒气。

“你为什么戴着一顶头盔？”我问道，用毛巾擦拭着半湿的身体。

“我是沙洛莫特耶沃村的消防员。我们那儿有一个消防中队……”罗马士兵解释道。

“写便条的医生是谁？”

“他正好拜访农艺学家。年轻大夫，他是个年轻医生。情况十分严重，太严重了……”

“那个女人是谁？”

“办事员的未婚妻。”

阿克森雅在门外叹息了一声。

“出了什么事？”（我听见阿克森雅悄悄贴近了门，并且把她的耳朵贴在门上听着。）

“昨天，他们举行了订婚仪式，仪式结束后，办事员想带着她坐雪橇出去兜一圈儿。他给一匹快马套上马具，让她坐在雪橇上，然后开始赶马出大门。就在这个时候，马突然跑起来。猛地向前一冲，女孩儿从雪橇上掉了下来，前额撞在门柱上了。她飞了出去。真是非常严重的事故，我真是难以形容……他们不得不拉住办事员，以免他当场自杀。他已经疯了。”

“你看，”我悲惨地说道，“我正在洗澡呢。你们为什么不把她带到这儿来？”嘴里这么说着，我把头浸到浴盆里，用水清洗掉我头上的肥皂沫。

“先生，根本无法移动，”消防队员的声音听上去很痛苦，他两手攥得紧紧的，带着乞求的口吻说道。“根本不可能移动，先生。这个女孩儿或许已经死了。”

“可是我们怎么去呢？外面正刮着暴风雪！”

“暴风雪正在停下来——事实上，先生，现在已经完全停了。我有一对儿快马，一前一后已经全都套好了。我们要不了一个钟头就能赶过去。”

我低声应了一声，从我的浴盆里爬起来，猛地用剩下的两桶水从头部倾泻而下，来了个痛快的。然后，我弯下腰，把自己的头凑在炉嘴上，想把我的头发赶快弄得干一些。

“我现在跑一趟一定会得肺炎的。不论什么情况，我现在能怎样救治她呢？我从他的便条上就可以看出，他是个比我更没有经验的医生。我除了这六个月来自己想方设法获得的一些经验以外也是一无所有，而他知道得更少。很显然他勉强称职。他认为我是一个很有经验的医生……”

带着这样一些想法，我甚至自己都意识不到自己在穿衣服，这可不是简单的事儿：裤子和衬衫，毛毡靴子，衬衫外面套着皮夹克，皮夹克外面是羊皮外套，皮帽子，还有我的包，里面装着咖啡因，樟脑，吗啡，肾上腺素，止血钳，消过毒的包扎用品，皮下注射液，探针，棕色自动着色剂装置，香烟，火柴，观察镜，听诊器。

当我们驾着雪橇驶出村子外围的时候，外面的天气不再那么让人担心，尽管太阳渐渐隐去了自己的身影，黑暗开始包裹我们。大雪似乎已经停了，只是朝着一个方向下着，下在我的脸上，正好下在我的右脸颊上，像是在我的脸上画着对角线。赶马的消防队员的身子完全隐没在后马的臀部之下，我正好看不见。拉着雪橇的畜生迈开大步，进入疯狂的奔跑状态，雪橇开始在颠簸的道路上以飞一般的速度奔驰着。我的身体深深陷在雪橇的座位里，立刻感到了温暖。我想到了肺炎，同时也在纳闷，是不是姑娘破碎的头骨已经刺伤了大脑。

“这些马是消防队的吗？”我透过我的羊皮大衣的衣领子喊道。

“哦——是的，哈……哈……”雪橇驾驶员嘴里咕哝着算是回答，连头都没回一下。

“大夫是怎样给她治疗的？”

“嗯，先生，他……哼……麻烦的是，他只研究怎么治性病。”

当我们经过一片树林的时候，暴风雪低吼着，吹过一片矮林，然后猛地甩出，从我们耳边呼啸而过。我感到自己摇来摇去，晃来晃去，摇过来晃过去……一直到我发现自己置身于桑多诺夫在莫斯科的蒸气浴的更衣室里——穿戴整齐，我穿着皮衣，洗得汗流浃背。然后点起了一支火把，现在浴室里全都是凉水，我睁开双眼，看见一顶头盔闪闪发光，不，是闪着血光。我想那是因为有火……接着我眨了眨眼，这才意识到我们已经到了。我站在一座有着白色柱廊的尼古拉一世时期的带有新古典主义风格的建筑物里。我们的周围一片黑暗，我被一群消防队员簇拥着，他们的头顶上闪着一丝亮光。我从皮外套里叮叮当当取出我的怀表瞥了一眼：五点钟。这次雪夜之行用了不是一小时而是两个半小时才跑到。

“要立刻确定有能送我回去的马。”我说道。

“好的。”雪橇驾驶员回答道。

我迷迷糊糊，感到我的皮短上衣下面全都是湿的，就好像我是被厚厚的外科伤口敷布包裹着一样，就这样我走进了建筑物的门厅。灯光从我身体的一边照过来，在清漆地面上照出我的影子来。一个头发梳得很整齐的年轻人跑了出来，他穿的裤子很显然刚刚熨过，裤子上的褶子很整齐，而他的脸色却不怎么好，像是受过折磨一样。他系在黑色圆点花样布料衬衣上的白领结歪向一边，用水浆过的衬衣领子已经软了下来向外斜伸着，但是他的夹克可以看出来是裁缝新做的，崭新崭新的，新裁剪的布料的褶子印儿是如此整齐，就好像是用金属切削出来的。

这个年轻人挥舞着他的手臂，抓住我的皮大衣使劲摇着我，几乎快要把我压倒在地上了，嘴里轻轻地哀鸣着：

“哦，大夫……我亲爱的人啊……快……她快死了。我是个杀人犯。”他的眼睛突然看向另一边，圆圆地睁着，目光中充满了悲情，他对其他人声嘶力竭地喊道：“我是杀人犯，我就是杀人犯。”

然后他就开始放声大哭起来，他抓起他脑袋上稀稀的、四散的头发向外拔。我从他手指间散开的几缕头发上可以看出实际上他已经拔下不少了。

“别哭了。”我说道，说完用手把他的胳膊推开。

他被人带走了，有一些女人向我这边跑过来。

我脱掉外套，走在泛着光的地板上，进入到摆着一张床的房间。一位非常年轻的医生坐在椅子上，看到我立刻起身给我打招呼。他的神情痛苦至极，六神无主。我们俩眼神交汇的一瞬间，我从他的眼睛里捕捉到了一种非常惊讶的神情，因为他发现我跟他一样年轻。实际上，我们俩就像是同一个人的两幅肖像，长得太像了，我们两人的年纪甚至都一样大。然后他就被看到我的到来的喜悦之情所笼罩，甚至开始大口喘起粗气来。

“我非常高兴……我亲爱的同事……你看，她的脉搏快停了。实际上，我是一个性病专科医生。感谢上帝，你来了。”

桌子上有一团医用纱布，上面放着一个皮下组织注射器，还有几支装黄色药水针剂的小玻璃瓶。门外传来办事员的哭声，随即一个身高到我肩膀的穿着白色质地衣服的女人走了进来关上了门，哭声就听不见了。卧室里的灯前悬挂着一道绿色的隔离布，因而显得半黑半明。在绿色的暗影中，躺在床上的人的脸就像白纸一样惨白。她的鼻子看上去很尖，鼻翼收得很紧，鼻孔里塞着一些棉花团，上面流的血都已经成了暗红色。

“她的脉搏……”那个年轻的医生对我轻声说道。

我移动了一下那只毫无生气的胳膊，现在我摸脉搏的姿势早已成为了一种定势了，我伸手去摸她的脉搏，她的脉搏让我浑身发抖。我只能感受到一丝微弱和急速的跳动，时隐时现，就像是一根快要断了的线。我突然感到我的胃部深处又出现了那种经常感到的一种冰冷的刺痛感，这是我与死神面对面的时候通常都会有的一种感受。我痛恨这种感受。我努力打开药瓶，抽出一支药剂装进注射器在这个女孩儿身上进行着皮下注射，但是现在注射也只是一种机械的行为罢了，看上去是徒劳无益的。

她的下巴开始抽动起来，就好像她被什么噎住了一样，然后抽动的速度减缓放慢，最后停了下来。毯子覆盖的身体猛地拉紧，蜷曲着就像是受了凉缩成一团，然后又猛地松弛了下来。能够指示她生命迹象的脉搏在我的手指下也悄然而逝了。

“她死了。”我低声对年轻医生说道。

长着满头灰发的穿白色衣服的女人一下子扑倒在光滑的毛毯上，抱着毯子下的那个刚刚失去生命的人的身体，浑身上下都在抽动和颤抖。

“安静，安静。”我温柔地对这个穿着白色衣服的女人说道。年轻医生脸部扭曲着，极不自在地打开了门。

“他一直在折磨着我。”他用一种非常低沉的声音说道。

我们俩儿小声商量了一下，安排把还在哭泣着的母亲留在卧室，交代她不要告诉任何人这里发生的事情，而把办事员叫到一个离卧室比较远的房间。在那儿我对他说道：

“如果你不允许我们给你注射一针镇静剂，我们就什么都做不了了。你分散了我们的注意力，让我们根本无法工作。”

最后他同意了。他小声哭着，脱掉他的夹克，我们卷起他崭新的衬衫袖子，给他打了一针吗啡，衬衫很漂亮，是他专门为订婚仪式订做的。年轻医生借口要去料理死者的后续事宜走开了，只留下我和办事员在一起。吗啡起作用的速度要远远超过我的预想。不到一刻钟，他无限伤感的情绪就变得不那么明显了，而且昏昏欲睡，不一会儿他泪水四流的脸上就现出浓浓的睡意，然后脑袋一低趴在自己的胳膊上就睡着了，最终把哭泣，把这场灾难，把前后折腾的这些事，以及笼罩在现场的每个人的悲伤气氛忘到了九霄云外。

“我说，亲爱的同事，现在就返回去实在是太危险了。你们很容易在暴风雪中迷路，”年轻医生在过道里轻声对我说道。“留下来吧，在这儿住一晚上。”

“不行啊，我实在不能留下来。不论付出怎样的代价，我都得赶回去。雪橇驾驶员向我承诺过，这里的事儿一完就立刻把我送回去。”

“他们当然得把你送回去，可是你必须意识到……”

“我实在是留不下，我有三个斑疹伤害症病人需要照顾。每个晚上我都得照看他们。”

“好吧，如果是那样的话……”

我们站在大厅里，他给我倒了些烈性酒，给里面掺了些水让我喝，我喝完以后赶快又吃了一片火腿。我立刻感到肚子里升腾起一股暖流，那种让人压抑的沮丧感得到了一点缓解。我回到卧室，去看那个死去的女孩儿最后一眼，又看了一眼办事员，又给年轻医生留下一剂吗啡针，然后就裹紧大衣，走向停靠着雪橇、点着火把的地方。

雪橇上套好的马昂着头，暴风雪呼啸着，雪不停地下在它们的身上。火把的火焰在风中忽闪忽闪着。

“你知道回去的路吗？”我问道，但是声音低得几乎让人听不见，就像嘴上装了消声器一样。

“我们对道路熟悉极了，”雪橇驾驶员神情沮丧地回答道（此刻他没有戴他平时戴着的头盔），“可是你最好是在这儿住一晚上……”

他戴的帽子上的耳罩一甩一甩的，像是在告诉我他宁愿死在这里也不愿意跑这一趟。

“您应当留下来，先生，”另一个男人补充道，他手中的火把正在渐渐熄灭。“外面的情况很糟糕。”

“就八英里路……”我抱怨道。“我们很快就会到家。我还有好些病人病得很重……”说着我就爬进了雪橇。

我得承认，我忘了说待在那座不幸的房子里，一想到自己百无一用，对这姑娘的死是如此的无能为力，仅仅想到这些都是让人无法忍受的。

消防队员感到很绝望，重重地坐在雪橇驾驶员的位子上，拉紧缰绳，然后猛地抽了马一鞭，我们以飞快的速度通过了大门口。火把立刻熄灭了，就好像被放入了水中一样。一分钟之后，另外一些事情引起了我的注意：尽管我坐在雪橇里转身很困难，但是我注意到不光是火把熄灭了，什么也看不见，整个沙洛莫特耶沃村本身以及它的所有建筑物都消失了，一切宛若梦中。这让我感到很震惊，同时我也感到很不舒服。

“太奇怪了，”我这样想着，嘴里喃喃自语。我把身子稍微探出雪橇，用鼻子感受了一下外面的世界，但是天气实在是太糟糕了，我又把身子缩了回来。整个世界如同被卷成了一捆东西，坐在雪橇里的乘客被颠得东倒西歪，感到天旋地转。

有一刻我在想我们是不是应该转身往回走，但是我立刻放弃了这个想法，而是拼命让自己的身子贴着雪橇的底部，就好像我是在坐船一样，我蜷缩着身子，双眼紧闭着。突然，记忆的碎片在我双眼前出现，绿色隔离布透过的绿光，姑娘惨白的没有一丝血色的脸，紧接着就是这样的想法："一定是脑颅底部的碎片造成的……是的，当然是……一定是！"我感到心中涌起了自信心，这一定是正确的诊断。真是灵光闪现——可是这又有什么用呢？现在一切都没有意义了，如果提早能知道或许还会起作用。现在，一切都无能为力了。出现这样的事儿真可怕！我们过的这是什么日子啊！既荒谬可笑又凶险万分！现在，那间屋子里会发生什么事情呢？甚至想到这些都会让人作呕。接下来我开始感到悲哀：我过的是一种艰难的日子。现在，其他人都在睡觉，他们的炉子里生着火，我又一次不能洗个痛快澡。我就像暴风雪中被吹来吹去的一片树叶。即便是我回到了家，仍然有可能会被人叫到其他什么地方出诊。我会得肺炎，然后死在外面……处于这样一种自怨自艾的心境之中，我缩进被人遗忘的黑暗里，我都不知道自己在这种状态中停留了有多久：这回我再也没有梦到自己身处温暖的浴缸之中，因为我实在是太冷了。而且感到越来越冷，越来越冷。

当我再次睁开双眼，一个黑色的背影在我眼前出现，我立刻意识到我们的雪橇停下来了。

"我们已经到了吗？"我问道，我的眼睛前面一片模糊，我使劲儿眨眼，朝四下里张望。

穿着黑色外套的雪橇驾驶员神情沮丧地在他的座位上转动着自己的身体，然后猛地从座位上跳下来，给我的印象是他这一路上已经快转晕了。对我没有一丝一毫的敬意，他说道：

"我们没有到，没有……应该听听人们是怎么说的……我告诉过你吗？我们都会死在这儿，马也一样。"

“你可别告诉我你迷路了。”我感到一阵儿透心凉。

“路？什么路？”雪橇驾驶员用绝望的声音回答道。“我现在看，四面八方好像到处都是路。根本没有路标……我们都已经走了四个钟头了，只有上帝知道我们在往哪儿走。情况很可能是……”

走了四个小时了。我感到自己身体一震，伸出手取火柴看表。我为什么要为此烦心呢？这样的天气划着火柴是没有任何意义的，一根火柴什么事也顶不了。我划着一根火柴，火柴亮了一下，随即就被风吹灭了。

“走了四个钟头了，我跟你讲，”雪橇驾驶员说道，他的声音就像是从坟墓里出来的一样。“我们现在该怎么办？”

“我们这是在哪儿啊？”

这个问题是如此愚蠢，以至于雪橇驾驶员都感到实在没有必要回答。他转过身子，向四周的方向看了看，有一阵儿我感觉他就静静地站在那儿，而雪橇在围着我旋转。我手脚并用，爬出雪橇，立刻发现自己陷在齐腰的雪堆之中，旁边站着雪橇驾驶员。拉雪橇的后一匹马陷在被风刮在一起的雪堆里了，马的鬃毛耷拉在一边，就像长发女人把自己的头发放下来一样。

“马是自己停下来的吗？”

“是的，这些可怜的畜生实在是累坏了。”

我突然想起我以前读过的一篇短篇小说，出于某种原因，我不由得对列夫·托尔斯泰产生了怨恨。

“对他来说，这些实在太正常了，因为他的生活很舒服，他住在叶斯那亚波良那，”我这样想着，“我敢打赌，他从来就没有过晚上被人叫出去看一个将死之人的经历……”

我感到悲哀，为我和雪橇驾驶员。于是心底里涌上的全是非常恐惧的念头，我竭力压制着这些情绪。

“不要像个胆小鬼。”我咬紧牙关，对自己嘟囔着。

心中顿感涌出一股巨大的力量。

“快看，”我说道，这时才感觉到我的牙齿好像冻住了一样，“我们一定不能让自己陷入到悲观和绝望的状态之中，就像现在，要不然我们就会被干掉。马匹们已经休息了好一阵子了，我们现在必须重新出发。你在前面，拉住头马的缰绳向外拉，我来驾雪橇。我们要是走不出这个雪堆，就会被大雪困住了。”

尽管雪橇驾驶员的情绪有些低落，这从他的御寒用的耳罩晃动的样子可以看出，但是他还是挣扎着在大雪中艰难地往前走。脚下踉踉跄跄，有时候还摔跤，他拉着前马在前面开出了一条路。我们走出这个大雪堆的路好像没完没了。当大雪落到我的眼睛里的时候，雪橇驾驶员的背影变得影影绰绰起来。

“驾！快跑啊！”雪橇驾驶员呻吟着喊道。

“驾！快跑啊！驾！快跑啊！”我也高声喊道。

一点儿又一点儿，马拉着雪橇向前进，马腿在雪堆中拼命搅拌着。雪橇开始在雪中摇摆，就像一只船在大海上飘荡。雪橇驾驶员身子好像矮了一截儿，然后又猛地直起身子，他也在雪堆中痛苦地挣扎着向前进。

我们用这样的方式移动了十五分钟，最后我都感觉自己已经到了体力的极限的时候，我们终于把雪橇赶到稍微平坦的地方。我注意到马的后蹄又开始翻动起来，心中一阵狂喜，因为它们终于能开始小跑了。

“雪在这儿变薄了——我们一定要从这儿回到大路上！”我高声喊道。

“喔——哈。”雪橇驾驶员回答道。他朝着我前进的方向走着，突然脚底下绊了一下，他倒了下去，可是，很快他又站了起来。

“看起来这里就是大路，”雪橇驾驶员大声叫喊着，他太激动了，以至于他的声音听起来有些颤抖。“只要我们再不迷路。让我们求得最好的……”

我们终于又回到了大路上。马的移动越来越快。暴风雪好像减弱了，不像刚才那么厉害了。但是最为重要的是四下里除了黑暗还是黑暗。我对抵达医院已经完全绝望了。我只是希望最后能到什么地方——毕竟，大路一定通向某个可以睡觉的地方。

突然，马的身体猛地晃动了一下，加速了它们脚下的步伐。我心里很高兴，其实我并不知道它们会这样反应的原因。

“也许它们已经感受到我们快要靠近某个村子了？”我问道。

雪橇驾驶员没有回答。我在雪橇里站了起来，开始向四下里望了望。一种奇怪的声音，听上去很悲凉，同时还很瘆人，在黑暗中的某个地方发出，然后又很快消逝在远方。我立刻被一种不自在的感觉所笼罩，我想起办事员的脑袋伏在他的胳膊上发出的那种哀鸣声。突然，我感觉自己的右边有一团黑影，像一只黑猫，在黑暗中这团黑影越来越大，离我们越来越近。消防队员转过身子面对着我，我注意到他的下巴在颤抖，这时他说道：

“大夫，你看见它们了吗？”

一匹马突然开始向右走，而另一匹马则向左跑，消防队员向后一下子坐到我的膝盖上了，呻吟着，然后又猛地直起身子，急速甩动手中的鞭子，同时拉着缰绳控制好方向。马匹此刻打着响鼻，开始加速，马蹄踢起大团的雪抛在身后，但是它们的身体显然在颤抖，雪橇移动得不是很平稳。

有好几回，我的身体会不由自主地连续抖起来。我努力直起身子，我伸出手摸索着我的外套，拔出我的手枪。我诅咒自己，真不该把那本休闲杂志留在家里。见鬼，既然我已经拒绝在沙洛莫特耶沃村过夜，我怎么会没有想到要随身带一个手电筒？我的脑子里已经浮现出一幅画面，报纸上的报道很简短，是关于我和不幸的消防队员不幸遇难的报道。

那个看上去像猫一样的东西越来越大，看上去像一只狗，奔跑着，离雪橇的距离越来越近了。我转过身，看见另一只四足野兽，甚至离我们更近。我发誓，它长着尖耳朵，在雪橇后面大步跑着，就像在铺着木地板的客厅里奔跑一样轻松。它们继续这样跟着雪橇跑，有一种傲慢无礼和威胁的意味。“它们是一群，还是只有它们两只？”我搞不清楚，一想到“会有一群”，我感觉到自己皮外套下面立刻升腾起一股温暖的力量，我甚至感到自己的脚趾头都不那么冷了。

“抓紧了，停一会儿，我要开始射击了。”我心中有个声音在宣布这个决定，我甚至都认不出这会是我的决定。

雪橇驾驶员只是以自己的呻吟声作为回答，只是缩了缩自己的脑袋。这时，我手中的枪响了，黑夜中出现了一道闪电，黑暗中传来了可以把耳朵震聋的爆炸声，接着又响了第二声，第三声。在那之后，我都记不起自己窝在雪橇的底部有多长时间。我抓紧手枪，听见风声和马的尖叫声，脑袋好像碰在了什么东西上，我的身子就好像是在一团干草中扭来扭去。我感受到极度的恐惧，我想象着一个巨大的身躯，强壮而有力，突然扑到我的胸前。在我的想象中，我已经看见自己被撕得四分五裂，已经被开膛破肚了……

就在这时，雪橇驾驶员在我耳边号道：

“嘿——到了……上帝啊，只剩下一点儿路程了……”

最后，我终于能摆脱重重的羊皮外套的束缚，解放我的双手，让自己从雪橇中爬了出来。雪橇后面和四周再也没有黑色的野兽了。雪现在下得没有前夜那么凶了，还能让人接受，透过薄纱一样的空气，我可以辨认出一千米外有一只眼睛在闪着亮光，那是多么迷人的亮光啊，这种景象直到今天我还记忆犹新：那是医院门口亮着的那盏灯。灯后整个医院在黑暗中影影绰绰。“家，甜蜜温暖的家啊……”我这样想着，突然陷入一种狂喜状态，拔出怀中的手枪，朝着那些狼消失的地方又开了两枪。

消防队员走上楼梯，走到一半他停住了站在那儿，楼梯通往医生的住处；我站在楼梯的顶端，阿克森雅站在楼梯口那儿，身上穿着一件皮夹克。

“你就是给我一块金质奖章，”雪橇驾驶员说道，“我也再不跑这样的路了……”他刚说完，就低下头把满满一杯烈性酒灌下去了。由于喝得太猛，他剧烈地咳了起来，咳完以后他转过身对阿克森雅补充道，手里边比画着，他的双臂张开到他能张开的最大程度，说：“有这么大，它们……”

“她死了吗？你最后没能把她救过来……”

“是的，她死了。”我说道，一脸漠然。

一刻钟后，这里又恢复了一片沉寂。楼下的灯熄灭了。我独自一人待在楼上。出于某种原因，我神经质地笑了起来，我解开衬衫，然后又把它扣起来，走到书架前，取下一本临床手术手册，开始在里面翻找起关于脑颅底部骨折的讲解部分，然后又把书扔到了一边。

当我脱了衣服爬到床上的时候，用不了半分钟，我不由自主地打了个冷战。然后，寒冷的感觉消失了，我感到浑身上下立刻又有了暖气儿。

“你就是给我一块金质奖章……”我打起了瞌睡，嘴里嘟囔着，“我也再不跑这样的路了……”

“你会去的哦，你会去的。”暴风雪带着嘲弄的口吻咆哮着。它吹过屋顶，然后在烟囱的风道里轰隆作响，又很快跑出去，呼啸着经过窗户，然后在天际间消失了。

“你会去，去，去，去。”时钟咔哒作响，说着同样的话，然而，连这声音最后都变得越来越沉闷了。

不再有声响了。四下寂静。睡觉。

消失的眼睛

一年时间就这样过去了。从我坐车来到这座房子正好一整年时间。此刻，窗外细雨蒙蒙，雨滴敲打着窗户，白桦树上的最后一片叶子像被遗弃了一样落在地上。四周的一切好像一点儿也没有变样，可是我自己的样子却变了很多，我应该独自一人用我的记忆来庆祝这个周年纪念日。

我手里拿着一面镜子，脚下踩着卧室里咯吱作响的地板，照了照手中的镜子。是的，变化是蛮大的。一年以前，我从自己的行李中取出这面镜子，里面照出来的人的脸刮得很干净。一年前，我二十四岁，脑袋上的头发还分着缝儿。而现在，头发的分缝儿已经不见了，我的头发很随便地直接向后梳着。当你的住处距离最近的铁道线有二十五英里，又有谁会注意到你的头发分缝儿还是不分缝儿呢？类似的情形从我如何刮脸上也能看出来：我的上唇上现在长着厚厚的胡子，就像坚硬粗糙的黄色的牙刷毛；我的脸颊现在粗得就像是干酪摩擦器的表面，所以如果碰到我的前臂很痒的时候，同时我又在工作，我竟然会直接拿前臂擦自己的脸颊来止痒。我的脸现在这么粗就是这样形成的，现在我一周只刮一次脸，而不是以前的一周刮三次。

我曾经在什么地方看到过——我忘了在哪儿看到——是关于一个被遗弃在荒凉的岛上的英国人的故事。他是一个极有趣的例子。他因为被遗弃在荒凉的岛上时间太长，以至于得了幻想症，所以有船经过荒岛的时候，船上派了人划小船靠岸去解救他，他——就是那个被遗弃的人——用手中的连发左轮手枪一阵儿齐射欢迎来营救他的人，这是他长期独自一人面对空旷、广博的大海之后所产生的幻觉。然而，他的脸却刮得很干净。他在这个荒凉的岛上每天都刮脸。我记得很清楚，我心中对这个大英帝国的子民产生了敬仰之情。当我来到这儿的时候，我的行李里也有吉列安全刀具和一打儿刀片，还有一把锋利的剃刀和刮脸用的刷子。我最后决定每隔一天刮一次脸，因为这个地方比那个荒凉的岛也好不到哪儿去。

四月晴朗的一天，天边斜挂着一轮金色的太阳，我把所有的英国宝藏全都摆了出来，我刚刮完我的右脸颊，摸上去光滑极了，还泛着光，就在这个时候，耶戈里奇，就是医院的那个看门人，突然闯了进来，他脚上那双破旧的靴子踩在地板上咔哒咔哒直响，就像马蹄声一样，他跑来报告说有个女人正在自然保护区里的一条小河旁边的灌木丛里生孩子呢。我还记得当时我立刻用毛巾把左脸颊抹了一把就和耶戈里奇飞奔出屋了。我们三个人一同向小溪跑去，我们在柳树丛下跑得气喘吁吁，上气不接下气——助产士带着一对儿止血钳，一卷绷带和一瓶碘酒，我圆睁双眼，耶戈里奇跑在我们后面。大概每跑上五十步，他就会蹲坐在地上整他的靴子：他的靴子底儿都快烂光了。风吹向我们，是那种甜味的俄罗斯春天里才会吹的和风，贝拉吉·伊万诺芙娜的发卡都掉下来了，她的发髻散开了，头发垂下来一直垂到她的肩部。

“见鬼，你干嘛总是把钱花在喝酒上？”我嘴里咕哝着对耶戈里奇说道，我边跑边说。“太丢人了。你可是医院的看门人啊，你就这样光着脚走路吗？”

“我就挣这么几个大子儿你让我怎么着？”耶戈里奇满腹牢骚地抱怨道，看上去很生气。“一个月二十四卢布，我都快把自己的肠子倒出来了……喔，这该死的鞋！”他重重地往地上踩着，就像一匹坏脾气的马在尥蹶子。“我无法用我挣到的钱把身体和灵魂的关系理顺，更别说能买一双像样的靴子了。”

“那是因为你把挣来的钱全喝掉了，”我跑得上气不接下气，“这就是你为什么看上去像个流浪汉的原因。”

这时，从破败的一座小桥旁传来一阵儿微弱的、十分悲惨的叫喊声，这喊声顺着河水的激流而下，又消逝在风中。我们跑上前去，看见一个头发凌乱的女人，她的脸因为痛苦已经扭曲得变了形。她的头巾滑落在胸前，头发紧贴在满是大汗的前额，她痛苦地不停地翻着白眼，用手指紧紧抓住自己的羊皮短上衣。鲜血已经把刚刚破土而出、长出嫩芽的青草弄湿了一大片。

“她生得可真不是时候，可怜的人。”贝拉吉·伊万诺芙娜急促地说道，贝拉吉打开绷带卷，因为头发披散、四下乱飞，那样子活像个女巫。

就在那儿，伴着河水欢快的流淌声，就在河水翻腾着经过支撑那座小桥的木桥墩下，贝拉吉·伊万诺芙娜和我为这个女人接生了，生的是个男孩儿。我们接生进行得很顺利，而且挽救了孩子母亲的生命。然后，两名护士和耶戈里奇用担架把孩子母亲护送到了医院进行护理，耶戈里奇光着左脚，因为他最后终于把惹人烦恼的、烂了鞋底的靴子给扔掉了。

稍晚些时候，孩子母亲平静地躺在床上，床边放着一个轻便的小帆布床，里面是她的孩子，她看上去脸还是有些苍白，一切都恢复了秩序，我问她：

"亲爱的，你就不能找到一个更好的地方而不是在那座桥边生孩子吗？你为什么不能坐在马背上到医院里来呢？"

她回答道：

"我公公不会给我马的。他说，只有三英里路，靠你自己你完全能够很轻松地到医院。你是一个健康的女人。因为这个事儿实在不值得劳动一匹马……"

"你公公是个傻瓜，他就是一头猪。"我反驳道。

"唉，多么愚昧的人啊。"贝拉吉·伊万诺芙娜同情地感叹道，然后又开始看着我嘿嘿傻笑。

我看到她在笑我，发现她正盯着我的左脸一个劲儿地看。

我跑了出去，在护工病房里照了照镜子。镜子里的人还是那个人平时的样子：从相面术上来看，此人脸部有稍许扭曲，乖戾而多偏见，左眼周围有黑眼圈儿，面相可以明显表现出种群的退化症候来。但是——这里我们不应该怪罪镜子——这个退化的人的右脸颊光滑得就像舞厅的地板一样，而他的左脸颊上长着厚厚的红色胡子。下巴看得最清楚，是明显的分界线。我想起一本黄色封皮的书，书名叫《库页岛刑事犯名录》，书里面包含了各式各样罪犯的类型，还有这些罪犯的照片。

“谋杀，破门而入抢劫，血迹斑斑的斧头……”我回想着书里的内容，“十年”苦役……是的，我现在身处这荒凉的岛上，在这儿过的可真是一种不可思议的日子啊。我必须回去把脸刮完。

四月里，农民们刚刚把地翻过一遍，我尽情呼吸着混合着大地气息的空气，听着白桦树树顶上白嘴鸦的叫声，目光斜视着春天温暖的日光，动身穿过院子去完成我的刮脸任务。这时候大约是下午三点钟。而我真正把我的左脸刮完是晚上九点钟。在莫约沃医院，像小桥边灌木丛里生孩子这样的新鲜事儿，我早已总结过，从来就不只发生过一次。我刚刚抓住我的住处大门的门把手，就看见医院大门那儿跑来了一匹马，马身后是一辆满载着东西、上下溅满了污泥的货车，货车驶来发出隆隆的响声。一个农村妇女驾着车，嘴里大声喊着，声音尖尖的：

“吁，停住，你这畜生！”

我从我的住处那里就可以听见一个小男孩儿的哭诉声，他身上穿的衣服破破烂烂的。

当然，还可以看到，他的一条腿断了，我和我的医生助手花了两个钟头用石膏固定他的断腿，在打石膏过程中，他号个不停。固定完断腿之后就到了晚饭时间了，我又犯了个懒，没有刮脸而是想读读书。等到我读完书的时候，都已经是黄昏初上了，远处的一切都变得模糊起来，我开始刮脸，但是看到刮脸的刀具，我不由得皱起了眉头。因为，带锯齿的吉列刀具放在肥皂水里忘了取出来，刀片上已经生出一条永久性的锈斑，这就成了春天里在小桥边为那个孕妇接生的纪念品。

一周刮两次脸实在没有什么必要。我们会时不时地遇到大雪完全封路的天气，有一次，我们碰上了一场非常怪异的暴风雪，我们被囚禁在莫约沃医院两整天，甚至都无法派人到六英里之外的沃兹奈森斯克村去取报纸。有很多个晚上，我都在书房里踱来踱去，渴望着能看到报纸，对报纸的这种渴望就像我在童年时代渴望读到费尼莫尔·库伯的《猎鹿人》一样。即便如此，英国人的习惯在莫约沃医院这个荒凉遭遗弃的小岛上并未完全绝迹，时不时地我会从黑色的小匣子里拿出我那闪闪发光的小玩具，浑身疲倦无力地给我自己刮脸，之后既干净清爽又光滑洒脱，就像准备参加岛屿短跑赛的骄傲的成员一样出现在世人面前。只是，唯一的遗憾，是这世上根本就没人会羡慕我。

哦，是的，还有一次，我记得，我刚取出我的剃刀，阿克森雅刚刚给我提来一罐子热水送到我的书房里来，就在这个时候，传来了震天响的敲门声，然后我就被叫出去出诊。贝拉吉·伊万诺芙娜和我一起出发，到很远的地方去，我们穿着羊皮外套，雪橇驾驶员，拉雪橇的马，还有我们，就像黑色的幻影，挣扎着穿过那广漠的白色海洋。暴风雪呼啸着，怒吼着，剧烈地咳嗽着，在天地间喷吐着，尖叫着，狂笑着，就像一个巫师，人类的眼睛能看到的一切都被涂抹得一塌糊涂，我又感受到自己的腹腔神经丛中传来一种熟悉的冰冷，就像有人在这个部位戳了我一刀，我想，我们在这样一种恶魔般的昏天黑地的鬼天气下会迷路吧，我们都会死去：贝拉吉·伊万诺芙娜，雪橇驾驶员，拉雪橇的马，还有我。我记起来了，当时我有一种白痴的想法，就是我们被雪埋掉、快要冻死的时候，我会给助产士、雪橇驾驶员还有我自己打上一针吗啡……为什么打吗啡呢？……嗯，为了减轻痛苦……“医师，你很快就会死于寒冷的，如果没有吗啡，”我的常识在心中回答我，声音听上去很干涩，“所以，不麻烦……”啊，啊！嘶，嘶……！女巫尖声喊叫着，而我们坐在雪橇里被一会儿抛到左边，一会儿抛到右边。好吧，莫斯科出版的报纸的末版上会出现这样一篇报道，说医生某某某，贝拉吉·伊万诺芙娜，雪橇驾驶员，还有两匹马死在了“履行公职”的路上。愿他们的骨灰宁静吧，把他们撒到雪的海洋里去吧。我的天哪儿，所谓的履行公职，被人叫出去出诊，一想到这些是多么糟心的事儿啊。

我们没有死，也没有迷路，最后我们到了格里什切沃村，在那儿我将完成我职业生涯中第二例足部胎位倒转分娩手术。待分娩的母亲是乡村学校校长的妻子，在灯下，贝拉吉·伊万诺芙娜和我努力地进行胎位倒转，血一直流到我的肘部，汗珠湿润了我的眼睛，透过厚木板门，我们可以听见她的丈夫在门外呻吟着，神情不安地在这个村舍的后院里走来走去。外面可以听见她丈夫的哭声，里面可以听见母亲的呻吟声，我使出浑身解数，但是，如果让我本人说出真相的话，我只能说，胎儿的胳膊被我弄断了。孩子出生了，是个死胎。上帝啊，我的背上不停地流汗！有一瞬间，我竟然会想象到这样的场景，长相严酷、身形巨大的黑色人物出现了，破门而入，用一种无情冷酷的声音对我说道：“啊哈！取消他的行医资格！”

我筋疲力尽，凝视着这个小小的黄色尸体和躺在手术台上一动不动还处于麻醉状态的面如蜡色的母亲。我们打开了房子顶部的小窗户，吹进来夹杂着雪花的新鲜空气，以去除用氯仿麻醉之后产生的沉闷的臭气，房间里吹进来的空气渐渐变成一股气流。我掀动着窗棂，关上小窗户，再次转过头来，孕妇一直抱着这个胎儿，我盯着胎儿那无助的悬垂着的手臂发呆。我实在无法形容此刻我在回家路上的那种绝望的心境——我保持着孤独状态，只是让贝拉吉·伊万诺芙娜留下照看母亲就上路了。我踉踉跄跄，再次踏上雪橇之旅，外面的风雪已经小得多了，路上经过的森林用严酷的目光瞪着我，我自责，陷入到空前的绝望状态中。我被打败了，被敌人压倒了，命运扼住了我的喉咙让我窒息，我被抛到这无边的荒野之中，赤手空拳地跟命运搏斗，没有任何帮助，也没有人给你任何建议。

我一直被认为是能够经受住严峻考验的医生。不管病例有多么棘手，有多么复杂——通常是外科手术——我还不得不为了赶着出诊，脸都没刮就赶去，而且还要征服病魔。如果我手术失败了，就像现在这样，我不但要坐在雪橇里上下颠簸着被抛来抛去，而且还要承担着死去的孩子和留在我身后的孩子母亲对我思想上的折磨。明天，暴风雪减弱以后，贝拉吉·伊万诺芙娜就会回到医院，那么我是不是要想法子做通她的工作，这就成为了一个大问题。可问题是我该怎样做通她的工作？因为我的手术方法完全是错误的，以前的手术成功都是瞎猫碰上了死耗子，事实已经表明：我是那么无知，无知到无可救药的地步。到目前为止，我是幸运的，我的确成功处理了一些令人难以置信的病患情况，可是今天，我的运气已经用光了。我感到自己的心被孤独，被寒冷，被我对自己处于完全孤立的状态的清醒意识紧紧地揪住了。不但如此，折断了胎儿的胳膊，实际上我已经犯下了一桩罪行。我现在感觉自己正是在赶往某个地方，让我置身于这样的现场，公开坦白承认，我，某某某医生，折断了胎儿的一只胳膊——我亲爱的同事们，取消我的行医资格吧，我不配拥有这样的资格，把我流放到库页岛上去吧！上帝啊，我是多么神经啊！

我瘫倒在雪橇的底部，蜷缩在那儿，防止冷风十分凶残地将我吞噬，我感觉自己就像一只可怜的小狗，无家可归，境遇窘迫。

我们的雪橇跑啊，跑啊，一连跑了好几个小时，一直到最后看到医院大门上挂着的那盏小小的灯，灯虽小，却能向人表示欢迎的态度，也能使人心情为之一振。灯光摇曳，好像消失了，又重新燃起来，一次次看上去都熄灭了，又一次次重新展示着自己的身姿。看到这盏灯多少有一点儿让我的完全孤独的心绪好受起来，特别是当这盏灯最终在我眼前坚定地发着光的时候，它烧得越来越旺，离我越来越近，在这盏灯的照耀下，医院的墙从黑漆漆一片到泛着白光，我坐着雪橇穿过大门，我的心情已经好多了，我对自己说道：

“婴儿的胳膊不能算事儿。当你折断他的胳膊的时候，这个婴儿已经死了。别再想胳膊的事儿了，关键是孩子的母亲还活着。”

亮着的灯笼和人们手里拿着的火把，人们在欢迎我的归来，这种场面我对此已经非常熟悉了，看到他们多少让我的心绪变好了一些。可是即便如此，一旦关起门来，爬上通往书房的楼梯，感受到炉子里的热气，一旦真正开始享受对失败经历具有治疗效果的睡眠，在我大脑清醒的意识变成一片空白之前，我喃喃自语：

“或许情况就该如此，但是这儿的孤独实在是太可怕了。太可怕了。”

剃刀就搁在桌子上，旁边放着一罐子水，里面的水早已凉透了。我轻蔑地拿起剃刀，把它扔进抽屉里。而我那时实在是太需要刮一次脸了……

现在，一整年已经过去了。日子就这样过着，好像永远没有尽头，既复杂又可怕，总是充满了多样性，尽管现在我认识到那一年就好像是一场飓风刮过。我盯着镜子里的我，看看岁月在我脸上留下的各种印记。我的眼睛的目光是多么严肃啊，充满了焦虑，嘴显得更自信了，看上去很有男子气概，可是，我眉宇之间的那道竖痕皱纹却永远印刻在那里了——很长，事实上，就和我的记忆一样长。每当我照镜子的时候，我都会看见这道皱纹和其他皱纹，它们头也不回，前后相望，互相追逐。

那些天里，我仍然为自己会失去我的行医资格的想法而忧心忡忡，我想象法庭审判，我被传唤，可怕的法官向我问道：

“那个士兵的下巴是怎么回事儿？回答，可怜的医学院毕业生！”

我永远也不可能忘记那件事。这件事的发生完全是因为，尽管德姆扬·卢克伊奇拔牙技术很熟练，就像一个木匠从一块旧木板上拔出生锈的钉子一样熟练，机智的我，出于对我自身尊严的考虑，想到我在莫约沃医院最需要做的事情之一就是，我必须学会自己拔牙。德姆扬·卢克伊奇也许会请假，也许会生病，我们的助产士可以做任何事，只有一件事是例外——她们不会把牙拔出来，拔牙不是她们的工作。

所以……我记得很清楚，那个红脸膛儿的男子，脸红肿着正受着苦，坐在我面前的一张凳子上。他是一个士兵，是革命之后从崩溃了的前线撤下来返回家中的士兵当中的一员。我记得相当清楚，他的下颚上有颗牙长的很大，一颗生命力极强但却被蛀空了的牙齿，坚实地在下颚那儿扎根儿。我皱着眉嘟囔着，费劲儿地看着那颗牙，就好像我知道自己正在做什么一样，我夹紧了放在那颗牙上的钳子，这一幕让我想起，这多么像契诃夫著名的短篇小说里教堂执事拔自己的牙的故事啊。突然，平生头一回，这个故事似乎一点儿也不那么有趣。士兵的嘴里一阵儿嘎吱作响，动静很大，他发出了一声短促的尖叫：

“喔——哇！”

在那之后，我没有感受到任何阻力，钳子从他的嘴里拿出，夹着一颗白生生、底部带血的物事来。看见这东西，我的心脏都几乎停止了跳动，因为拔出来的这个东西超过了任何一颗牙齿的大小，甚至比这个士兵嘴里的臼齿都要大。起初，我对此还不大明白，然后我都快哭出来了：尽管钳子嘴儿夹着的是一颗带着非常长的牙根儿的牙齿，可牙根儿后面牵连的还有一块巨大的，锯齿状的白花花的闪着光的骨头。

“完了，我把他的下巴弄烂了……”我心里想，两腿打颤，感觉发虚。要感谢对命运的祈祷，医生助手和助产士们都没有在看我，我偷偷地把我过分热情的劳动成果用一片医用纱布包了起来，然后把它藏在我的口袋里。士兵在他坐着的凳子上摇晃着，一只手紧紧抓着那把妇科诊椅的一条腿儿，另一只手抓着另一条腿儿，他死死地盯着我，他的眼睛几乎快要从他的脑袋上跳出来了。我递给他一杯高锰酸钾溶液，对他说道：

“漱口。”

这样做很愚蠢。他喝了一口高锰酸钾溶液，漱了漱口，当他吐到碗里的时候，吐出来的竟然是深红色的血水，简直无法形容这种颜色。吐完之后，血立刻开始从他的嘴里喷溅了出来，我几乎惊呆了。如果我用一把剃刀抹了这个可怜的人的脖子，我怀疑他脖子上喷出来的血是不是更多。我把高锰酸钾溶液推到一边，塞给士兵一卷医用纱布，又往他嘴里的裂缝堵上一块纱布。纱布立刻变成红色，我把纱布取出，我惊讶地看到那个洞竟然大到足够放下一枚青梅还绰绰有余。

“我已经让这个士兵获得荣誉了。”我绝望地想道，我从广口瓶里用力地拖出老长老长的医用纱布。出血最后终于止住了，我在他下巴的那个洞涂上碘酒。

“接下去三个小时不要吃任何东西。”我对士兵说道，声音都在颤抖。

“太感谢您了。先生，”士兵回答道，他惊讶地看着他面前吐的那一大碗血水。

“呃，你看……”我悲惨地说道，“我告诉你……你最好是明天，或者是后天再来找我一下。我，呃……好吧，我不得不再看一看……你这一边的另一颗牙看上去有点儿可疑。明白吗？”

“太感谢了。”士兵闷闷不乐地回答道，然后捂着他的下巴就走出去了。我摇摇摆摆，走进候诊室，在那儿坐了一小会儿，双手紧握，身子前后晃来晃去，就好像是我自己牙疼一样。我把口袋里装的那团现在已经变硬了的血迹斑斑的东西掏出来又装回去，这样的动作一连做了五次。

有一个星期，我都生活在阴影之中，面色惨白，身形消瘦。

“那个士兵会生坏疽，是由血感染病菌引起的……上帝，我为什么一定要对他用钳子呢？”

我用我的心灵之眼看到了一幅荒谬的景象。那个士兵开始浑身颤抖。有一阵儿，他还算好，他四处走着，谈论着克伦斯基和他的前线生活，然后他就说得越来越少了。不久，他就不再谈论克伦斯基了。现在，他躺在床上，头下枕着一个棉花枕头，神志昏迷，不省人事。体温达到华氏104度。全村的人都来看他。最后，他的鼻翼开始收紧，他躺在手术台上，胸前放着一幅圣像。

村子里的人开始议论纷纷。

“他是怎么死的？”

“大夫把他的牙拔了出来。”

“啊，这么说，真是那么回事了，是吗？”

村民们的谈话继续进行。又出现了询问的场面。一个神色严厉的人出来了：

“是你给士兵拔的牙吗？”

“是的……是我拔的。”

士兵的尸体又从坟墓中挖了出来。一场审判。真丢脸。我是造成他死亡的罪魁祸首。我不再是一名医生，而是一个可怜的被驱逐的人，不，情况更糟——一个被遗忘的退出一切公开场合的人。

那个士兵再也没有回来，我的悲惨境遇进一步恶化，用医用纱布包着的那团肉块在我的书桌抽屉里变干发硬，最后变成了铁锈色。每个星期我都得去城里取回我的同事们的工资。我在五天之后出发，我径直取道去拜访地区医院的一位医生。他在地区医院工作二十五年了，一直抽烟，嘴上长着被尼古丁熏黑了的小胡子，他在他的职业生涯中看了大量的文献。当晚，我坐在他的书房里，灰心丧气，啜着柠檬茶，手里烦躁地玩弄着餐桌布。最后，我再也绷不住了，我开始拐弯抹角地谈话，我编造出一个含混不清、虚假的故事，我说我怎样听到这样一个病例处理的情况……如果一个医生在拔牙的时候……弄烂了下巴……坏疽会产生，会吗？还有，一片骨头……我是在其他什么地方读到的……

他倾听着，倾听着，眼睛盯着我，后来他的目光从他的浓眉下面移开，他突然说道：

“你折断了他的牙床……不用担心，你会成为一个好的能拔牙的医生的，你还有时间……别喝茶了，让我们在吃正餐之前喝点伏特加。”

于是，这个一直折磨着我的士兵场景永远从我的心里消失了。

啊，那么多镜中的记忆。一整年的记忆。现在，当我想起了那个士兵的牙床，我该笑得多开心啊。当然，我永远也不能用德姆扬·卢克伊奇的那种方式去拔牙。毕竟，他一天之内可以拔五颗牙，而我大概两星期才拔一颗。即便如此，我拔牙的技术可以好到让许多医生羡慕，我再也没有折断病人的牙床，就是折断了，我也不会六神无主、不知所措。

可是，牙齿这个病例要是同我在这一年里看到的所有事情相比，实在算不了什么，而这些才真正构成了我在过去的一年中的独特经历。

我的房间里弥漫着夜晚的气氛。灯已经点上了，我点着了烟吞云吐雾，在辛辣的烟草云雾中计算着我取得的成就，我的心为自豪和骄傲而激荡。我进行过两次截肢手术，这还没有计算我进行过的所有的手指切除手术。单子上还列着十八例子宫刮除术，一例疝气症，一例气管切开术，所有这些手术都是成功的。我切开的大的脓肿的数量也很多，更不要说给断臂打石膏固定的手术了。我还医治过脱臼。早产婴儿保育。孕妇分娩。不管他们来的时候是什么情况，我都得处理。当然，确定无疑，我还没有进行过剖腹产手术，我把她们都送到城里去做这种手术了。可是要说到要用到钳子和镊子的手术——不计其数，对了，还有胎位倒转手术。

在我进行医学院期终答辩考试的时候，我记得教授说道：

“描述一下炮弹射程内近距离平射造成的伤口的特征。”

我开始了冗长的描述过程，在描述时，有一本非常厚的医学教科书里的一页在我的视觉记忆里出现。最后我的描述就如大江大河般流畅，教授满脸厌恶地瞥了我一眼，用刺耳的声音对我说道：

“实际的炮弹射程内近距离平射造成的伤口情况和你描述的一点儿也不一样。到现在为止，你已经得了几个‘五分’（原注：俄国医学院考试，通常为口试，成绩得分从一分到五分。‘五分’意味着‘成绩优异’，‘四分’是‘良好’，‘三分’通常指勉强通过。）了？”

“十五个。”我回答道。

他在我的名字后面给出了一个“三分”的成绩，我满脸羞愧走出了教室。

我获得了行医资格，很快就被分配到了莫约沃医院，现在，我独自一人待在这里。只有魔鬼才知道炮弹射程内近距离平射造成的伤口的特征应该是什么样的，可是，当我面对一个躺在我的手术台上的病人，他口吐白沫，脸上失去血色，嘴角渗出口液，我会六神无主、不知所措吗？我不会，即便是他的胸口中的是最大号的铅弹，而且是射程内近距离平射造成的伤口上面撒着胡椒粉，整个肺的半边都能看见，胸部的肉和破碎的衣服一起悬吊着，我也不会不知所措。六个星期后，他活着离开了我的医院。在大学的医学院里，我没有一次得到允许使用产科用的止血钳，而在这儿——身体颤抖着，我得承认——我手术时无时无刻不用到它。我必须承认，我接生过的一个婴儿，样子长得相当古怪。他的头部有一半是肿的，蓝中带紫，而且没有一只眼睛。我浑身发冷，迷迷糊糊听见贝拉吉·伊万诺芙娜用安慰的声音对我说道：

“大夫，手术已经完成了，只是你把一半数量的止血钳夹到胎儿的眼睛上去了。”

我浑身颤抖着等待了两天，等胎儿完全正常，经过这件事以后，我的大脑又恢复正常了。

我缝合的那处伤口——肋膜炎化脓的病例，碰到这种情况，我不得不把病人的肋骨撬开，进行分离。此外还有，肺炎病例，斑疹伤寒症病例，癌症，梅毒，疝气症（已经成功治愈），痔疮，恶性肿瘤。

我心里一激动，打开出诊病人记录本，花了一小时时间分析、统计总共出诊的病例。在一年时间里，一直到今晚此刻为止，我看了 15613 个病人，收治了 200 住院病人，其中只有六人死亡。

我合上出诊病人记录本，身体摇摇晃晃爬上了床。我二十五岁了，今天我在庆祝我职业生涯的一周年，马上就要睡觉，我躺在床上想着，现在我也是经验异常丰富了。那么，我还怕什么呢？什么也不用怕。我从小男孩儿的耳朵里掏出过豌豆，我手里拿着手术刀挥舞过无数回……我已经获得了勇气，我的双手在手术时不会颤抖。我碰到过各式各样难以处理的复杂情形，并且已经获得了一种独特的能力，我可以听懂当地农村妇女说的话。我能诠释她们的话外之音，就像夏洛克·福尔摩斯解读各种神秘的秘密文件。想到这儿，睡意越来越浓，我快睡着了。

“我不能，”我嘴里嘟囔着，眼皮越来越沉，“我实在想不出现在会出现这样的病例，我被叫出去出诊，然后这样的疑难杂症就把我淹没了……在莫斯科，或许他们会谴责我只是一个做‘医生助手’的料儿……好吧，就让他们……这样其实很好，让他们待在他们的诊所里吧，在医学院的医院里教学吧，在X光机检查室里待着吧……而我，就待在这儿，这就是我……农民们没了我就活不成了……以前我听到有人敲我的门，我的身体颤抖得多厉害啊，我会感到多么恐惧啊……现在，然而……”

“什么时候开始的？”

“上星期，先生……它们全都肿起来了。”

女人开始哭诉起来。

今天是十月份的一天，也是我行医第二年的第一天，大早晨天就灰蒙蒙的。昨天晚上我已经祝贺过我自己了，今天早上，现在，我穿着白大褂儿站在那儿不知所措。

她怀里抱着一个一岁大的孩子，就像抱着一根木头，这个婴儿没有左眼。在孩子左眼的位置上，上下眼皮离得很长，而眼睛的位置有个黄颜色的凸起来的球状物，有一个小鸡蛋般大小。婴儿在妈妈的怀里挣扎着，因为疼痛，哭泣着，母亲也在啜泣。而我一筹莫展。

我从各个角度观察这个长在眼部的球状物。德姆扬·卢克伊奇和助产士沉默地站在我的身后，他们以前也没见过这种东西。

“这到底是什么？脑部疝气症？……嗯……好吧，至少他还活着……恶性肿瘤？不，太软了……令人厌恶的不知道是什么的肿块。它是怎么长出来的……是从空眼窝里吗？或许，那儿根本就没有眼睛……至少，现在那儿没有眼睛。”

“看这儿，”我忽然灵感迸发，“我们应当，我们不得不把这个东西切除。”

我的大脑里立刻浮现出一幅画面，我应该怎样切开下眼睑，把它移到一边去……然后呢？接下来呢？很可能这个肿块是大脑的一部分……嗯，它足够软……就像大脑一样软。

“什么？把它切开？”农村妇女问道，脸都吓白了。“把他的眼睛切掉？我不同意。”她感到实在是太可怕了，开始用破布把她的孩子包起来。

“他没有眼睛，”我断然回答道。“看看他的眼睛应该长成什么样就知道了。你的孩子有一处非常奇怪的肿块。”

“那么给他滴些眼药吧。”这个女人怯生生地说道。

“你开玩笑吧！什么样的眼药？什么眼药对他的病都没用！”

“您不会让他只有一只眼睛吧，会吗？”

“可是他没有眼睛，我告诉你。”

“前天他还有！”女人开始大声绝望地吼道。（上帝啊！）

“好吧，如果你这样说，那我只好认为……见鬼……起码他现在没有左眼，是吗？亲爱的，不论哪种情况，你最好把孩子带到城里去。立刻就去，这样他们就能立即进行手术了……德姆扬·卢克伊奇，你同意吗？”

“我吗？是的，”医生助手回答道，神情很严肃，很显然他并不知道该说什么，“我以前从未见过这种东西。”

“把他带到城里让大夫切开？”女人感到非常可怕，大声哭了出来。“我不同意你们把他切开。”

最后，这个女人把她的孩子抱走了，没有允许我们再碰那个孩子的眼睛。我在接下来的两天绞尽脑汁，费劲儿劳神拼命在图书室里搜索关于孩子眼睛部位长出凸起的瘤子的病例讲解……没找到，我绝望了。

一个星期过去了。

“安娜·茱克霍娃！”我喊道。一个农村妇女兴冲冲地抱着个孩子就进来了。

“哪儿不舒服？”我机械地问道。

“非常好，他不会死了。”这个女人笑着宣布道，她咧嘴一笑，笑声中带有嘲讽的意味。她的嗓音立刻让我猛地直起身子，端坐起来。

“还认识他吗？”她的问话里带有嘲笑的口吻。

“等一会儿……是……等一会儿——是那个孩子吗……？”

“是他。还记得您说过他只有一只眼睛，大夫，您还说您不得不把它切开……”

我感到自己的脑袋快要爆炸了。女人盯着我，脸上的神情就好像自己打了场胜仗，她的眼睛都好像在笑。她怀里抱着的婴儿用他那双棕色的眼睛看着这个世界。他的左眼位置根本看不出长过瘤子的迹象。

“这是魔法。”我心里想，感到自己心虚的很。当我多少有些醒过神儿来的时候，我小心翼翼地翻开孩子左眼的下眼睑。婴儿哭了起来，挣扎着要把头转过去，可是就是这样我还是看清楚了：眼球黏膜上有一道极其微小的疤痕……啊哈！

“我们在回去的路上，肿块给裂开了。”

“不用告诉我，”我感到非常尴尬。“我看见它现在的样子了。”

“而您却说他没有左眼。看，它现在又长出来了，是不是？”女人咧嘴笑了起来，在使劲儿地嘲笑我。

“现在我看见了，活见鬼……在孩子的下眼睑处长出了一个巨大的脓肿，肿得越来越大，最后完全把左眼盖住了……肿块裂了以后，浓汁流出来了，然后一切又恢复了原样。”

不，即使现在我都要快睡着了，我也永远不敢吹嘘这世上没有什么事儿能够让我感到惊讶。现在，一整年过去了，明年将会和今年一样充满各种让我感到惊讶的事。人啊，永远不要停止学习。

吗啡

1

聪明的人很早就认识到，幸福就像身体良好的健康状态一样：当你拥有它时，你不会去注意它。可是，当岁月流转，哦，那种记忆，那种对于幸福的记忆都已经随风而逝了。

对我来说，此刻，我意识到，在1917年的冬天，我是幸福的，此外我还意识到了那一年冬天一往无前，永远也无法忘记的大风暴和暴风雪天气的存在。

那场暴风雪的第一轮攻击把我卷起，就像卷起一张撕碎了的报纸的碎片一样，把我吹到了俄罗斯的乡村深处行医。你也许会奇怪，乡下的城镇有什么特殊的地方呢？就像我吧，如果你曾经在冬天为大雪所困，而夏天只能欣赏到树木长得稀稀拉拉，林地风光单调乏味的景色，在整整一年没有一天不在工作；如果你曾经心跳加速，兴冲冲地打开送来的上周的报纸的包装纸，就好像热恋中的一个人接到了爱人的来信，心情激动不已，正在打开浅蓝色的信封；如果你曾经坐着一前一后两匹马拉着的雪橇赶往十二英里以外去为一位孕妇接生的话，那么你就会认识到这种乡下的城镇对我意味着什么了。

煤油灯用起来也许是舒适的，可是我更愿意使用电灯。

而且，那里，他们最后还有充满了诱惑力的可爱的小电灯！那座小城的主要街道，地上的雪早已被农民驾着的雪橇轧得平平的，街上挂着红旗，商店的招牌立刻映入眼帘：靴子；金灿灿的椒盐脆饼干；画着年轻女人的招贴画，画里的女人长着一双向前凸起的猪眼，目光既傲慢又无礼，头上的发型看上去一点儿也不自然，在朝你搔首弄姿，她的背后就是当地费加罗发廊的玻璃大门，在那儿你只要花上三十个戈比，就可以在一天当中的任何时候舒舒服服地刮个脸——节假日例外，而在我们脚下的这片土地，节假日多如牛毛。

直到今天，当我回想起费加罗发廊里使用的毛巾，我都会不寒而栗，因为它总是不由自主地让我想起我在一本德国医学教科书上看到的关于皮肤病的内容，书里以惊人的精确语言解释了把这种毛巾放在男子的下巴上是多么容易长出硬性下疳来。

可是，即便是想起这些毛巾，也丝毫不会破坏我快乐的回忆！

十字路口站着一个警察，真人，大活人，透过满是灰尘的商店的玻璃橱窗，人们可以看见店内锡制盘子里放着整排的蛋糕，蛋糕上面满是橘色的黄油。广场上铺着新鲜的稻草，人们在上面驾车，行走，谈天说地。书报亭里卖的是昨天的莫斯科的报纸，上面全是令人毛骨悚然的新闻，不远处传来定时开往莫斯科的火车汽笛声，此起彼伏。简而言之，这就是文明，这就是巴比伦，这就是涅瓦河英雄亚历山大·涅夫斯基憧憬的未来。

医院，我需要重点补充一下，吹嘘这里分为外科，内科，妇产科，还有用来隔离传染病人的单独住院区域。手术室里配备有闪闪发光的高压消毒锅，镀银水龙头和手术台，手术台上的盖板、移动齿轮和螺丝钉做得都很精巧。每个手术台都有一名专门指定的医学负责人，三名实习医师（除了我以外），还有好几名医生助手，助产士，护士，一间医务室和一个医学实验室。好好想想吧——一间独立的医学实验室，配备有蔡司显微镜和一台极好的血样分析仪。

所有这一切都给我留下了深刻的印象，看到这些，我会全身发抖，身体变冷。熟悉这些器具花了我好几天时间，十二月的天气里，黄昏时分，医院里独自占一层的病房区里的电灯闪着亮光，我努力学习着，这里的电灯，就像是接到了谁的命令一样，统统亮着。

我看得眼花缭乱。澡盆里的水四处撒溅着，喧闹着，木制基座的用旧了的温度计在水面上漂浮着。儿童隔离观察病房整天回响的都是呻吟声，压抑的悲伤的哭泣声，还有看到自己孩子痊愈之后发出的沙哑的咯咯笑声。护士们忙前忙后，跑东跑西。

过去我承担的任务太繁重了。现在，我不再像上帝一样对这个世界上发生的一切都要负责任了。如果有人得了绞窄性疝气症，哦，这不是我的错，雪橇拉来一个胎位不正的孕妇，我也用不着浑身发抖了，合并糖尿症的病人需要手术，这也不再是我管的事情了。平生头一回我感到我要负的责任是有限的，是有边界的。

孩子接生？请吧，在那儿，去那幢矮小的建筑物吧——就是离这儿最远的挂着带网网的窗帘儿的那幢建筑物。在那儿，你会找到我们的妇产科医生，一个胖胖的，头发已经谢顶、很有魅力的男子，唇上长着淡黄色的小胡子。这是他的事儿。雪橇立刻出发就奔向那儿了。复合型骨折？你需要我们的主治外科医生看。肺部有炎症？去找帕维尔·弗拉基米约维奇看吧，他是内科医生。

啊，大医院可真是好啊！还有光滑铿亮的手术器械！我进入到这套机制里就像一颗新螺丝钉正好掉到跟它配合的螺丝眼儿里，我接管了整个儿科的工作。从那时起我的日子就完全被白喉和猩红热给占据了。但是，工作只占据我白天的时间。我能在晚上睡个好觉了，不再受到夜间楼下的不吉利的敲门声打扰，因为听到那敲门声就意味着我很可能要起床，被拖入到黑暗中，去面对危险，或者是去面对命运给我安排的风暴中的厄运。我用晚上的时间进行医学文献阅读（主要是关于白喉和猩红热的，但是我也产生了对费尼莫尔·库伯的作品的一种奇异的嗜好）。我的书桌上洒满了电灯的灯光，烟灰落在我的俄式茶壶上，壶中的茶已凉，终于在数月不能夜间安稳入睡之后可以睡个囫囵觉了，我对此满意极了。

所以，1917 年的那个冬天，我过得幸福极了，我从那个偏远的为风雪所覆盖的乡村医院调到城里的医院执业了。

2

一个月过去了，然后第二个月又过去了，之后是第三个月。1917 年节节后退，1918 年的二月开始了。我完全适应了我的新生活，渐渐忘却了我以前在边远的乡村医院行医的经历。发出嘶嘶声的绿色灯罩的煤油灯，孤独感和那些被风吹到一起的大雪堆在我的记忆中变成了模糊的回忆。我是个不知感恩的人，我忘记了自己前线的岗位，在那儿，我独自一人，孤立无援，只能依靠自己的力量去跟疾病搏斗，只能依靠自己的力量把自己从令人毛骨悚然的境遇里解脱出来，就像费尼莫尔·库伯笔下的主人公一样。

时不时地，我必须承认，当我爬上床，想到自己很快就能睡个好觉就不由得心中一喜，记忆的碎片在我快要模糊的意识里闪现着。一道绿光，灯火摇曳的灯笼，雪橇驾驶员扬鞭的声音，以及雪橇在雪地上行走时发出的吱吱声……呻吟声，然后是一片黑暗，暴风雪低沉的吼声……然后我的记忆就会变得头重脚轻，无声无息地湮灭了。

“我搞不清楚现在谁在干那份工作？一个像我一样的年轻医生，我想是吧。啊，好啊，我完成了我的工作定额，先是莫约沃医院，然后是格莱洛沃医院……二月，三月，四月，还有，让我想想，五月也算上——到时我就会完成我的试用期了。那么我将离开这座很不错的城里的医院，返回莫斯科了。如果革命需要我为之付出，我也许还会到处旅游呢……但是，所有这些活动，我都将再也看不到我在乡村医院行医的样子了……永远再也不能……莫斯科……开一家诊所……柏油马路，明亮的灯光……”

这些都是我的想法。

“而且，我花时间到荒郊野外出诊这还是一件好事情。它教会了我，一定要勇敢，现在什么事情都吓不倒我了……还有什么病我治不了的吗——严格的说，还有什么病我对付不了吗？我还没有接触过真正的精神病病例……还是，我接触过吗？没有，是的，还没有看过这样的病人……过去倒是有个农场经理酗酒快把自己喝死了。治疗他可是让我好一阵儿手忙脚乱呢，虽然……精神错乱……肯定能算是一种精神疾病吗？我真的应该阅读一些关于精神病……还有，到底什么时候……也许过些时候，在莫斯科。眼下，儿童疾病才是我主要关注的对象，尤其是给儿童看病开方子实在是乏味极了。见鬼，举个例子，十岁的儿童，我要给他开氨基比林，到底该开多大剂量呢？是 0.1 克，还是 0.15 克呢？我都忘记了。如果孩子是三岁大呢？单就儿科医学而言，这样做肯定会有十分可怕的不可预见的严重后果，所以，我要给自己过去的那些老做法说再见了。可是今晚我的脑子里怎么老是想着这个事情呢？那盏发着绿光的煤油灯……毕竟，在我剩下的日子里，我和它的关系已经完结了……好了，够了，差不多够了……现在是睡觉时间。”

“您的信。有人碰巧要到城里来，就给捎过来了。”

“让我瞧瞧。”

护士在我的诊疗室外的走廊里站着。她的外套大衣领子已经很破旧了，披在她的白大褂儿外面，白大褂儿上别着医院的徽章。信封是蓝色的，很便宜的那种，信封上沾的雪正在融化。

“你今天在伤残接待室值班吗？”我打着哈欠问道。

“是的。”

“那儿有病人吗？”

“没有，没人。”

“如果有任何现金入账……”（我使劲儿打着哈欠，所以我说话的样子显得很随便）“一定要告诉我。我准备睡觉了……”

“好的，大夫。我现在就可以去了吗？”

“好，好。你现在就可以去了。”

她走了出去。门嘎吱一声关上了，我穿着拖鞋慢吞吞地走进卧室，笨拙地打开信封。里面是一张弄皱了的长方形的处方单，盖着我过去在乡村医院行医时的印章……信笺上方的那种抬头我永远也无法忘记。

我笑了。

“实在有趣……我整晚上都在想着这个地方，现在，它就出现了……或许是事事有前兆吧……”

在信笺抬头下面是用铅笔写的一张处方。有些拉丁字已经模糊不清了，另外有些文字又被划掉了。

“这是什么？一张开错了的处方？”我嘟囔着，眼睛盯着处方上出现的“吗啡”字样。“嗯，这张处方有什么不一样吗？啊，是的……百分之四的溶液！是谁在给病人开百分之四的吗啡？干什么用呢？”

我把这张处方单翻过来。背面是一封信，是用小号像蜘蛛腿一样细长的字体写成的：

1918年2月11日

亲爱的同事：

请原谅我在这张旧纸片上给您写信。手边实在是没有可以用的纸了。我现在陷入到非常不如意的事情里去了，情况很严重。没人帮助我，而且不论在任何情况下，我除了可以想到向您请求帮助以外，其他人都不可能帮我。

这是我在您过去行医的地方做医生的第二个月，我知道您现在就在城里，离我还不算太远。

凭着咱们在大学医学院里的交情，我恳请您能尽快来到我的身边——只要一天时间，哪怕是一个小时也好。如果您判断我的情形无药可救，那么我一定会相信您的。或许，我还有救？也许，还有一线生机？我再次恳请您不要把这封信的内容告诉别人。

永远爱您的，

谢尔盖·鲍里亚科夫

“玛利亚！立刻到楼下伤残接待室，帮我把值班护士叫来。她的名字叫什么来着？我忘了……我说的是那个刚才把这封信给我带来的那个护士。赶快。”

“好的，大夫。”

几分钟后，那个护士就站到了我的眼前，她外套外面罩着脱毛猫裘皮领，上面的雪刚刚化掉。

“是谁把这封信带来的？”

“我不认识这个男人。是个长胡子的男人。他说他给合作社工作，到城里来出差。”

“嗯……好了，现在你可以走了。不，等一下。我刚刚写了一张给医务督察的便条。请你把便条带给他，你能顺便取回他的回复吗？”

“好的。”

这是我给医务督察写的便条的内容：

1918 年 2 月 13 日

亲爱的帕威尔·伊拉里扬诺维奇：

我刚刚收到我的医学院的朋友鲍里亚科夫来的一封信。他现在我过去行医的格莱洛沃乡村医院工作，在那儿，他完全是独自一人工作。他好像病得很厉害。我认为我应该去看看他，这是我的职责。如果能得到您的允许，我想把明后天儿科的活儿交给罗德维奇大夫，立刻动身去看望鲍里亚科夫。除了我，他实在是找不出谁还可以帮他了。

爱您的，

医生 鲍姆嘉德

医务督察回复道：

亲爱的弗拉基米尔·米哈伊洛维奇：

赶快去吧。

彼得罗夫

那个晚上的时间，我都用来查看列车时刻表了。去格莱洛沃乡村医院要走下面的路线：那天下午要赶上从莫斯科发来的下午两点的邮车，坐二十英里的火车，在北方车站下车，然后再坐雪橇走完剩下的十六英里的路到达格莱洛沃乡村医院。

“我如果运气好的话，明天晚上就可以到格莱洛沃医院了，”我躺在床上想着这件事。“我很纳闷，他能有什么事呢？他得了斑疹伤害症？肺炎？不可能，我再想想……因为，如果是他得了这两种病的话，他就会这样写了：‘我得了肺炎。’他的信写得实在太模糊了，甚至有些闪烁其词。‘情况很严重……非常不如意……’”

“那会是什么呢？会是梅毒吗？是的，毫无疑问，就是梅毒。他一定大为震惊，他正在隐瞒他的病情，他也一定很害怕。可是，我想知道的是，我会坐谁的雪橇把我拉到格莱洛沃医院呢？如果我的运气好，我正好是在黄昏时分到达北方车站，结果发现根本没人接我。不，不，我能找到办法。我会在火车站找人借匹马。还是我应该给他发个电报，我们约好在车站见面呢？没有用的。电报一天之后才能到他那儿，那时候我都已经到了。可是我没法飞到格莱洛沃去啊。只有坐在火车站，等着有人拉雪橇回去把我捎上了。我知道那个地方。格莱洛沃，那个荒凉的洞穴啊！”

那封写在处方单背面的信就搁在我的床头灯下的床头柜上，旁边摆着的烟灰缸里竖着满满的烟头，这是主人受到失眠症困扰的最好证据。当我爬上床，摸到床上起皱的床单，愤怒立刻将我包围，我开始怨恨起那封信了。

就是嘛，如果没什么更严重的病，就比如说，梅毒，他本人为什么就不能来这里呢？为什么非要我急匆匆冒着暴风雪赶去看他呢？难道我就被认为是可以一夜之间就把他的梅毒或者是食道癌治好的那个人吗？还有，他又怎么可能得上癌症的呢？他要比我小整整两岁呢。他现在二十四岁……“情况很严重”。会是恶性肿瘤吗？信件的内容昏悖已极，歇斯底里，足以让收信人读了之后感到偏头疼。我的那儿，又开始了：我太阳穴附近的神经又开始揪起来了。早晨起来我会发现，那个地方神经的紧张都已经扩大到我的头顶正中了，我的半个脑袋都会感到疼痛，就好像我被老虎钳夹住了一样，于是我就不得不服用匹拉米洞和咖啡因。可是，一路上我坐着雪橇，我能到哪儿去找匹拉米洞呢？我应该在医院里向人借一件旅行时候穿的皮大衣，要是穿我自己的大衣，我一定会冻死的。他到底出了什么事呢？“……也许，还有一线生机。”千真万确！人们只会在小说里才会这样写，而这样的内容不应出现在头脑清醒的医生写的信中！必须要睡觉了……不要再想这件事了。到了明天就全都清楚了……明天。

我关掉台灯，黑暗立刻就吞噬了我的房间。睡觉……那个神经又开始揪起来了。可是我没有权力对那个人生气，因为读了他那封愚蠢的来信，我并不知道到底出了什么事。那个人正在遭受着苦难，他给他认为自己最应当求助的人写了封信。诽谤他实在太不厚道了，就是在头脑里诽谤他也不行，就算是一个人有太多的烦恼，或者是得了恶性肿瘤，他也有权力这样做。也许，他的信的内容是不忠诚的，或者根本就是过分夸大了事实。我已经有两年时间没有看到过谢尔盖·鲍里亚科夫了，但是他的样子我记得很清楚。他一直就是一个很理智的人。是的，很明显，看样子某种疾病降临到了他的头上……哦，我的那个地方的神经现在舒展多了。很显然，我很快就会睡着了。睡眠的机制是什么呢？我在上生理学课的时候曾经读到过，可是我发现内容写得实在太晦涩了。我根本就不知道真正的睡眠是什么样子的。大脑的细胞会怎样睡觉呢？坦率地讲，我真的不知道。我几乎可以肯定，写那本生理学教程的作者本人也不是真的就十分确定。理论层出不穷，一个胜过一个。那个叫谢尔盖·鲍里亚科夫的人就站在那儿，身上穿着绿色的医学院学生制服，制服短上衣上有一排铜扣儿，他俯身趴在一张镀锌桌面的桌子上，桌子上摆着一具尸体。

嗯，我一定是在做梦呢……

3

咚，咚……嘭，嘭，嘭……啊哈……谁啊？怎么了？……有人在敲门——见鬼……我这是在哪儿？我正在干什么？啊，是的，我正躺在我的床上呢……他们为什么要把我叫醒呢？他们被允许这样做，是因为今晚我值班。醒醒，鲍姆嘉德大夫。玛利亚慢吞吞地走出休息室把门打开。几点了？刚刚午夜十二点半。也就是说，我只睡了一个小时。那个恶性肿瘤怎么样了？是的，还在那儿呢，一切都好好的。

传来一阵儿轻轻的敲门声。

“谁啊？”

我轻轻地打开饭厅的门。黑暗中露出了一张脸，护士看着我，我立刻就感觉到她的脸煞白，她的眼睛睁得大大的，满是焦虑。

“病人是从哪儿带来的？”

“是格莱洛沃乡村医院的医生，”护士用沙哑的声音高声回答道。“他开枪自杀了。”

“鲍里亚科夫？这不可能！真的是鲍里亚科夫吗？”

“我不知道他的名字。”

“让我想想……好吧，我立刻就来。你去把医务督察叫来，就现在，把他叫醒。你就告诉他我在伤残接待室里等他。”

护士立刻跑了起来，一个白影在我眼前消失了。

两分钟之后，在手电光的照射下，可以看出外面的暴风雪有多么厉害，干冷的寒风吹着我的脸颊，吹得我脸疼，把我外套外面的衣服面子都刮起来了，我吃了一惊，感到自己都快被冻住了。

伤残接待室里的白色电灯光亮了起来，只是灯光不太稳定。在打着旋儿的风雪席卷下，我打着手电，撞上了医务督察，他也是急匆匆向着和我一样的方向去的。

“是你的朋友鲍里亚科夫吗？”他问道，然后一阵猛烈地咳嗽。

“应该是的。我还搞不太清楚。”我回答道，我们两人都快速冲进了接待室里面。

一个女人，把自己包得严严实实的，从椅子上起身跟我们打招呼。她的眼睛我很熟悉，但是现在眼泪汪汪，在红棕色的披肩下面一直凝视着我。我认出来了，她是玛雅·乌拉斯耶芙娜，格莱洛沃乡村医院的助产士，她是我在那家医院的产科病房里最热心的助手。

“真的是鲍里亚科夫吗？”我问道。

“是的，”玛雅·乌拉斯耶芙娜回答道。“大夫，情况非常严重。一路上我都吓呆了，我生怕不能及时赶到这儿。”

“什么时候的事……”

“今天早上，天刚亮，”玛雅·乌拉斯耶芙娜嘟囔着。“晚上守夜的看门人跑来跟我说，他从医生的住处听到一声枪响。”

电压感觉不太稳，在忽闪忽闪的电灯光下，躺着的人就是鲍里亚科夫医生。我一看到他那像石头一样坚硬的双腿，我就不由自主地向后缩。

我们取下他头上戴的帽子，他的头发湿湿地紧贴在他的头皮上。那个护士，玛雅·乌拉斯耶芙娜，还有我立刻对鲍里亚科夫展开了抢救工作，扒掉他的外套大衣，一条白色的消毒绷带立刻露了出来，被黄色和红色的血污染得一塌糊涂。他的胸部微弱无力地上下起伏着。我摸了摸他的脉搏，浑身发抖，感觉不妙：我感觉他的脉搏正在我的手指下消失，跳动之慢就像星星点点的火苗一样一吹就灭，然后又重新燃烧了起来，出现一阵儿快速的、不稳定的敲击。抢救他的外科医生把他的衣服袖子撸到肩膀以上，在臂弯处用皮筋扎紧露出一片颜色苍白的皮肤以便进行一次樟脑液皮下注射。就在这时，这个受伤的男子硬是张开了嘴，嘴里满是鲜红色的血块儿，嘴里的舌头都发紫了，他拼尽最后一丝体力，挣扎着，用干瘪、虚弱的声音说道：

“见鬼去吧，樟脑。算了吧。”

“闭嘴。”外科医生反驳道，硬是把黄色的樟脑液注射到皮肤下面去了。

“心包膜好像已经受到了破坏。”玛雅·乌拉斯耶芙娜低声说道，她紧紧抓住手术台的边沿儿，掀开这个受伤男子的眼睑仔细看着（他是闭着眼的）。又灰又红的阴影，就像日落时分投下的那种阴影，在伤者鼻孔下面的沟回处越来越明显，一股汗水，就像水银形成的水滴一样，正在这团阴影里慢慢渗出。

“是左轮手枪吗？”外科医生问道，他的脸颊都抽动起来了。

“是自动手枪。”玛雅·乌拉斯耶芙娜嘴里迸出了这句话。

“见鬼……”外科医生咆哮着，就好像受到了一次让人感到十分愤怒的重大挫折，他做了一个无礼的手势就大步走开了。

我感到一阵儿惊慌，身体转向他，表示不解。又有一名男子出现了，眼睛观察着伤者的肩部——第二位急救医生来了。

突然，鲍里亚科夫的嘴慢慢地扭曲起来，脸上的表情极为痛苦，就像是一个睡意正浓的男子想要吹走在他鼻子上转来转去的苍蝇一样，然后他的下巴就开始活动起来，就像他被一团食物噎住了，又想把它吞下去一样。任何一个对致命的枪伤情况了解的人都会对这种动作很熟悉。玛雅·乌拉斯耶芙娜痛苦地皱起了眉头，深深地叹了一口气。

“我要……鲍姆嘉德医生。”鲍里亚科夫说道，不仔细听，几乎就听不见。

“我在这儿。”我轻轻地说道，耳朵凑到他的嘴边。

“那个笔记本是给你的……”鲍里亚科夫沙哑着嗓子说道，声音更微弱了。

说完这些，他睁开眼睛，看向昏暗的、带着阴影的天花板。他眼睛里黑色的瞳仁似乎被一种生命里面的光照耀着，眼白部分好像变得透明了，颜色是蓝的。他的双眼向上看着，之后上面像蒙上了一层薄膜，接着，他双眼里的短暂出现的光辉渐渐地散去。

鲍里亚科夫医生就这样去世了。

4

夜晚。将近拂晓。街灯燃烧得非常明亮，因为整个市镇还都在沉睡，只有一盏靠电力驱动的灯在亮着。四下里死一般地寂静。鲍里亚科夫的遗体被放在了小礼拜堂。还是在夜里。

我读着读着，眼圈儿就不由自主地红起来，在我面前，在桌子上放着一个打开的信封，里面有一些纸。有封信是这样写的：

我亲爱的朋友：

我不等你了。我已经决定放弃治疗。因为根本没有希望治好。

而且我也不想继续折磨我自己了。我尝试治疗已经很长时间了。我警告过其他人要注意到用25份水去溶解那种白色水晶体的危害。而我现在却对它那么依赖，不可自拔，它们已经彻底破坏了我的身体。我把我的日记留给你。你天性喜爱探索，而且喜好收集人类的文献，是一位真正的内行和鉴赏家，你的这种天性总是让我感到触动很大。如果你有兴趣，那就把关于我的疾病的故事读下去吧。

永别了。

永远爱你的，谢尔盖·鲍里亚科夫

下面还有一段附言，是用粗体大写字母写的：

对我的死，没有人应当受到任何指责。

医生 谢尔盖·鲍里亚科夫

1918年2月13日

和这封遗书放在一道儿的还有一本普通的小学生用的练习本，黑色油光纸封面。练习本里面有一半纸都被撕掉了。剩下的一半是系列的手记内容。最开始都是用墨水或者铅笔用整齐的小字写成，越到练习本的最后，手记就开始换成擦不掉的铅笔或者是红墨水笔写了，字体变得有些凌乱，可以看得出写的时候很仓促，而且许多词语都被省略了。

1917年1月20日

……也是一个好事情。越遥远越好，感谢上帝。我就不想见人，在这儿，我正好一个人都不见，除了患病的农民以外，我认为他们不大可能扩大我的伤口。其他人，顺便提及，和我一样都被分配到很偏远的地方行医。我们毕业的这一年，不大容易选择到什么地方服役（1916级的二线预备役军人），都被分配到遍布乡村的当地政府办的医院去了。不管怎样，会有谁会在乎呢？我的朋友当中，我只有伊万诺夫和鲍姆嘉德的消息。伊万诺夫选择去了阿克安盖尔省（那个狂风肆虐之地……），鲍姆嘉德呢，我的女医生助手告诉我，他所在的地方叫格莱洛沃，和我这儿隔了三个区，是一个荒芜、凄凉的地方。我曾想到给他写信，但是后来又改了主意。我不想与任何人有联系了。

1月21日

暴风雪。其他从略。

1月25日

晚霞是那么的光辉灿烂。受到偏头痛的小小攻击——氨基比林，咖啡因和柠檬酸混合起来进行治疗，配成1克重粉状药剂。服用1克好不好？效果当然好。

2月3日

今天我收到了上星期的报纸。我没有读，但是不管怎样我还是忍不住瞟了一眼戏剧那一版。《阿伊达》上周上演了。也就是说，她在舞台上走着，唱道："哦，我深爱的人啊，来到我的身边……"

她的嗓音实在是异乎常人。这样一种强大的清晰的声音竟然出自如此普通、如此渺小的灵魂之中，这可真是一件怪异的事情……

（写到这儿断了，有两三页纸被撕掉了）

……当然，你太不理智了，鲍里亚科夫医生。你对一个女人使用那么肮脏的语言进行攻击是书生气十足的白痴行为，就因为她最后离开了你！她不想与你继续生活在一起，于是她离去了。就是这么回事儿。很简单，真的很简单。一个歌剧演员爱上了一个年轻的医生，和年轻医生一起同居了一年，然后就分手了。

我真的想杀了她吗？杀了她？多么愚蠢，多么没有意义。没有希望。我再也不想想这件事情了。

2月11日

暴风雪持续不断……我对暴风雪真是烦透了。每个晚上我都是独自一人待着。我点起灯，坐在灯下。当然了，我在白天会看到人，可是我只是在机械地工作。尽管这样，我还是很快适应了我的工作。工作并不像我想象的那么糟糕。曾经在军队医院里服役过的经历证明是非常有用的，因为这就意味着我来到这个地方我并不是一个十足的生瓜蛋子。

今天我生平头一回实施了在孕妇子宫内翻转胎儿的手术。

我们这儿一共有三个人，在大雪覆盖之下：安娜·基里洛芙娜，我的医生助手，同时还是一个助产士；还有一个男医生助手，他已经结婚了；再加上我。他们都住在医院的附属建筑里。我有我自己的住处。

2月15日

昨晚发生了一件十分有趣的事。我正准备上床睡觉，我突然感到自己的胃部一阵疼痛。真是钻心的疼痛啊！我带着一身冷汗走出房间。我必须说，我们所知道的医学其实是一种非常不可靠的科学。一个人的胃或者是肠子（比如阑尾炎之类）一点儿毛病都没有，他的肝和肾都好好的，还有他的肠子工作得非常好，可为什么他会在一夜之间疼得扭曲在床上呢？

呻吟着，我走到厨房，厨师和她的丈夫在那儿睡觉。我叫乌拉斯去把安娜·基里洛芙娜唤来。她来到我的房间，不得不给我注射了一支吗啡。她说我的脸都变绿了。那么我的脸以前的颜色又是怎样的呢？

我不喜欢我们的医生助手。他不善交际，但是安娜·基里洛芙娜非常善良，并且很聪明。我感到十分惊讶，像她这样一个女人，是那样的年轻，就能在这风雪覆盖的坟墓里独自一人生活。她的丈夫在战争期间成了德国人的俘虏。

相应的，我还要感谢那个第一个从罂粟蒴果里提炼出吗啡的那个男人。他可真是整个人类的大恩人啊。注射之后仅仅过了七分钟，疼痛停止了。非常有趣：疼痛在我的身上像永不休止的电波穿过，我不得不大口喘气，就像一支烧得通红的撬棍在我的胃里戳来戳去，上下搅动着。注射后的四分钟，我就认识了那种像电波一样的疼痛感了。

如果一个医生能够在他自己身上试验更多的药品效果，这将是一件好事情。他对药物的效果就会获得一种完全不同的理解。注射以后，我睡得很熟，睡得很香，在这几个月里还是头一回儿——我完全把那个欺骗了我的感情的女人忘掉了。

2月16日

今天在手术时，安娜·基里洛芙娜问我现在怎么样了，并且她说这是她认识我以来第一次看到我没有皱眉的样子。

“我皱眉吗？”

“经常皱眉。”她说这话的时候语气很坚决，并且补充说我总是一副沉默寡言的样子，她看到我这个样子很吃惊。

“我就是那种类型的人。”

可是，那只是谎话。其实，经历那段灾难性的感情之前的我总是很活跃的。

薄暮早早地笼罩大地。我一个人待在我的住处里。今晚，疼痛再一次袭来，但是这次没有上次那么疼——只是昨天的疼痛的一点点尾声和余绪。我在胸骨背后的某处感到了那种疼痛。由于害怕昨晚那种剧烈疼痛的复发，我在大腿上注射了一厘克吗啡。疼痛几乎是在注射完毕的时候停止了。安娜·基里洛芙娜离开的时候把那个小玻璃瓶留了下来真是一件好事儿。

2月18日

注射了四次吗啡。应该没造成伤害。

2月21日

安娜·基里洛芙娜表现得非常古怪——就好像我根本就不是个医生！1又2分之1注射的剂量 =0.015克吗啡吗？是的。

3月1日

保重，鲍里亚科夫医生！

胡扯八道。

黄昏。

距离我上次想起那个曾经欺骗过我的女人已经有两星期了。在我的脑子里，再也不存在阿姆奈丽丝所唱的咏叹调的声音了。对此我感到非常自豪。我是一个男人。

安娜·基里洛芙娜成了我的情妇。这是无可避免的事。我们俩儿都被囚禁在这荒凉的被人遗弃的岛上。

大雪出现了一些变化。雪的颜色似乎变成灰色的了。不再有那种凶残的严寒，可是暴风雪依旧不时地吹啊吹啊。

第一分钟，我在自己的脖颈处感受到了一种被触碰的感觉。这种触碰变得越来越暖和，并且扩散开来。第二分钟，我的胃部的底部突然感到一阵儿冰冷，在这之后，我的思路开始变得异乎寻常的清晰，感受到我的思维能量的蓬勃汹涌。所有不快的感觉全都停止了。人的内在的力量在它们所能达到的绝对高度上得到了完全的呈现。如果我不是被我所受到的医学训练宠坏了的话，我要说一个人只有在注射吗啡之后才能正常地工作。毕竟，一个男人只是受到一点点儿神经痛的袭扰就完全破坏了他自身的平衡，这样的男人还能算作健康的好男人吗？

安娜·基里洛芙娜被吓到了。要让她平静下来，要对她说从儿童时代起，我就以拥有巨大的意志力量而著称了。

3月2日

关于一些重大事件的谣言四起。好像听说尼古拉二世的皇位已经被废除了。

我应该早点儿上床——大概在九点钟。

这样我的睡眠就将会是香甜的。

3月10日

一场革命正在兴起，“在上面，在这儿。”

白天变得越来越长，黎明时的晨曦似乎被淡淡地涂抹上了一层蓝色。

我以前从未在拂晓前做过这样的梦。是两个梦。主要的那一个，我要说，是用玻璃做的。那个梦是透明的。

梦境是这样的：我看见一盏亮着的灯，亮的怕人，灯的火焰透出五颜六色的光。阿姆奈丽丝，摇摆着，就像一片绿叶，正在唱着歌。一场不属于尘世的歌剧正在上演，声音饱满而富有表现力——尽管我无法用言语来形容。简而言之，通常，梦中的音乐是无声的（在普通的梦中？有人也许会问，什么样的梦不是普通的梦！可是别急，我是在开玩笑）……无声，可是，在我的梦里，音乐声还特别响亮。尤其精彩的是，我可以随心所欲地让我梦里的音乐声变大或者是变小。这让我想起了《战争与和平》里的一段，皮特雅·罗斯托夫在半睡半醒的时候经历过相似的情形。列夫·托尔斯泰真是一位了不起的作家。

由于梦是透明的，梦里发生的事儿就好像都涂上了《阿伊达》歌剧里的五彩斑斓，我的写字台的边儿清晰可见，透过书房的门我能看见灯，闪闪发光的地板，从博舒瓦大剧院里传来的声浪的背后，我能清晰地听到表示欢迎的脚步踩踏声，就像象牙响板敲出的低沉的响声。

也就是说，已经八点钟了，安娜·基里洛芙娜正跑来告诉我诊疗室里出了什么事儿。

她没有意识到，我根本就不需要醒来，因为我能听见所有的声音，也能同她说话。

昨天我做了下面讲的实验：

安娜：谢尔盖·瓦西里耶维奇……

我：我在听着……（和着音乐，低声说道："大声些！"）

音乐：强有力的D大调和弦。

安娜：挂号的病人有二十个。

阿姆奈丽丝唱起歌来……

但是，在纸上无法形容这一切。

这些梦会带来伤害吗？根本不会。当这些梦做完，我就起来了，感觉自己完全清醒过来，并且心绪很不错。我甚至开始对我的工作产生了一种兴趣，我以前从未做过的工作——一点儿也不稀奇，既然我除了会想到我以前的情人以外什么都不会想到。

不管怎么说，现在，我不再担心了。

3月19日

昨晚，我和安娜·基里洛芙娜吵架了。

“我再也不想配制那种溶液了。”

我试图开始劝她。

“别傻了，亲爱的。我可不是孩子，是吗？”

“我再也不想配了。会杀死你的。”

“好了，你放轻松一点儿。你难道，难道不知道我胸部很疼吗？”

“那就接受治疗。”

“在哪儿？”

“休假。吗啡可不是治疗。”接着她又思索了一会儿，又补充道：“我永远不能原谅我自己，我为你配了第二瓶溶液。”

“你把我当成什么人了——瘾君子吗？”

“是的，你正在变成瘾君子。”

“那么你再也不会为我配药了，是吧？”

“是的，我再也不配了。”

就在那一刻，我第一次在自己的身上发现有一种下流的冲动，我想发火，更糟糕的是，我想在我犯错儿的时候朝着人大嚷大叫。

然而，这种情况并没有立刻发生。我走进自己的卧室，看了一眼：小玻璃瓶的瓶底儿还剩了那么一丁点儿。我把它们全抽到针筒里，针筒只充了四分之一的量。我扔掉注射器，差点儿把它打碎了。我小心翼翼地把注射器拾起来仔细检查——一点儿也没有烂。我在卧室里坐了二十分钟。当我走出卧室的时候，她已经走了。

想象一下吧——我再也无法忍受了，就出去找她。我敲着她的住处的窗户，窗里亮着灯。她裹着一条围巾，拿着手电出来了。

夜色宁静，雪很细，空气干干的。远处的天边已经透露出春天到来的消息。

“求你了，安娜·基里洛芙娜，把药房的钥匙给我吧。”

她悄声低语：“不，我决不。”

“发发善心吧，把药房的钥匙给我吧。我在以医生的身份同你说话。”

在昏暗中，我看到她的脸色变了。她的脸色变得惨白，双眼像是要陷进脑袋里去了，眼睛里的光也变得暗淡了。她回答我的问题的声音让我大为震动，我不由得对她产生了怜爱之情。可是，我的怒火立刻又在胸中蹿起。

她说道：“为什么，你为什么一定要这样跟我说话？哦，谢尔盖·瓦西里耶维奇——我可怜你。”

就在这时，她突然从她的围巾下伸出手来，我看见她手里抓着的正是药房的钥匙。她一定是跑到我的诊疗室里把钥匙拿走了。

“把钥匙给我！”我粗暴地说。

我把钥匙从她的手里抢了过来。

我朝着刷成白色的医院走去，踩着腐朽了的铺在路面上的木板一路前行。怒火在煎熬着我，主要是因为我对如何配制可以进行皮下注射的溶液一无所知。我是医生，不是护士！我走路的时候身体都在剧烈地抖着。

我听见身后她跟在我后面走的声音，就像一只忠实的狗尾随而来。我心中顿时涌动起来一种温情，可是我很快就把这种情绪压下去了。我转过身，大声对她说道：

“你准备做，还是不做？”

她做了一个表示绝望的姿势，就好像在说“这有什么关系吗？”然后对我轻轻地回答道：

“好吧，我做。”

一个小时之后，我又变成了我自己，自然地，我求她原谅我对她近似荒唐的粗鲁行为。我不知道自己身上发生了什么：我以前是很礼貌的。

接下来她做的事情异乎常人。她跪在我的面前，紧紧抓住我的手，说道：

“我没有生你的气。我知道，现在你迷失了你自己。我知道这一点，现在。我一直在诅咒我自己，是我给你打了第一针。”

我尽可能地让她的情绪稳定下来，向她保证这一切都不是她的错，我会对我自己的行为负责。我向她许诺，就在明天，我会很严肃认真地开始改掉这个习惯，不断地减少注射的剂量。

“你刚才注射了多少？”

“不多。1% 的溶液，注射了三针。”

她用手紧紧地捂住自己的脑袋，一言不发。

“你没有任何理由担心。”

在我的内心最深处，我理解她的这种关切。事实是盐酸吗啡是一种非常可怕的物质。你很快就会跟它熟悉起来。可是，仅仅是浅尝辄止和完全成为一个瘾君子是不一样的，不是吗？

告诉你实话吧，这个女人是我能完全信任的唯一一个女人。她真的应该成为我的妻子。我已经忘记了另外那个女人，完全忘掉了。然而，我首先得感谢吗啡，是这种物质让我做到了这一点。

1917 年 4 月 8 日

这是一种折磨。

4 月 9 日

这可怕的春天的天气。

魔鬼就在这个小玻璃瓶里。可卡因——小玻璃瓶里的魔鬼！

这就是它的效果：注射一针 2% 浓度的可卡因，你会立刻进入到一种极度平静的状态，随后很快就会陷入到极乐的精神欣快症的状态之中。这种状态只会持续一到两分钟，然后就消失得无影无踪，了无痕迹，就好像你从未经历过什么一样。然后，随之而来的就是伤痛，恐怖，黑暗。

外面，春天使冰雪消融，河水猛涨，乌鸫在光秃秃的树枝上飞来飞去，远处树林里的树木就像锯齿状的黑色猪鬃一样一排排地刺穿了天空。树林后面，闪耀着春天日落第一波光辉，给将近一半天空涂抹上了一丝红色。

我沿着对角线在我住的空荡荡和孤独的大屋子里踱来踱去，从门走到窗户，再从窗户走到门。地板上的这段路程我走了有多少回了？十五回，或者是十六回，不会更多，然后我不得不转身回到我的卧室。在一团医用纱布的旁边摆着一支注射器。我拿起它，先在我满是针孔的大腿上随便抹了些碘酒，然后就把针头刺进皮肤。没有感到一点儿疼痛，我在瞬间就感受到了精神欣快症来临前的各种感觉。很快，我就获得了极大的快感。我清醒地意识到快感是如何开始的，因为乌拉斯，那个晚上看门的人坐在门廊那儿拉着手风琴，低沉的音乐片段听着就像天使的声音，粗粗的低音和弦从波纹管里发出呼哧呼哧的声音，就像天国里的唱诗班在合唱。现在，那个时刻来到了，依据在任何一本药理学的教科书里都找不到的一些神秘法则，摄入我身体的可卡因变成了一些异样的东西。我知道那是什么：那是一种混合物，拌着我的血液和魔鬼本身。乌拉斯的手风琴声颤抖着，我恨这个男人，我看见日落的余晖骚动不安，在天边咆哮着，同时五脏六腑在熊熊燃烧。整个晚上，这种感觉在我的身上发作了许多回，直到这时我才意识到我已经中毒了。我的心脏跳动得很厉害，我把手放在我的太阳穴上，甚至都可以感觉到我的心在砰然作响……接着我的整个身体都掉进了万丈深渊，有几回儿我甚至都怀疑鲍里亚科夫医生能重新拥有自己的生命。

4 月 13 日

我，不幸的鲍里亚科夫医生，在今年的二月份对吗啡上了瘾，对任何遭受相同命运，并且想尝试用可卡因来替代吗啡的人提出警告。可卡因是一种最为阴险的、肮脏邪恶的毒药。昨天，安娜只能用给我注射樟脑药剂的办法让我苏醒过来，而今天我已经死了一半了。

1917 年 5 月 6 日

距离我上一次写日记已经有好长时间了。这是一件遗憾的事，因为，事实上，这不是一本日记，而是一部病理学史。我不但对写这样的一部历史有一种天然的职业兴趣，而且日记是我这个世界上的唯一一位朋友（如果人们不算上我那可怜的经常以泪洗面的情人安娜的话）。所以，如果我准备记录下我的疾病的发展过程，那么这本日记就是这样记的：每隔二十四小时我要注射吗啡两次——下午五点钟（晚餐之后），还有一次是在午夜上床睡觉之前。两针3%的溶液，所以我注射的剂量是50毫克。这个剂量刚刚好。

我以前的手记内容看上去一定有些歇斯底里。事实上，我的状况没有什么特别的，我的身体状况也没有拉警报。至少还没有影响到我的工作能力。恰恰相反，前夜我才注射过，第二天我挺过去了。手术我做得相当好，我小心翼翼地开药方，简直无懈可击，我可以对着我的职业发誓，我注射上瘾对我的病人没有构成任何伤害。我向上天祈祷永远不要伤害我的病人。可是有些事情的确让我担心：我老是在想其他人也许会发现我的恶习。在诊病的时候，我老是受到脑子里的念头的袭扰，我总是觉着我的助手在我身后阴沉着脸看着我，想要从我这儿搜出什么。

胡扯八道！他永远也猜不出来。没有什么能让我离开。在夜晚的时候，只有我的瞳仁会背叛我，而我在晚上不会见到我的助手。

为了补充我们药房吗啡库存可怕的损耗，我驱车到当地的市镇。在那儿，我同样做了一件在道德上应该受到谴责的事。我不得不格外小心开出订购单，上面有各种各样的药品，比如咖啡因（我们那儿多的是），可是，店主端详着订单，带着怀疑的眼光问道：

“要四十克吗啡？”

我不知道自己的眼睛该瞅哪儿，感到自己一下子脸红了起来，就像是一个犯了错的小男生。他继续说道：

“我们没有那么多。我只能给你十克。”

他的确是没有那么多吗啡，可我获得的印象却是他已经发现了我的秘密。他凸出的双眼就好像钻进了我的心里，这让我感到十分不安，我变得神经兮兮起来。

我的瞳仁，我决心已定，瞳仁是我唯一危险的标志，就是因为这个原因，我在晚上就不要用眼睛看任何人了，这将成为一条规则。对这种情况，顺便说一下，我在这与世隔绝的地方行医，再没有比这更便利的条件了。除了我的病人，在这儿我谁都看不到，这种情况已经持续有半年时间了，而且我的病人们对我一点儿也不感兴趣。

5月18日

一个闷热的夜晚。一场风暴正在酝酿之中，黑色的风暴云在树林远端越积越厚。就在刚才，远处天边闪过一道惨白的表示警告的闪电。风暴开始了。

我的面前摆着一本书，显示的内容说的是停止注射吗啡之后会出现的症状：

“……出现病态性焦虑，同时伴有神经系统不活跃的状况，烦躁易怒，记忆力减退，偶尔会出现幻觉，意识会有轻微的损伤……”

我没有出现过任何幻觉，但是我只想说，这段描述的剩下的部分实在无趣极了，枯燥乏味，并且提供的信息一点儿也不完备。

的确，“神经系统不活跃的状态”！患上了这种令人感到吃惊的疾病，由此亲身经历，我禁止所有的医生对他们的病人给予更多的同情。剥夺注射上瘾的人注射，哪怕仅仅是一个小时，或者是两个小时，他们所要承受的可不是一种“神经系统不活跃的状态”：那是慢性死亡。空气是没有实体的，把空气一口吞下去是毫无意义的……人体内的每个细胞都在渴求……渴求得到什么呢？这种情形是无法进行分析和解释的。简而言之，生命个体停止存在下去：他被淘汰了。那个还在移动着，痛苦着，遭受着苦难的人只是一具行尸走肉。它什么都不需要，什么也不能思考，只想得到吗啡。同渴求得到吗啡相比，死于口渴是一种极乐的幸福死法。这种感受就如同一个被活埋了的人临死前的情形，紧紧抓着胸前的皮，在大地做的棺材里拼命攫取着最后一丝空气，或者有点儿和被绑在火刑柱上的异教徒被烧死的情形仿佛，当火舌开始从他的脚底舔起开始吞噬他的时候，他呻吟着，身体拼命扭动着。

死亡。一种干巴巴的，缓慢的死亡。这就是潜伏在那个表征临床症状的学术性词语“一种神经系统不活跃的状态”之后的真实死亡的情形。

我就是不可遏止。我只能给自己注射。深呼吸。再深吸一口气。

感觉好多了。啊……它就在那儿……我的胸口突然被一阵儿冰冷猛刺了一下，一种抹了薄荷油的感觉……

打了三针3%的吗啡溶液。这能让我一直坚持到午夜。

胡扯八道。上面记的最后一条是胡扯八道。情况没有那么糟。迟早我会把它戒掉……但是，现在，现在我要睡觉，睡觉。

这种与吗啡进行的白痴般的、折磨人的战役正在把我拖垮。

（下面有好几页纸被撕掉了。）

……进行中。

……早晨4点半呕吐。

当我感觉好些的时候，我会记录下这种令人感到吃惊的经历。

1917年11月14日

所以我从……医生（医生的名字已经被小心地划掉了）在莫斯科的诊所逃跑了，我又回到了家里。天上下着瓢泼大雨，我看到外面的世界都被大雨所笼罩着。最好一直这样下去。我不再需要这个世界了，这个世界上也没有哪个人需要我。我在诊所里看病的时候，外面响起了枪声，政变发生了，但是，放弃治疗的想法已经开始在我的内心里阴险地生长出来，甚至在莫斯科街头的厮杀开始之前我就有了这样的念头儿。我要感谢吗啡，它让我变得勇敢起来。我现在不害怕来复枪的射击了。毕竟，有什么事情可能会吓到一个只对一样东西着迷的人呢？——一个只对那神圣的，能够产生奇迹般效果的水晶体着迷的人。诊所里的护士，可是被炮火震耳欲聋的响声吓瘫了……

（这页纸被撕掉了）

……撕掉那页纸，这样就没有人会读到那段非常可耻的描述文字了，一个专业人士，就像一个怯懦的小偷一样逃跑，并且偷了他自己的行头。

不光是我自己的服装，我彻底绝望，我还拿了一件医院的衬衫。第二天，我给自己打了一针，我又回过神儿来了，我返回到N医生那里。他的神情，有一丝怜悯，可是即便他表现出怜悯，我还是感觉到他怜悯背后的鄙视，这就是他的不对了：他毕竟是一位精神科医生，应该意识到我又不是总能控制住自己。我是一个病人。他不应该看不起我。我把医院的衬衫还了回去。

“谢谢你，”他说道。“那么现在你准备怎么办呢？”

那时候药劲儿还在，我表现出精神欣快症的症状来，我高兴地说道：“我已经决定了，我要回去继续行医，不管怎么说，我的病假休完了。我对您对我的帮助十分感谢，我确实感到好多了。我可以在回家以后继续进行治疗。”

听到这些，他回答道：“你一点儿也没好。你对我这样说是非常滑稽可笑的。有人只要看看你的瞳仁就知道是什么情况了。你以为你在跟谁说话？”

“教授，我无法做到立刻把毒瘾戒除……尤其是现在，特别是我们身边正在发生着的一切……炮火声让我的神经太紧张了。”

“现在都结束了。我们有了新政府。回到你的病床上去。”

他说起了这儿，我全都记起来了：冰冷的过道儿，耀眼的刷着油漆的墙壁……我一瘸一拐地经过他们的身边，就像一只瘸了腿的狗，等着什么……等什么呢？等着洗个热水澡吗？不是，是等着注射 5 毫克的极小剂量的吗啡。那种剂量的吗啡我能保持活跃一会儿，但是仅仅是一会儿。可痛苦与苦闷仍然存在，像铅块儿一样坠着我向下沉，就像以前我在这里经历过的那样。许多个不眠之夜，衬衫被我撕得稀巴烂，我乞求他们放我走。

不。他们已经发明了吗啡，从那种神圣的植物的充满活力的果实里可以提取出那种干干的东西，见鬼，就让他们找出一种无痛治疗法吧！我固执地摇摇头。对此，教授站直了自己的身子，我突然害怕地冲向大门。我以为他会使用暴力把我强制锁在他的诊所里呢。

教授的脸变红了。“我又不是监狱看守，”他说道，看上去有些烦躁，“这里也不是卢比扬卡监狱。坐下，放松。两周以前，你说你已经完全正常了。可是，现在……”他意味深长地模仿起我害怕的样子。“我不是想把你留在这儿。”

“教授,把我的保证书还给我吧。我求您了。”我的声音颤抖着，实在令人同情。

“我一定还你。”

随着一阵儿钥匙插进锁的声音，他打开他的写字台的抽屉，把我的保证书递给了我，在这份保证书上，我承诺自愿接受全程为期两个月的疗程，并且同意他们有可以限制我离开诊所的权力——通常都是这样表述。

我看着这份保证书,手都在颤抖,我立刻把它放进我的口袋儿，嘴里嘟囔着：

“谢谢你。”

然后我就起身要走。

“鲍里业科夫医生！”他在我身后喊道。我转过身，手已经按在了门把手上。“听着，”他说道，“好好考虑考虑。你必须意识到你已经不可避免地到了精神病医院就诊，对你的轻微的，呃……发展到了后期阶段。你要是再注射，你将陷入到更糟糕的境地。到目前为止，我至少还能将你作为一个医生看待。可是到后面，你将进入到精神完全崩溃的状态。严格说来，我亲爱的朋友，你不再适合行医了，如果我不将你现在的情况通报给地方医疗当局，我就触犯法律了。”

我浑身颤抖，明显地感到全身的血都涌到脸上（尽管那时我的脸已经很苍白了）。

“我求您了，教授，”我结结巴巴地说道，“别告诉他们任何关于我的情况……我现在注射上瘾已经够耻辱的了……您一定不会这样对我吧？”

“哦，非常好，那么你走吧，”他高声叫喊道，很烦恼的样子。“我不会说一个字儿的。结果都一样，你还会回来的。”

我走了，我发誓我被疼痛折磨得死去活来，并且我在回去的路上感受到巨大的耻辱。为什么呢？

答案很简单。啊，我的日记，我忠实的朋友——至少你不会离我而去，不会抛弃我，是吧？这倒不是因为我穿的这套医生的衣服，而是因为我又从医院里偷了一些吗啡。三瓶水晶体固态的，还有 10 克 1% 的吗啡溶液。

但是这件事本身并不是让我感兴趣的唯一一件事儿。医院的药物室的钥匙就放在那儿。想想吧，如果钥匙没放在那儿会怎么样。我会砸开放药物的柜子吗？我会吗？要说实话吗？

是的，我会。

所以，鲍里亚科夫医生是个贼。我必须记着要把那一页撕掉。

他仍然在一直夸大情形，他说我不配行医。我的能力的确在退化，这绝对是事实；我的道德，我的人格力量的崩溃决定了这一点。但是我依然能够工作，我不会对我的任何一个病人产生伤害，或者是把疾病传染给他们。

我为什么要偷东西呢？原因很简单。在政变所导致的厮杀和动荡的局面之下，我想我也许再也不能得到吗啡的任何供应了。可是当骚动平静下来之后，我设法在一家郊外偏远的药房找到了15克1%浓度的吗啡溶液，对我来说，这可能比没找到还要糟糕，因为我需要的一份剂量需要九次注射才能完成。更有甚者，我不得不忍受这样的屈辱：药剂师要我在处方上盖上橡皮图章，并且带着怀疑的目光对我怒目而视。然而，第二天，所有的一切再次逢凶化吉，这回儿没有丝毫的迟疑，我得到了20克水晶体固态吗啡，我为医院开出了一张处方单（补充一下，当然了，同时还订购了咖啡因和阿司匹林）。毕竟我是个医生啊，为什么我就应该躲躲藏藏感到害怕呢？我的所作所为就好像我的额头上挂着“瘾君子”的牌子。看在上帝的份儿上，我这做的都是什么事儿啊？

不论什么情况，我真的是每况愈下了吗？我真的是离题万里了吗？我的这本日记就是一个证据。这里面的每一条都显得很琐碎，可是我又不是一位职业作家。它们显得不成比例吗？我只想说我的理智是健全的。

对一个瘾君子来说，有一种任何人也无法将其剥夺的快乐——那就是他拥有一种能力，让自己处于一种绝对孤独的状态之下。

而孤独意味着深刻的，意味深长的思考；孤独意味着，平静，沉思——以及智慧。

夜幕已经降临，黑漆漆的，一片静谧。远处某个地方是掉光了树叶的光秃秃的林地，旁边是小河，还有充满秋天味道的冰凉的空气。再遥远的地方就是冲突激烈、相互倾轧、躁动不安的莫斯科城。万事不入我心，我什么都不需要，我哪儿都不想去。

我的床头灯的火焰轻轻地燃烧着。我在思考，经历了莫斯科的历险之后，我想休息了，我想把它们全都忘掉。

我已经把它们全忘掉了。

11 月 18 日

霜冻。地面又硬又干燥。我沿着河边的小路走了一圈儿，因为我几乎得不到任何新鲜的空气。

或许我已处于一种道德上的腐化状态，尽管如此，我还是竭尽全力去挽救我的道德。今天早上，举例来说，我就没有进行注射（我现在每天给自己注射三针 4% 的吗啡溶液，一天三次）。动作有些笨拙。我感觉很对不起安娜。每多加一些浓度就会惹得她痛苦万分，也让我感到很难过。她是一个很了不起的女人。

所以，当疼痛开始的时候，我决定先忍受一会儿（N 教授会多么赞成我的行为，除非他能看见我的做法！）来推迟我注射吗啡的时间，我决定出发沿着河边走一走。

这里的土地完全是荒废的。没有一丝声音，连风的沙沙声都没有，黄昏的薄暮尚未降临，还只停留在空气中，在沼泽地里潜伏着，在草丛和树桩之间蹑手蹑脚地趴着……慢慢地，在莱夫科夫乡村医院那儿关闭，而我那时正拖着脚步、手里拄着拐杖慢吞吞地走着（坦率地告诉你吧，我的身体最近变得有点儿虚弱）。

就在这时，我注意到一个长着黄色头发的小老太太，从河边的斜坡下面快速向我走来，她移动的速度实在太快，以至于我只能看到她好看的花裙子下快速移动着的脚。刚开始的时候，我还没怎么注意到她，也没有任何警觉，她毕竟只是一个上了年纪的农村妇女罢了。接着让我感到特别古怪的是她是个光头，身上只穿了一件衬衫，而天气又是那样的寒冷。过了一会儿，我开始纳闷儿——她从哪儿来？她是谁？莱夫科夫乡村医院的诊疗时间已过，农民的雪橇全部都走了，方圆几英里内根本就看不见一个人——除了薄雾、沼泽地和树木以外什么都没有。突然，我感到出了一身冷汗，顺着我的脊柱就流了下来，并且我意识到：这个老妇人根本就不是在跑，其实是在飞，双脚不挨地。这已经糟透了，更让我大声尖叫的是下面的事实，她的双手各持一把干草叉。我为什么被吓成这样？我单膝跪地，伸出双手挥舞着手臂，转身就跑，一路跌跌撞撞，向着家和安全的地方跑去，心中祈祷在我回到我温暖的家中，看到我真实的有血有肉的安娜之前，我的心脏不会从胸腔里跳出来……还有记得打些吗啡……

我一路跑回了家。

真是一派胡言。只是一时的幻觉，完全没有意义。

11 月 19 日

大量呕吐。不好的信号。

我与安娜在21日夜的谈话：

安娜：医生助手知道了。

我：他知道了？那又怎么了？我不在乎。

安娜：如果你再不离开这里，到城里去，我就自杀。你听见了吗？看看你的手。

我：它们只是有些轻微地发抖。这并不影响我工作，你瞧。

安娜：你看看你的手——它们完全是透明的。除了皮和骨头以外，什么都没了。再看看你的脸。听着，谢尔盖——走吧，我求你了……

我：那你呢？

安娜：走吧，走吧。你都快要死了。

我：不要夸大事实。而且，我必须承认，我对自己的身体突然快速虚弱下来很不理解。毕竟，从这种病开始，还不超过一年时间。我想那是因为我的体质不好。

安娜（很悲伤）：什么才能让你重获生机？也许只有你的阿姆奈丽丝，那个歌剧演员，只有她能吗？

我：哦，不，不用担心。我已经不需要她了，多亏了药品的力量。我用吗啡代替了她。

安娜：啊，我的上帝啊……我该怎么办啊？

我认为像安娜这样的女人只存在于小说里。如果我被治愈，我将和她待在一起，度过我余下的生命。我只希望她的丈夫永远不要从德国回来。

12 月 27 日

我好长时间都没有碰我的日记了。我穿戴整齐，为了这趟旅程，马就在外面等着。鲍姆嘉德已经离开了格莱洛沃乡村医院，我被派到那儿去接替他的职务。一个女医生正在来的途中，来接替我现在的位置。

安娜就待在这儿。她会赶过来见我。尽管距离这里有二十英里。

我们计划已定，非常坚定，我会请一个月时间的病假，从 1 月 1 日起，到莫斯科找那位教授看病。我要再填一张表格，在他的诊所里再次遭受一个月的非人的折磨。

再见了，莱夫科夫。再见了，安娜。

1918 年

1 月

我没有去。我无法离开那些给我提神儿打气的水晶体。

如果我现在进行治疗我会死的。我变得越来越确信，我根本就不需要什么治疗。

1 月 15 日

早晨呕吐了。

黄昏时分，注射了三针 4% 的吗啡溶液。

很晚时候，注射了三针 4% 的吗啡溶液。

1 月 16 日

今天是手术日，于是我不得不长时间地忍受禁欲之苦——从晚上一直到次日下午六点。

黄昏时分——总是我最糟糕的时候——我清楚地听见一个声音，在我的房间里，单调乏味，并且具有威胁性，重复叫着我的名字，而且叫的还是我的包含我父亲的名字的教名：

“谢尔盖·瓦西里耶维奇。谢尔盖·瓦西里耶维奇。”

我一给自己注射，这个声音就立刻停止了。

1月17日

今天有暴风雪，所以没人来看病。在禁欲时间里，我读了一本精神病学教科书，书里的内容让我大为震惊。我注定要被干掉了，没有任何希望。

在禁欲的这段时间里，哪怕是听到很轻微的声音，我都会感到惊恐万分，并且我发现人们的面目极其可憎。我害怕看到他们。在精神保持愉快的欣快症阶段，我喜欢每一个人，尽管我更喜欢孤独。

我在格莱洛沃乡村医院必须小心在意——这儿有一个医生助手，两个助产士。我必须尽自己的全力别把自己断送了。我应该成功，因为到现在为止我的经验非常丰富。没有人会发现这一点，只要我能得到吗啡的及时补充。我自己准备吗啡溶液，或者是选择好时机给安娜开出处方来得到吗啡。有一回儿，她做了一次笨拙的尝试，用2%的溶液来替代5%的吗啡溶液。她冒着刺骨的寒冷和一场极大的暴风雪从莱夫科夫把吗啡带来。

那天晚上，我们之间爆发了一场激烈的争吵。我劝她再也不要这样干了。我告诉这里的工作人员说我病了，我绞尽脑汁花了好长时间来决定我应该说我自己得上了什么病。我说我的腿上得了风湿病和严重的神经痛。他们得到我的通知，我准备在二月份请病假去莫斯科进行为期一个月时间的治疗。所有的这一切进行得很顺利。我的工作也没有任何麻烦。当我感觉恶心开始呕吐起来并且不可控制的时候，我就会避开这样的时间去做手术。因为这种情况，我不得不在自己公开宣布得的疾病上添上胃黏膜炎。对一个人来说，得了这么多疾病，我都感到害怕。

这里的工作人员都非常富有同情心，正是他们在力劝我请病假。

外表：消瘦，脸色苍白，像蜡纸一样病态的苍白。

我洗了个澡，然后在医院的秤上称了称自己的体重。去年我的体重有148磅（67公斤）；现在我的体重只有120磅（54公斤）了。我望着刻度盘上的指针大为吃惊，但是这种震惊很快就消失了。

我的前臂和大腿上到处都是无法治愈的脓肿。我不知道该如何配备消毒液，在我急死忙活地赶去出诊的时候，我用没有经过消毒的注射器注射吗啡，这样的情形大概有三回。

这种情况再也不能继续下去了。

1月18日

我产生了下面描述的幻觉：

我坐在一面黑漆漆的窗户前面，期待着一些面色苍白的人物出现。等待的过程实在无法让人忍受。然而，什么也没有出现，除了那扇百叶窗。我从医院里取回来一些医用纱布，把它们挂在窗户上充当窗帘。我无法想出对我的行为的一种理性的解释。

见鬼，为什么我必须为我做的任何一件事情都要找个借口？我现在的生活根本就不是正常的存在，而是折磨。

我清楚地表达出自己的思想了吗？

我想是的。

我的生活是怎样的？很荒唐。

1月19日

今天，在看病过程中休息的时候，我们都很放松，在诊疗室里吸着烟，医生助手用一小片纸卷烟的时候，给我们讲了一个故事。出于某种原因，他笑着描述一个女医生助手是怎样变成一个对吗啡上瘾的人的。因为无法得到吗啡，她吞下半杯鸦片溶液。我听了这个让人感到痛苦的故事后不知道自己该看哪儿。究竟他为什么会认为这个故事有趣？为什么？

我偷偷地逃出了诊疗室。

我想说："听到这样一件不幸的事有什么好笑的？"但是我控制住了我自己。

由于我的身份，我不能对他人太过苛求。

那个医生助手，就跟那些根本就没有能力帮助他的病人的精神科医生一样冷酷。

根本就没有能力。

我在写上一条的时候正是在我禁欲的时候，那时候我说的大部分话都有失公允。

今晚有月光。我躺下来，在吐过一阵儿之后感觉有点儿虚弱。我无法举起我的手，于是就用铅笔潦草地记下我的思想。我的心绪是平静的。甚至有几个小时我很高兴。马上我就要睡觉了。头顶上就是月亮，周围被月晕所包围。在注射之后，没有什么能让我感到烦心。

2月1日

安娜已经搬来了。她看上去面有菜色，她病了。

我已经把她逼到不能再忍受的最大极限了。这种可怕的错误一直重重地压在我的良心上。

我已经向她发誓，我会在二月中旬离开这儿。

我会做我已经承诺过的事情吗?

是的，我会。

前提是我还活着。

2月3日

所以，现在我所在的位置就是一个斜坡的顶点。这条斜坡上覆盖着冰雪，光滑无比，极其悠长，顺山而下，无穷无尽，就像汉斯·安徒生的童话故事里卡嘉的雪橇要走的那条路一样。这是我最后一次沿着这条斜坡滑下去了，我知道在底下等待着我的是什么。哦，安娜，极大的悲伤将很快成为你爱我的回报……

2月11日

我决定了，向鲍姆嘉德求助。为什么要向他求助呢？因为他不是一个精神科医生；因为他还年轻，我们在大学里是朋友。他身体健康，性格坚韧，同时宅心仁厚，如果我对他的性格特点看得不错的话。也许他会是可靠……富有同情心。他会想出其他解决办法。如果他愿意，他能把我带到莫斯科去。我不能去找他帮忙。我的病假已经批下来了。我不准备在这家医院干下去了，我情愿躺在床上。

我对医生助手发誓。他只是笑笑……这没关系。他跑来向我报告，并且说他可以检查一下我的呼吸和心脏跳动的状况。

我拒绝了。我必须继续找出拒绝的理由吗？我已经厌恶找各种借口了。

给鲍姆嘉德捎去的便条已经发出去了。

人啊！没人愿意帮助我吗？

我陷入到自怨自艾自怜的心绪之中。任何人读到这些手记，他们都会认为这只是感情脆弱和不真诚的表现罢了。但是，没人会读到这部手记。

在我给鲍姆嘉德写信之前，我所有的记忆又全都回来了。那段儿我记得尤其清楚，十一月，当我从乡村医院里逃出来的时候，在莫斯科火车站。那是一个多么惊险的夜晚啊。我跑进车站里的厕所注射我偷来的吗啡。真是一场噩梦。有人在外面敲门，冲我叫喊着，怨我在里面待的时间太长了，我的两只手颤抖着，门把手在外面激烈的撞击下快散掉了，我觉得厕所的门在任何时候都可能被冲开。

也就是这时候，我的身体开始长脓肿了。

在夜里，我一想到这事儿我就会哭。

12 日夜

我又哭了。为什么这种令人厌恶的软弱总是在黑夜里把我吞噬？

1918 年 2 月 13 日。黎明，格莱洛沃

我可以为我自己庆贺了：我已经十四个小时没有注射了！十四个小时！一个无法让人相信的数字。黎明时分黑暗昏黄的灯光。不久，我的身体就会好多了。

我已经考虑成熟了，在这件事上，我不需要鲍姆嘉德，也不需要其他任何人。再多延长我的生命一分钟都将是一种耻辱。确定无疑，对我这样的生命来说，延长已无意义。我已经用不着治疗了。为什么以前我竟然没有想到这一点呢？

好了，就让它结束吧。我不欠任何人的。我只是毁灭了我自己。还有安娜。我还能做些什么呢？

时间将会治愈一切，正如阿姆奈丽丝所唱的那样。对她来说，这一切都太简单，太容易了。

这部手记里的内容是为鲍姆嘉德准备的。就这么多……

5

1918 年 2 月 14 日，我在那个边远的小乡村里读着谢尔盖·鲍里亚科夫的手记，一直读到黎明时分。他的手记的内容这里全文照录，没有经过一丝一毫的修改。我不是精神病科医生，我不是很确定这些手记的内容是否真的具有教育意义，或者具有某种价值，尽管我本人坚信这些手记是有价值的。

现在，十年时间过去了，当时阅读这些日记在我身上所唤起的那种同情以及恐怖的感受现在当然已经消退了。这是很自然的事，但是，现在，再去读这些简短的笔记，当鲍里亚科夫的身体早已腐朽了，关于他的记忆快要永远消失的时候，我仍然发现这些手记的内容十分有趣。手记的内容有价值吗？关于这个问题，我不准备去预设一个非常坚定的立场。安娜·基里洛芙娜于 1922 年死于斑疹伤害症，也是在她一直工作的乡村医院行医的时候染病去世的。阿姆奈丽丝——鲍里亚科夫的第一个情人——已经出国了，永远不准备再回国了。

手记的主人对我如此信任，我应该把这些手记出版吗？

我应当这样做。以上就是手记的全部内容。

医生 鲍姆嘉德

杀人犯

雅什文医生对我奇怪地咧咧嘴，露齿而笑，笑容中带着讽刺意味，他问道："我能撕下日历上的这一页吗？时间已过午夜，所以，现在已经是这个月的第二天了。"

"撕吧，已经是新的一天了。"我回答道。

雅什文用他那又白又长的手指拈起日历最上面的一页，然后小心翼翼地把它撕掉，露出下面的一张廉价的、令人厌恶的纸来，上面印着数字"2"和"星期五"。看来那张灰色的纸上的某种东西正引起他的兴趣。他看着那张纸，眼睛眯缝着，之后他抬起头，凝视着远处。显然，他看见了某种神秘的东西，只有他自己能看得到，越过我的房间墙壁，在某个地方——或许，还要穿过这莫斯科的夜色和二月乍暖还寒的天气。

"这家伙在想什么？"我有些纳闷儿，朝他瞟了一眼。雅什文医生老是让我中招。不知何故，他的外表与他的职业不太相称。陌生人第一次见他总把他当成演员。他长着一头黑色头发，皮肤非常白，黑白相衬，非常醒目，同时也让他富有吸引力。他的脸刮得很干净，穿着无可指摘，他对戏剧表演尤其喜爱，关于戏剧的知识他所知甚多，每说起戏剧来津津乐道。但当天晚上真正让他有别于我们的实习医师和我们的其他客人的是他脚上穿的那双鞋。屋子里一共有五个人，四个穿的都是廉价小牛皮靴子，那种笨拙的圆头鞋，唯独雅什文医生穿着一双抢眼的尖头皮鞋，鞋尖儿部分还是黄色的牛皮。我必须补充说一下，雅什文医生时髦的外表从来就不显得咄咄逼人，要说到他这个人啊，他其实是一个非常好的医生。他胆子大，事业成功，而且最为重要的是，他总是在找时间读书，不放弃读书，不让自己的学业断了弦儿，尽管他还是时常去看歌剧《瓦尔基里》和《塞维利亚的理发师》。

然而，他的鞋其实还不是关于他这个人最有趣的地方。吸引我的是他的一种特别鲜明的个性：他有一种天赋，他也只是偶尔才露一手儿，他是一个非常了不起的善于讲故事的人，尽管通常看上去他只是一个很安静，性格很内向的人。他讲故事的时候有意拿腔拿调儿，但并不刻意追求效果，也没有普通讲述者冗长啰唆的空话和哼哼哈哈，而总是把精力集中在那些非常有趣的话题上。在讲故事的时候，这个举止优雅、看上去有些保守的医生整个人就好像被点亮了一样，他那苍白的右手有时会顺其自然做着短促而又十分利落的手势，就好像他在空气中为他的讲述打着节拍。他在讲十分有趣的故事的时候自己从来不笑，而笑的时候又是那么应景，显得十分活泼，我在听他讲故事的时候脑子里总是被这样的念头打搅：

“你是一个非常好的医生，可是你却选错了自己的职业。你应该成为一个作家。”

现在，这样的念头同样在我的脑海里闪过，即使雅什文并没有说话，他的眼睛死死盯着日历上的数字“2”和远处某个被想象出来的物体。

“他在看什么？也许是一幅画。”我侧过头来看见了他看的那幅画，画的内容实在是无趣极了。画上画的是一匹看上去像是马的样子的东西，马的胸部画得很夸张，胸旁是一台发动机。上面还有大写的字写道：“堪比良马（1 马力），引擎动力（500 马力）。”

“这全都是胡扯，”我说道，我们的对话在继续进行。“陈腐的老一套，无知偏见。人们对医生的意见大都是不公正的，对我们外科医生更是如此。只要想想碰上这样的情况：一位成功做了 100 例阑尾切除术的医生，他的第 101 个要进行阑尾切除的病人最后死在了手术台上。这个医生是杀人犯吗？”

“人们会异口同声地说他就是杀人犯。”吉普斯医生回答道。

“而且，如果病人是一位已婚妇女，她的丈夫准会来到手术室，举起一把椅子砸向你。”布朗斯基医生很是赞同，对这一点相当确信，他甚至笑出声来，我们全都笑了，尽管有人会在手术室里向你摔椅子这样的事其实没什么好笑的。

“我无法忍受，因为这听上去太不靠谱了，有人带着悔过的口吻说：‘我杀人了，啊，我杀人了，我是个杀人犯。’”我接着他的话说道。“医生没有杀人，如果有病人死在你的手上，那只能说你的运气不好罢了。不是这样的，真的，这只不过是个玩笑罢了！谋杀不是我们职业的一部分。要不然那还得了？我把谋杀界定为事先计划好杀死某人，或者，如果你坚持你的观点的话，一定要有杀人的动机。一个外科医生，手里拿着一把手枪——这种情况，我得承认，也许会成为杀人犯。但是，我活这么大从未遇见过这样的外科医生，我自己也不会成为这样的外科医生。”

雅什文医生突然转过头来看着我，我注意到他脸上的表情阴沉起来。他说道：

“我听从您的吩咐。”

与此同时，他整了整他的领结，嘴角儿一弯再一次对我咧嘴一笑，尽管他的眼神儿里一点儿笑的意思也没有。

我们大家都惊讶地看着他。

“你什么意思？”

“我就杀过一个人。”他解释道。

“什么时候？”我问道，感觉这太荒唐了。

雅什文指着日历上的数字“2”，回答道：

“真是不可思议的巧合。你们一开始谈论死亡，我就注意到日历，看到今天恰好就是二号。不论出现什么情况，每年我都会记住这个晚上。你们晓得吗，七年前的这个晚上，而且，千真万确……”雅什文取出他的黑色怀表，朝表上瞅了一眼，“……是的，快要到那个时间了，在二月一号午夜过后，二号凌晨，我杀了他。”

“一个病人？”吉普斯问道。

“是的，一个病人。”

“但不是故意的吧？”我问道。

“哦，我能猜出来是什么样的情形，”布朗斯基牙齿咬得紧紧的，突然开口评论道，一脸的怀疑的神情。“他很可能得了癌症，就要死了，受着痛苦的折磨，于是你就给他注射了十倍通常剂量的吗啡。”

“不是，吗啡跟这件事一点儿关系都没有。这个病人也没有得癌症。很寒冷的天气——我记得清楚极了——零下十五度左右，天上还能看见星星。啊，乌克兰天空上的星星啊。我已经在莫斯科生活了有七年了，可是我的心依然记挂着我的故乡。我太思念我的故乡了，我现在就有一种冲动，恨不能立刻登上一列火车出发回到我的故乡。看看那里积雪皑皑的悬崖峭壁，看看第聂伯河……世界上再也没有比基辅更美丽的城市了”

雅什文把日历上的那页纸放进他的钱夹里，在他坐的那张扶手椅里直起自己的身子，继续讲道：

“那是一座残酷无情的城市，一段残酷无情的时光……我看见的都是十分可怕的事情，你们生活在莫斯科的人哪里会看得到。现在是 1919 年，那件事发生的时候就在二月一号。当天已近黄昏，晚上六点多种。我在黄昏时分总是做一些很奇怪的事儿。在我书房的写字台上亮着一盏灯，屋子里暖和极了，很舒适，可我却坐在地板上弯着身子，我身下是一口小皮箱，里面塞满了各式各样的垃圾东西，我低声对我自己说道：”

“‘必须离开，必须离开……’”

“我还要装一件衬衫，又得把箱子打开——该死的，这么多东西放不下。箱子太小了，我的内衣裤就占了不少空间，此外还有上百支香烟和我的听诊器，所有这些快要把箱子撑破了。我扔掉衬衫，竖起两只耳朵静静地倾听。窗框是用油灰接合专为寒冷的冬天准备的，所以外面的声音一点儿也听不见，可是你还是能够听见它……远处，远处有一种低沉的闷响，就像是什么东西被拖在地上走——嘣，嘣……是重炮的声音。回声在空气中消逝，接着就是一片死寂。我朝着窗户外面看去——我住的地方是在一处陡峭的斜坡上，位于圣阿列克谢山山顶，在这儿我可以看见整个基辅城的下城区波多尔的全貌。夜色开始从西面席卷而来，从第聂伯河的方向来的，笼罩了房屋，成排的窗户里亮起了灯。接下来响起了火炮的齐射声。每当远处的第聂伯河传来一阵儿火炮的隆隆声，我就会低语说道："

"'继续啊，继续响啊。'"

"这就是当时的情形：整个城市都知道彼得留拉就要准备放弃这座城市了——如果不是在今晚，那就一定是在明天晚上。布尔什维克正从第聂伯河西岸推进，谣言四起，说他们的力量很大。我必须承认，整个城市不仅仅是不耐烦，甚至对他们的到来还很热情。彼得留拉的人在这座城市最后一个月犯下的暴行是任何一个人无法想象的。各种命令每分钟都会下达、改变，每天都有人被处决，尤其是犹太人，那是自然。每当他们想要征用什么，军车就会呼啸而过，穿过整个城市，上面站的都是头上戴着皮帽子的士兵，他们的帽子上还有红缨穗儿，在最后几天远处传来的枪声就没断过。白天和黑夜都是如此。每个人都是一副疲于奔命的样子，接近油枯灯尽的状态，每个人的脸上都带着一副被猎杀的惊恐万状的样子。就在大前天，我的窗户下面就摆着两具尸体，被雪覆盖，摆了有半天时间呢。一个穿着一件灰色的外套，另一个穿着一件灰色的农民穿的那种衬衫。两具尸体的脚上都没有靴子。路过的行人要么是远远避开，要么是扎堆儿在那儿盯着看，有几个秃顶了的农村妇女从门廊那里冲出去，向着天空挥舞着她们的拳头，大声喊道：”

“‘你们等着布尔什维克来吧。’”

“看见这两个不知道什么原因被杀死的可怜的人的感受是不好受的，所以到了最后，我也开始向远方看去，盼望布尔什维克早点儿到来。他们离我们越来越近了，越来越近。黑暗降临大地，从远处又传来了隆隆枪炮声，就好像是从地底里传出来的声音一样。所以，当我屋里的灯亮起来的时候，灯光既给人安慰，又惹人心烦，我在屋子里陷入完全孤独的状态。我的书在房子里摆得到处都是（之所以这么凌乱，是因为我那时还抱着极其愚蠢的希望，想要读一个更高的学位），而我本人却蜷缩在一只行李箱旁。”

“告诉你们实话吧，各种事件都在拽着我走，我走到哪儿，它们就跟到哪儿：所有事情，就像地狱般的噩梦一样每时每刻都在发生。我在那天晚上从郊区的一家工人医院回来，我是那里的妇科实习医师，我回来以后发现信箱里有一封信，信封的样子很不好看，带着官方的印记。我打开信，就坐在楼梯口那儿的最高一级台阶上看信。”

“信是用蓝黑墨水打的，乌克兰语。翻译成俄语就是：”

“收到信以后，在两小时之内，你要向军队医务委员会报到，听候指示……”

“这是由同样英勇的沙皇的彼得留拉军队，也就是由‘老板’彼得留拉领导的军队下达的一道命令，这支军队在大街上留下许多具尸体，沉浸在对命令的迷恋之中。而我，带着一个红十字袖章，就要加入这支军队了。”

“我没有趴在我的行李箱上浪费时间继续做我的白日梦。我飞身而起，就像冲出装着奇异小人儿的玩具盒的玩偶一样飞奔进我的公寓；我的行李箱首先映入眼帘。我很快制订出一个计划：我要离开公寓，换一身新的内衣裤，立刻动身去找我在城郊住着的一个朋友，他是我的医生助手，模样长得很凄苦，很显然他同情布尔什维克。我要和他待在一起，直到彼得留拉被彻底清除出去，因为看眼下这个势头，彼得留拉注定是要被击败的了。或许，久等不至的布尔什维克只是一个神话？枪声到哪儿去了？四下一片沉寂。不，枪炮声儿又响起来了。”

“我愤怒地扔掉衬衫，把行李箱的锁都拧断了，我在我的口袋儿里装了一把手枪和一本休闲杂志，在我的外套大衣上别上我的红十字袖章。接着我四下里望了望，一片凄凉，我关上灯，在夜色下摸索着穿过大厅。在那儿，我打开灯，把我外套大衣上的领子紧了紧，打开门走到楼梯口儿。”

“就在那一刻，我听见一声咳嗽，两个挎着骑兵用的短卡宾枪的人晃着他们的身子就进到大厅里来了。一个人脚上戴着马刺，另一个没戴，两个人头上戴的都是高筒皮帽子，帽子上的蓝色流苏垂下来刚好到他们的脸颊那儿。”

“我的心在那一刻停止了跳动。”

“‘你是雅什文医生吗？’走在前面的那个骑兵用乌克兰语问道。”

“‘我是。’我回答道，我的声音没有任何声调。”

“‘那你和我们走。’他说道。”

“‘这是什么意思？’我问道，我刚刚从震惊中恢复过来。”

“‘消极怠工，就是这么回事儿。’戴着马刺的那个骑兵大声说道，同时向我瞅了一眼，目光狡猾并且充满了恶意。‘医生们都不想被动员，所以根据法律，他们都会受到相应的惩罚。’”

“大厅里的灯灭了，门咔哒一声关住了，我们一起走下了楼梯，出了大门。”

“‘你们要把我带到哪儿去？’我问道，手里紧紧抓住我裤兜儿里放的那把枪的冷冰冰的枪柄。”

“‘到第一骑兵团去。’戴着马刺的那个骑兵回答道。”

“‘去干什么？’”

“‘你什么意思？去干什么？’第二个骑兵感到很惊讶。‘你已经被任命为我们团的医生了。’”

“‘谁在指挥你们团？’”

“‘莱什琴科上校。’第一个骑兵骄傲地说道，他的马刺在我身体左边有节奏地发出咔哒咔哒声。”

“‘我真是个傻瓜，’我想，‘我在行李箱上浪费太多时间了。全是因为一套内衣裤……要是能提早五分钟，我就可以很轻松地溜走了。’”

“我们到达城里的房子的时候，整个城市被一种黑色的阴冷天气所笼罩，天空上散布着星星。屋子很宽敞，电灯好亮，照着装饰豪华的窗户。到处都是马刺的咔哒声，我被领进一间空空的满是灰尘的房间，破了的乳色玻璃灯罩下面安着一个大号的灯泡，强烈的灯光能把人的眼睛照瞎。房间的角落里伸出一挺机关枪的枪口，我的注意力立刻为机关枪旁边墙上正在往下滴的红色和黄褐色的液体所吸引，原来墙上挂着的壁毯已经支离破碎了。”

“‘那一定是血。’我对自己说道，不由得向后退了一步。”

“‘上校，’戴着马刺的那个骑兵轻轻地说道，‘我们找到那个医生了。’”

“‘他是犹太人吗？’一个沙哑的声音回应道。”

“壁毯上绣着的牧羊女的位置后面，一扇门被轻轻地推开了，一名男子走了进来。他穿着一件十分华丽的外套，靴子上也有马刺。他的腰上紧紧扎着一条高加索皮带，腰部周围整齐地装饰着银质奖章，腰间挎着的高加索马刀在灯光的照射下闪闪发光。他头上戴着小羊皮帽，帽子顶部是红紫色的，绣着金丝线。他的眼睛有点儿斜，目光残忍而又带有一丝好奇，小而黑的眼珠在眼眶里就像黑色小球一样弹上弹下。脸上全都是麻子，胡须倒修饰得很整齐，只是有些紧张不安地上下抽动着。”

“‘不，他不是犹太人。’骑兵回答道。”

“然后上校向前一步看着我，仔细地端详着我的眼睛对我说道：”

“‘你不是犹太人，’他开始讲话了，带着浓重的乌克兰口音，一会儿说俄语，一会儿说乌克兰语，两种语言混得很厉害，‘你比犹太人也好不到哪儿去，等战斗一结束，我就会送你上军事法庭审判。你会因为消极怠工被枪毙。不要让他离开你的视线，’他告诉那个骑兵，‘还有，给医生一匹马。’”

“我站在那儿，一句话也没说，你们完全可以想得出，我全身的血都涌到脸上来了，然后突然之间，所有的一切就开始发生了，就像一场噩梦。屋子角落里忽然传来一个很悲伤的声音：”

“‘发发慈悲吧，先生……’”

“我模糊地辨认出一绺颤抖着的胡须和一件被撕烂的士兵的外套大衣。骑兵们立刻围了上去。”

“‘是逃兵吗？’上校说道，我现在对上校沙哑的嗓音已经有些熟悉了。上校继续说道：‘上帝啊，你这肮脏的可怜虫。’”

“我看见上校的胡子猛地抽搐了一下，然后他从自己的手枪皮套里拔出一把黑得锃亮的手枪照着那张已经被打烂了的脸就是一枪把儿。那人立刻身子歪向一边，跪在了地上，嘴里出的血把他给呛住了。很快，眼泪从他的眼睛里喷涌出来。”

“然后，那座白色的冰雪覆盖的城市就此消失了，一条种满了行道树的路向第聂伯河延伸下去，河水在夜色下宁静而又神秘，第一骑兵团沿着这条路在行进，队伍顺着河岸拉得好长。”

“在纵队的后面，两轮的运输车断断续续地发出轰隆轰隆的声响。车上装的黑色长矛一上一下在前进，被顶起的尖尖的车罩上覆盖的满是冰雪。我骑在马上，马鞍子冰凉，每过一会儿我就会费劲儿地活动活动我靴子里的脚趾头。我透过帽子上的一道裂缝呼吸，帽子的边缘已经生出一层厚厚的冰，我能感觉到我的行李箱拴在我的马鞍子的前头，不时地碰着我的左腿。我的护卫在我的身后静悄悄地骑马行进着。其实我和我的双脚一样早就冻僵了。时不时地，我会扬起脸来看看天空，看看那些明亮的星星，泪水止不住地往下流，尽管哭声早已沉寂，我还能听见那个逃兵的尖叫声。莱什琴科上校命人用枪的推弹杆儿打他，他们就把他捆在马上揍他。”

远处黑暗的地方已经沉寂下来了，我痛苦地想到，那些布尔什维克很可能被打败了。我的前途毫无希望。我们正在向斯洛波德卡行进，在那儿我们会停下来，守卫通过第聂伯河的大桥。如果战事结束，我对上校就立刻失去了作用，莱什琴科上校就会把我送上法庭审判。对于这样的前景我感到害怕极了，我朝着天空看了看，满天星斗，心下无限悲伤，充满了对生存的渴望。在这样一种危机时刻，一个拒绝在两小时之内报到的男子，很容易猜出他会在法庭上得到什么样的判决。对一个医务人员来说，横在他面前的命运实在是太可怕了。

“两小时之后，上演的一幕再一次出现了万花筒式的变化。这回儿，黑色的道路消失了。我置身于一间墙壁涂着灰泥的房间，木桌上放着一盏灯笼，一大块儿面包，还有就是医务包里装的各种物件儿。我的双脚早已解冻，浑身暖洋洋的，真要感谢那只黑色小铁炉里熊熊燃烧的红色火焰啊。不时地有骑兵来找我看病，我会立刻为他们治疗。他们大多数都是冻伤。他们脱下靴子，解下绑腿，在火前蹲伏下来。房间里充满了酸臭的汗味儿，廉价烟草和碘酒的味道。有时候，我的护卫会离开我，我就变成独自一人了。我过一会儿就把窗户打开，因为我老是想着逃跑，我看见外面的楼梯上点着一排排的蜡烛，到处都是人和枪。整幢房子里都挤满了人，根本不可能逃走。我是在他们的司令部里。我从门那儿返回，走到桌子跟前儿，心情忧郁地坐下，用胳膊支起头，用心地听着周围的动静。我注意到，根据我的怀表，每隔五分钟，就从我脚下的房间里传来一声尖叫。听到尖叫声，我就清楚地知道那里正在发生着什么事儿了。有人正在用枪的推弹杆儿打人。有的时候，尖叫声会变成狮子的怒吼，有时候又会变成轻轻的，可怜的乞求声——这些声音都是从地板缝儿传来——就好像有人正与自己亲密的朋友谈话一样。有的时候声音会突然停下来，就好像用匕首把声音割断了一样。”

“‘他们正在干什么啊？’我问了我身边的一个彼得留拉的士兵，他正浑身颤抖着，向着火炉伸出自己的双手取暖。他光着脚坐在凳子上，我给他已经化脓的脚拇指上抹上白色的药膏，由于寒冷，他的脚都变绿了。他回答道：”

“‘我们在斯洛波德卡发现了一个组织。共产主义和犹太人的组织。上校正在审讯他们。’”

“我一言不发。当他走出房间的时候，我用一条手绢儿捂住自己的耳朵，声音立刻变小了。我保持这样的姿势有一刻钟的时间，可眼前还是不停地出现一张长满麻子的脸，还有那顶带着金色流苏的帽子，一直到我的护卫叫醒我，我才从瞌睡中清醒过来，他对我说道：”

“‘上校要见你。’”

“我站起身来，解下手绢儿，我的护卫惊讶地看着我，他身后还跟着一个骑兵。我们一起下楼，走进一间白色的房间，在那儿我看见莱什琴科上校赤裸着上身，正蜷缩在灯旁的一只凳子上，胸前压着一堆血迹斑斑的医用纱布。一个农民士兵站在他的身边，脚下踉跄，马刺咔哒作响，目光看上去很无助。”

“‘猪，’上校嘴里嘶嘶作响，他转过身来朝向我。‘过来，医生，给我包扎伤口。小伙子，你们出去，’他对那名士兵说道，那名士兵跌跌撞撞地走出了房间，动静儿好大。房间里安静下来了。只有窗框儿在摇动，发出响声。‘是枪声。’我浑身颤抖着这样想，我问道：”

"'是怎么弄的？'"

"'铅笔刀划伤的。'上校回答道，眉头皱了一下。"

"'谁弄的？'"

"'这不关你的事儿，'他反驳道，声音冰冷，怀有恶意，透着狠毒，他又补充了一句：'啊，医生，你可真是来找麻烦的啊。'"

"于是我突然想到：有人再也无法忍受他的折磨了，突然向他冲了过来把他划伤了。这是唯一一种最可能发生的情形了。"

"'去掉纱布，'我说着，俯下身子去看他的伤口，他的胸前长着厚厚的黑色的毛。就在他正准备除去他胸前的血迹斑斑的纱布的时候，我们听到门外有脚步声，接着是一场混战，然后一个沙哑的声音大声叫道："

"'站住，站住，见鬼，这是你去的地方吗？'"

"屋子的门被撞开了，冲进来一个衣衫很不整洁的女人。她情绪激烈，脸部肌肉过于紧张，以至于我把她脸上的表情错当作笑容了。过了好一会儿，我才意识到人在极端愤怒的时候，其实是有很多种奇怪的表达愤怒的方式的。一只灰色的手臂试图抓她的头巾，可是最后她挣脱出来了。"

"'走开，小伙子，走开。'上校下命令了，那只灰色的胳膊立刻收了回去。"

"那个女人盯着半裸的上校，用一种干巴巴的声音问道，这是一种泪水已经哭干了的声音："

"'你为什么要枪毙我的丈夫？'"

"'因为他就得被枪毙，这就是原因。'上校用他那乌克兰口音回答道，脸部扭曲着，忍受着伤口的疼痛。他捂住伤口，胸前的那团纱布现在变得越来越红了。”

“她朝我笑了一下，我情不自禁地盯着她的眼睛看。我从来就没有见过带着这样表情的双眼。然后她转过身来，朝我说道：”

“‘你还是个医生！’”

“她用手指戳了戳我袖子上别的红十字袖章，摇着头说道：”

“‘哦，上帝啊，’她继续说道，眼睛里闪着泪花儿，‘上帝啊，你这只可怜虫儿……你在大学里接受训练，可你却让自己现在治疗这个杀人的猪猡……为他们缠着漂亮的绷带儿！他打人的脸，一刻儿也不停，直到人变疯了……而你却在给他缠绷带！’”

“我眼前的一切都变得模糊起来，我感到一阵儿恶心，我清楚地知道自己作为一名医生的职业生涯中最为可怕的那一幕就要上演了。”

“‘你是在跟我说话吗？’我问道，声音有些颤抖。‘你难道不知道……’”

“但是她什么都不听。她转身对着上校的脸上吐了一口。上校跳起来高声叫道：”

“‘来人！’”

“他们立刻冲了进来，上校愤怒地说道：”

“‘用推弹杆儿打这个女人二十五下。’”

“他们用胳膊把她架走的时候她什么话也没说。上校关上了门，并且别上了门闩儿。然后他就躺在凳子上，扔掉了那团纱布。血从他的小伤口里渗了出来。上校用手把他右边胡子上的女人涂的东西擦掉了。”

“‘他们准备打一个女人吗？’我用一种我自己都认不出来

的声音问道。”

“他的双眼里立刻闪现出愤怒的表情。”

“‘什么？’他咆哮着，并且带着仇恨的目光看着我。‘现在我倒要看看我们骑兵团配的是哪种类型的医生！’”

“有一粒子弹一定是打到他嘴里了，因为我记得他在凳子上摇来摇去，血从他的嘴里立刻喷了出来。几乎就在同时，血从他的胸部和肚子那儿也流了出来，然后他的眼睛就一团模糊了，开始翻白眼儿了。最后他翻倒在地上。因为害怕，我扣动扳机的时候忘了计数儿了，反正第七响是最后一枪。‘这就是我自己的死法儿。’我对自己这样说道。从枪口喷出的火药的味道儿实在是好极了。我用双脚踢碎了窗户玻璃，从窗户跳了下去，那时门已经快被踢开了。上天眷顾我：我脚着地的地方是一处空院子，我踩着院子里堆的木柴垛儿翻墙跑到后街。我要不是跑进两堵墙之间的那条非常狭窄的死胡同的话，我想我一定就被抓住了。我蜷缩着身子，躲在一堆碎砖头儿下面，我在那个洞穴似的地方躲了好几个钟头儿呢。我可以听见骑兵们在我身旁飞奔而过。后街通往第聂伯河，他们沿着河岸搜索，搜了好长时间想找到我。我从碎砖的裂缝里可以看见天际的一颗星星——我想那应该是火星。火星看上去要爆炸了：第一块儿弹片爆了，把那些星星全都遮盖了起来。整个夜晚都是轰隆的爆炸声，我待在我的砖筑成的洞穴里一声儿也不吭，一动也不动，心里想着我的学位，想着那个女人会不会已经被推弹杆儿打死了。当大地再次沉寂下来的时候，黎明已经打破了黑夜的垄断，我爬出了我的洞穴，因为我再也无法忍受那里的折磨了——我的两条腿已经冻僵了。斯洛波德卡死一般寂静，一切都很安静，天上的星星都变成白色了。我到房子里又看了看，那里好像根本就没有莱什琴科上校的骑兵团来过的样子。只有马的粪便把地上的雪弄得很脏。”

“我独自一人一路走回基辅城，等我走到的时候，天已经完全亮了。我碰见一支生面孔的巡逻队，他们的帽子看上去很滑稽，还带着耳罩。他们拦住了我，要我出示证件。我说道：”

“‘我是雅什文医生。我刚从彼得留拉的人那里逃出来。他们还在吗？’“

“他们告诉我：”

“‘他们昨晚上逃跑了。基辅已经建立了革命委员会。’”

“我注意到巡逻队里有个人在仔细地端详着我，然后他对我充满同情地耸耸肩，对我说道：”

“‘医生，你现在可以回家了。’”

“于是我就走了。”

停了一会儿，我问雅什文：

致命的蛋

第一章 博西科夫教授的个人履历

1928 年 4 月 16 日夜，莫斯科国立第四大学动物学研究所所长博西科夫教授，来到他位于赫尔岑大街的研究所的实验室。教授打开了顶灯，玻璃天花板上还结着霜，立刻被照亮了，他朝四周看了看。

那个倒霉的命中注定的夜晚应当被视作接下来发生的那场可怕的灾难的开始，正如弗拉基米尔·伊帕提耶维奇[①]·博西科夫教授应当被视作那场灾难的根源一样。

博西科夫今年正好五十八岁。头顶上全秃像捣槌一样锃光发亮，脑袋上垂下一绺一绺的微黄色的头发。脸刮得很干净，下唇向前凸出，这让他的脸上永远透着一种反复无常的神情。他的红鼻子上架着一副老式的银腿儿小眼镜；眼睛虽小，却闪着光；个子很高，圆肩膀。说话的声音很尖锐，调儿也很高，像乌鸦一样

① 在俄罗斯，礼貌的称谓形式由名和源于父亲或祖父的姓构成。

呱呱地叫。他的许多古怪的行为之一是，每当他自信并且很有权威地说话的时候，他右手的食指就会弯成钩子状，斜着眼睛看人。他总是很有权威地说话，因为他在他的专业领域里绝对是出类拔萃的，于是那些与博西科夫对话的人就经常看到他弯曲的右手食指。出了他的研究范围——也就是说，动物学、胚胎学、解剖学、植物学以及地理学之外——博西科夫教授根本就不置一词。

博西科夫教授不看报纸，也从不去影剧院，他的妻子在1913年和济明歌剧院的一个男高音跑了，走的时候给他留下这样一张纸条：

“你的青蛙让我带着无法忍受的厌恶浑身颤抖。

我的全部生命会因为它们的存在而无法快乐。”

教授没有再婚，他也没有孩子。他脾气很坏，容易发怒，但从不记仇。他喜欢喝野生草莓茶，住在普利奇斯坦卡带五间房子的公寓里，其中一间房子住着女管家玛利亚·斯戴帕诺夫娜，她是一个干瘪的可爱的老太太，就像保姆一样照顾着教授的生活。

1919年,他们占据了教授五个房间中的三个。教授向玛利亚·斯戴帕诺夫娜宣布：

“如果他们再不停止说废话，玛利亚·斯戴帕诺夫娜，我就离开这个国家。”

毫无疑问，如果教授实施他的计划，他会很轻松地在世界上的任何一所大学里的动物学系找到一个职位，因为他绝对是位一流的科学家，在两栖动物的研究领域，他无人能比，也许只有剑桥大学的威廉·威克尔教授和罗马的吉尔科莫·巴托洛米奥·比卡里教授可以与之坐而论道。博西科夫教授除了俄语之外还懂四国语言，德语和法语说得和他的母语一样好。然而他并没有实施他的计划离开这个国家，尽管1920年的形势比起1919年来更趋恶化。各种各样的事情发生了，一个事情接着一个。鲍尔莎亚·尼基茨卡雅大街被重新命名为赫尔岑大街。接着，嵌在赫尔岑和莫克霍瓦雅大街街角处房子上的时钟在十一点一刻停了，之后就再也不能为那个著名的年头的到来敲响了，研究所动物养育箱里的八只令人惊异的树蛙死了，接下来十五只普通的蟾蜍也死了，最后，那只特别的作为标本的苏里南蟾蜍也死了。

蟾蜍的死去，彻底破坏了研究所里这种被称作无尾翼的两栖动物的第一序列的完整性，就在这个时候，研究所里那位不可替代的管理者乌拉斯也死了，去了一个更好的世界，他不属于两栖动物中的任何一类。然而他的死因，却和那些不幸的两栖动物一样，博西科夫立刻一语道出他的死因是：

“营养不良。”

这位科学家完全正确：乌拉斯需要面粉来补充营养，而蟾蜍需要的是从谷类和面粉中生出的甲虫的幼虫，前者消失之后，后者也跟着消失了。博西科夫尝试把还活着的二十只树蛙标本的食物改成蟑螂，可是蟑螂接着也消失了，显示出了它们对战时共产主义充满敌意的态度。结果，最后一批标本也不得不丢进研究所大院的垃圾堆里。

这些死亡现象对博西科夫产生的影响，尤其是那只苏里南蟾蜍的死，就无法细述了。出于某种原因，他把所有的责任都归罪于人民教育委员会的委员。

他站在研究所冰冷的走廊里，头上戴着帽子，脚上穿着橡胶套鞋。他的助手叫伊万诺夫，是一位举止优雅的绅士，金黄色的小胡须上翘着。博西科夫对伊万诺夫说：

“普尧特·斯戴帕诺维奇，你知道吗，死在蟾蜍后面，死对乌拉斯来说是再好不过的事儿了！他们以为他们在做什么？他们会毁了研究所！嗯，不是吗？无与伦比的亚美利加负子蟾的雄性标本啊，十三厘米长呢……”

这之后，局势更加恶化。乌拉斯死了之后，研究所的窗户完全冻住了，冰覆盖了屋子里玻璃的表面，就像裙子的褶边。野兔、狐狸、狼、鱼以及各种草蛇都死光了。博西科夫整天保持沉默，接着就染上了肺炎，但是他幸存了下来。身体恢复之后，博西科夫两周来一次研究所，做名为“热带的爬行动物”的系列讲座，在圆形会议厅里，不管室外的温度有几度，那儿的温度总是保持在零下五度——他穿着橡胶套鞋，戴着一顶有护耳的帽子，裹着长围巾，嘴里呼着白气——听众一共有八个人。剩下的时间，博西科夫就会躺在普利奇斯坦卡的公寓的长榻上裹着毯子咳嗽，要不然就盯着一个小火炉的炉膛，他的屋里堆满了书，一直堆到天花板，玛利亚·斯戴帕诺夫娜把镀金的椅子当作生火的材料，火炉旁博西科夫在回想着那只苏里南蟾蜍。

但是这个世界上的一切都结束了。1920 年和 1921 年，一切都结束了，到了 1922 年，事情开始朝着相反的方向发展。首先，一个还有些年轻但是却非常有前途的动物学研究所管理者潘克拉特出现在已故的乌拉斯的位置上。同时，研究所又开始热闹了起来。夏天，博西科夫在潘克拉特的协助下，在克里阿兹马河里捕捉到了十四只普通的蟾蜍。动物养育箱里又开始充满了生机……1923年，博西科夫一周做八次讲座——三次在研究所里，另外五次在大学里。1924年，讲座次数达到了每周十三次，还不算上在工人学院[①]里的讲座。1925年，博西科夫出名了，在考试中他放倒了七十六名学生，所有这些人考的科目都是爬行动物这门课。

"什么？你的意思是你不知道两栖动物和爬行动物之间的区别？"博西科夫问道。"年轻人，这太荒谬了。两栖动物没有后肾[②]。后肾消失了。就是这样。真丢人。没问题，你是个马克思主义者，对吗？"

"是的，马克思主义者，"考试失败的学生回答道，声音弱了许多。

"好吧，请你秋天再考一次吧。"博西科夫有礼貌地回答道，接着对潘克拉特起劲儿地喊道"下一个"！

就像两栖动物在持续的干旱之后的一场透雨中恢复了生机一样，博西科夫在1926年也恢复了活力，一家苏美联营的企业在莫斯科的市中心盖了十五幢十五层高的大楼，从盖泽特尼街和特沃斯卡雅街的交汇处盖起，同时兴建的还有位于莫斯科郊区的三百幢工人住宅——一劳永逸地解决了从1919年一直到1925年就困扰和折磨莫斯科人的可怕外加可笑的住房短缺问题。

事实上，在博西科夫的生命中，那个夏天真可谓充满了奇迹，有时他会心满意足地搓着他的手掌，或者是当他回想起自己和玛

① 工人学院——20世纪20年代到30年代间的苏维埃教育机构，设立的目的是为那些准备进入高等院校学习的工人和农民做预备教育。

② 后肾——肾的发展的一个阶段。

利亚·斯戴帕诺夫娜被迫蜷缩在两间屋子的时候，嘴里会发出轻轻的咯咯的笑声。现在，他拿回了以前他的五间屋子，可以伸展一下他自己了，安置一下他的两千五百本书，已经做好的动物模型，各种图表，以及动物标本，也可以在书房的书桌上点起绿色的荧光灯了。

研究所也变得让人认不出了——他们把墙刷成了奶油色，建了一条专用的水道，可以把水送到养育着两栖动物的房间，所有的窗格玻璃都被替换成能反光的玻璃，配备了五部新的显微镜，玻璃实验室里用的桌子，两千瓦的球面灯，反射镜以及博物馆专用的箱子。

博西科夫恢复了生机，整个世界都了解到了这一点，1926 年 11 月，关于他的作品的宣传册被印了出来：

“双神经纲动物，或石鳖[①]的繁殖问题的最新研究”，126 页，“国立第四大学学报”。

1927 年夏天，他出版了一部具有权威性的专著，三百五十页，这部专著被译成了六国语言，也包括日文，名字是：“负子蟾，锄足蟾和蛙的胚胎学。”价格：3 卢布。由国家出版社出版。

接下来，在 1928 年的那个夏天，那场谁也没有想到的，可怕的……

---

① 石鳖—— 一种原始的海洋软体动物。

第二章　多彩的旋涡

博西科夫教授打开了灯，灯光照亮了玻璃温室，他朝四周看了看。灯光照着长长的实验室的桌子，他又打开了反射镜，穿上他的白大褂儿，收拾起桌子上的工具来，叮当作响……

1928 年，多达三万辆摩托化的客车在莫斯科加速飞奔着，驶过赫尔岑大街，在光滑的石子儿路上急速移动沙沙作响，当这些车驶过赫尔岑大街后进入到莫克霍瓦雅大街时，每分钟都可以听到它们经过第十六、二十二、四十八或者是五十三大道时发出的嘈杂声。远处天际，一轮新月高挂在天穹，苍白而显得并不明净，月光穿过厚重、黑暗的基督教堂的圆顶，同时也穿过实验室的玻璃窗，反射出多彩的幻影来。

但是，不论是这轮新月，还是春天的莫斯科的嘈杂，一点儿都不能让博西科夫教授感到丝毫的兴趣。此刻，他正坐在一个三支腿儿的可以旋转的凳子上，他那被烟熏得很黑的手指正在转动着一台蔡斯透镜厂出产的精巧的显微镜的旋钮，试片上装的是新鲜的普通的未经染色的阿米巴变形虫的样本。就在博西科夫转动旋钮，将放大倍数从五千倍调到一万倍的时候，门开了，视野中出现的是上翘着的金黄色的胡须，还有皮围裙，他的助手高声嚷道：

“弗拉基米尔·伊帕提耶维奇，我把肠系膜[①]解剖好了。要看一眼吗？”

博西科夫从凳子上飞快地滑了下来，把显微镜的旋钮放到中间位置，走进助手的办公室里，手里慢慢地捻着一支烟卷。在玻璃解剖台上，一只半死的青蛙，带着恐惧和疼痛已经失去了知觉，被钉在席子上的软木塞上，而它的云母状的内脏已经从满是血污的腹部取出放在显微镜下了。

“好极了。”博西科夫的眼睛在显微镜的目镜上看后说道。

很显然，从青蛙的肠系膜上可以看到某种非常有趣的东西，具有活性的血细胞顺着血管里的体液在流动，清晰可见，就好像人的手掌一样清楚。博西科夫忘记了他的阿米巴变形虫，他和伊万诺夫两个人轮流通过显微镜进行观察，看了足足有一个半小时。在此期间，两位科学家热烈地交换着意见，就好像双方有不共戴天之仇都要置对方于死地一样，外人看了实在难以理解。

最终，博西科夫从显微镜上抬起头宣布道：

“血正在凝固，这里没有什么事情可干了。”

青蛙非常困难地移动了一下它的头部，逐渐失去光泽的眼睛清楚地表达出一种情绪来：“这就是你们两个干的好事儿，狗娘养的。”

---

① 肠系膜——腹部的一种隔膜结构。

博西科夫站起身来，伸了伸腿儿，他的腿都肿了，接着，他返回到自己的实验室，打了个哈欠儿，他用手搓了搓他那永远红肿着的眼睑，又继续坐在他的凳子上，看起他的显微镜来。他的手已经放到了显微镜的旋钮上，正准备扭动旋钮，但是他最后没有扭。博西科夫用右眼看到一团模糊的白色圆盘状物体，里面都是影像模糊的白色的阿米巴变形虫，而在白色圆盘状物体的中间有一道多彩的旋涡，和女人的卷发很相似。博西科夫多次看到过这种旋涡，他的好几百号学生也看到过，可是从来就没有人对此注意过，因为实在没有这个必要为此上心。这道多彩的光线只会对观察构成干扰，显示出样本没有放到镜头的焦点上。由此产生的结果是，只要扭动一下显微镜的旋钮，这道多彩的光就被无情地抹去了，留在视野下的是更亮的白色光线。此刻，这位动物学家细长的手指已经坚定地抓住旋钮，可是接下来他的手指抖了一下，从旋钮上滑开了。博西科夫的右眼应当受到指责——突然，他的眼睛变得警觉起来，后来又变得惊讶无比，到最后甚至害怕起来。这是共和国重大的不幸事件，在显微镜前坐着的可不是一些没有天赋的平庸之辈。不，那是博西科夫教授啊！现在，他的全部生命，他的全部心灵，全都集中在他的右眼上了。整整五分钟，这个最高级的生物，承受着巨大的压力，像石雕一般一动不动地观察着物镜下面最低级的生物，紧张地看着显微镜下没有对准焦距的样本。

周围的一切静极了。潘克拉特在门廊前厅他的屋子里已经睡熟了，只有小房子里的玻璃门那儿传来过一次轻微的、带着音乐节奏的响动——伊万诺夫把他实验室的门锁上了，然后走了。他走后，前门咯吱一声合上了。接着传来了教授的声音。也不知道他在对谁说话。

“这是什么？我一点儿也理解不了。”

晚间运行的敞篷货车驶过赫尔岑大街，巨大的动静摇动着研究所古老的墙壁。桌子上放着的一个平底儿玻璃碗装满了镊子叮当作响。教授的脸变白了，再次把他的手放到显微镜上，就像一位母亲在保护她的孩子免遭危险。看来，现在移动旋钮没什么问题。哦，不，博西科夫只是害怕任何一种外在的力量都会把他的视野里看到的一切破坏掉。

这是一个明亮的早晨，天已大亮，一道金色的阳光正好照在研究所的奶油色大门上，教授最后还是离开了显微镜，用麻木的双腿走近窗户。他的手颤抖着按下一个按钮，坚固的黑色百叶窗立刻就把外面的晨光给彻底挡住了，现在，实验室里被一种充满智慧的学术之光笼罩起来了。尽管博西科夫此刻面带菜色，可是他情绪仍然很高昂，他活动了一下他的双腿，眼睛死死盯着木地板，两眼泪汪汪地说道：

“可是，怎么会这样呢？见了鬼了！见鬼了，先生。”他重复着这几句，身子转向陆地动物饲养所里的蟾蜍，可是蟾蜍都睡着了，没有回答他提出的问题。

他沉默了有好一会儿，走到电灯开关跟前，升起百叶窗，把所有的灯都关上，又开始看起显微镜来。他的脸部肌肉拉紧了，黄色的眼睫毛开始聚拢到一块儿。

“嗯，嗯，”他嘟囔着。“它跑掉了。我看到了。我看到了，”他的眼睛朝着还结着霜的球面天花板上瞅了一眼，他懒洋洋地说道，声音既兴奋，又有些疯狂："太简单了。"

他又一次降下嘶嘶作响的百叶窗，打开观察实验台的灯。他向显微镜看去，脸上现出一种喜悦的甚至还有些贪婪的笑容。

"我要抓住你，"他很严肃地说道，神情凝重，同时伸开了他的手指。"我要抓住你。也许是从太阳里把你抓住。"

百叶窗又被卷了起来。太阳出来了。阳光照射着研究所的墙壁，向赫尔岑大街上的铺路石洒下一道倾斜的光线。教授向窗外望去，想要估摸出白天时候太阳会照到哪儿。他离开窗台又走回去，就像在轻轻地踩着舞步，最后他把他的肚子轻轻地靠在窗台上。

于是他开始了他重要并且带有神秘感的工作。他用一个钟形玻璃罩盖住了显微镜。他在煤气炉上融化了一小块儿蜡，把钟形玻璃罩和桌子接触的边缘用蜡封了起来，然后在蜡上按上自己的指头印儿。他关了煤气炉，走了出去，然后锁上了实验室的门。

研究所的走廊里的灯很昏暗。教授走到潘克拉特的房间前面，在门上敲了好长时间里面也没有动静。最后，从门里传来了一阵儿响声，就像一只被拴着的狗在慢慢走动。然后就是咳嗽声和叫唤声，潘克拉特在一小片亮光的照射下现身了，身上穿着带条纹的内衣裤。他的眼睛凶狠地盯着科学家，因为他仍然处于半睡眠状态，他近乎哀求般地轻轻地打着哈欠儿。

"潘克拉特，"教授透过他的眼镜看着他说道，"抱歉，我吵醒你了。听着，我的朋友，今天早上不要进我的实验室。我在那儿留了些工作，不能受到打搅。明白吗？"

"唔，嗯，明——明白。"潘克拉特回答道，其实什么也没明白。他的身子在摇晃着，嘴里粗声地抱怨着。

“不，听着，潘克拉特，你得醒醒，”动物学家说道，说着戳了一下潘克拉特的前胸，这个举动终于奏效，他的脸上现出惊恐的神色，目光显示出他已经理解了教授说的话。“我把实验室的门锁了，”博西科夫继续说道，“那么，在我回来以前不要清理实验室。明白了吗？”

“是，先生。”潘克拉特粗声粗气地说道。

“好极了，现在你回去睡吧。”

潘克拉特转身，在门口消失了，立刻翻倒在他的床上，而教授走到前厅去换衣服。他换上自己灰色的夏季外套，戴上软帽，就在这时，他想起了显微镜下看到的影像，目光盯着橡胶套鞋好几秒钟，就好像是第一次看到它们一样。他穿上左脚的那只套鞋，然后试着把右脚的那只套在左脚穿的那只套鞋上面，可怎么也穿不上。

“多么令人难以置信的巧合啊，可是，它又叫我走开，”这位科学家说道，“要不然我也不会注意到它的存在。可是，这又对我们意味着什么呢？只有魔鬼自个儿知道这意味着什么！”教授咧嘴傻笑了一下，斜着眼看了下他的橡胶套鞋，把左脚上的那只脱了，穿上右脚的那只。“天哪！我简直无法想象全部后果……”教授戳了一下他左脚的那只套鞋，带着一种轻视的目光，因为它套不到已经穿到右脚上的那只套鞋的上面，这让他很烦，他就这样只穿了一只套鞋就朝出口走去。在出口那儿，他把手绢儿弄丢了，他摔了一下厚厚的门就这么出去了。出去以后在台阶上，他在口袋儿里摸索了好长时间找他的火柴，可是把全身儿翻了个遍儿也没找着，就这样他嘴上叼着一支没有点的烟就一路走到大街上去了。

教授在去教堂的路上没有碰见一个人。在那儿，他抬起头，目光紧紧盯着教堂的金色圆顶。阳光甜美地照射着圆顶的一边。

“为什么以前我从未看到过？真是一个巧合啊……呸，真笨，”他斜着身子沉思着，眼睛盯着自己只穿了一只鞋的脚。“嗯……怎么办？回去叫醒潘克拉特吗？不，现在不能叫醒他。把这该死的东西扔掉真丢人。我还是得拿着它。”他脱下脚上的套鞋，手里拿着它，感觉十分晦气。

一辆破旧的汽车驶出普利奇斯坦卡，车里坐着三个人：两个喝醉了的男人和一个涂脂抹粉的女人，女人坐在他们的大腿上，身上穿着丝制的裤子，这种裤子在1928年已经不那么流行了。

“嘿，爸爸，哦！”她用一种低沉、沙哑的嗓音喊道。“你为什么又把你的橡胶套鞋给喝光了？”

“那些老头儿一定都聚在‘城堡’酒店里呢，”坐在左边的那个醉汉号叫道，坐在右边的那个从车窗里探出头嚷道：

“嘿，伙计们，沃尔克洪卡的夜总会还开着吧？我们都到那儿去！”

教授透过他的眼镜，神色凝重地看着他们，扔掉他嘴上的烟，迅速地忘记了他们的存在。一缕阳光正移动着，穿过普利奇斯坦卡大街的林荫大道，基督教堂耶稣基督的圆顶开始放射出金色的光芒。太阳出来了。

第三章　博西科夫找到它了

这是接下来发生的事儿。当教授把他那睿智的眼睛靠近目镜上看的时候，他注意到，在他的生命中头一回，看到在那多彩的旋涡的中央有一道特别清晰和特别粗的光线。这种光线是红色的，很亮，从旋涡中伸出来就像一把极微小的刀片，大概有一根针那么细。

这道光线也许碰上了坏运气，它吸引住了这个天才人物，他那双观察经验极其丰富的双眼凝视着它好几秒钟。

在里面，在这道光线里，教授看到了要比这道光线更重要和更特别一千倍的某种东西——那就是，在显微镜的目镜和物镜下面，生物体繁殖出来了，尽管还有些虚弱。由于助手把教授叫走了，阿米巴变形虫被这道光线照射了一个半小时，显微镜下可以看到发生的一切：而在光线照射不到的试片外面的部分，谷粒儿状的阿米巴变形虫显得极其虚弱和无助，在这把红色利剑的照射下，一些奇怪的东西正在向外发散。在这束红色光线下，生命沸腾起来了。阿米巴变形虫伸出它们的伪足，使出它们全部的力气，最后被红色光线的波段所覆盖，一旦进入到红色波段里，它们就好像被施了魔法一样又再次恢复了活力。它们拥挤成一团，互相推搡着，要在这束红色光线照射下争得一席之地。在这束红色光线的照射下，它们竞相繁殖，既热烈又兴奋（因为它们缺的就是一个更好的世界）。博西科夫那些了如指掌的所有生物学规律全都被打破并且颠覆了，它们在博西科夫的眼睛底下以闪电般的速度繁殖着。在这束红色光线的照射下，它们的身体断成好几段，每两秒钟，每个断裂的部分又各自变成一个全新的生命体。在极短的几秒钟时间里，这些生物体就成熟了，体积变得很大，很快就繁殖出新的一代生命体。红色光线照射下的整个试片变得拥挤起来，一场争斗不可避免地爆发了。新生的一代互相撕扯，将对方撕成几段，自己享用着剩下的营养液。在为了生存的争斗中败下阵来的那些变形虫的尸体就堆在新生的一代中间。最好的和最强壮的获得了胜利，它们是可怕的。首先，它们的形体是普通的阿米巴变形虫身体的两倍大，其次，它们的特征很明显，具有异乎寻常的攻击性和极快的运动速度。它们运动起来就像一道火焰，它们的伪足要比普通的阿米巴变形虫大得多，并且它们很好地使用它们的伪足——一点儿也没有夸张——就像鱿鱼用它们的触角帮助猎食一样。

第二天晚上，脸色苍白、形容憔悴的教授什么东西都没吃，只是靠手卷的粗纸烟支持着自己的生命，又在继续研究阿米巴变形虫新生的一代，到了第三个晚上，他开始转而研究生命之源：也就是说，研究起那道红色的光束来。

炉子里蹿出的热气嘶嘶作响，外面的街道上，来往的车辆穿梭而行，而屋内的这位教授，燃起了手中的第一百支烟卷，将自己的身子靠在旋转座椅上，垂下了自己的眼帘。

“是的，现在全都明白了。是这道光线给它们带来了生命。这是一种新的光线，以前没有任何人发现过它。我现在要决定的头一件事就是要看看它到底是来自电灯光还是来自太阳光线的照射。”博西科夫自言自语地这样说道。

又是一个夜晚，用了一晚上的工夫，他最终锁定了这道光线。博西科夫用三台显微镜都捕获到了这道红色光线，断定它不是来自太阳的照射，他说道：

“人们会假设这道光线在太阳系的光谱里不存在……嗯……换句话说，人们会假设它只能来自电灯光。”他兴致勃勃地凝视着还在结着霜的玻璃天花板，对这个让人感到欢欣鼓舞的念头又思考了一小会儿，然后就邀请伊万诺夫来到自己的实验室。他把他观察到的所有的一切都告诉了伊万诺夫，并且让伊万诺夫亲自看看显微镜下的阿米巴变形虫。

私人讲师[1]伊万诺夫震惊了，完全被眼前的一切压垮了：就这么简单，简单到就像一把可爱的红色利箭一样的东西，经过了这么长的时间竟然没有人对它关注，只有魔鬼才能捕捉到它！其他任何人早已经注意到它的存在，甚至包括伊万诺夫本人在内。这可真是荒谬绝伦！为什么呢，只要看一看……

“快看，弗拉基米尔·伊帕提耶维奇，”伊万诺夫说道，他

---

① 私人讲师——欧洲某些大学里的学术称号，表明该身份持有者完全有资格成为终身教授。

的眼睛紧紧贴在显微镜的目镜上，神情很恐怖。“快看发生了什么！它们就在我的眼皮底下咆哮呢……看哪，快看……”

“到现在为止，我已经观察它们三天三夜了。”博西科夫动情地说。

接着，这两位科学家进行了一场对话，对话内容可以被总结成下面的文字：私人讲师伊万诺夫将使用镜子和透镜，而不是使用显微镜，负责建设一间小型实验室，在那儿，这种光线可以被制造出来，进而把这束光线放大。私人讲师伊万诺夫希望——实际上，他也相当自信——因为那其实是极其简单的事儿。他将获得那种光线，弗拉基米尔·伊帕提耶维奇没有必要对此怀疑。现在，只是有一点点儿的小麻烦。

“当我出版我的专著的时候，普尧特·斯戴帕诺维奇，我会提到是你建造了实验室。”博西科夫插进来说道，他感到要把这个小麻烦解决掉是十分必要的。

“哦，这不重要……但是，当然……”

于是，这个小麻烦立刻就被解决了。从那一刻起，这种光线也就占据了伊万诺夫的全部生命。而博西科夫呢，就脱身而去，他现在变得比以前更瘦了，整个白天和半晚上的时间都待在显微镜的旁边，伊万诺夫在充满着光明和朝气的物理实验室里忙乱地跑来跑去，忙着调试镜子和各种镜头。有一个机械师在做他的助手。

经过申请，人民教育委员会的委员批给博西科夫三大包从德国启运的进口货，里面装着各种镜子，还有已经分好类的经过仔细打磨的双面凸镜，双面凹镜，一面弯曲如球、一面凹进去的镜头。货到以后，伊万诺夫就着手建造小型实验室，并且实际分离出了那种红色光线。而且，要说句公道话，他做这一切做得实在是很专业：弯曲的光线最后变成了犀利的，强大的，饱满的光束，光波直径足有四厘米宽。

六月一日，小型实验室在博西科夫的实验室里正式建成，他迫不及待地开始用这道光线对蛙卵进行照射展开自己的实验。实验产生了令人无法置信的惊人结果。在两天时间的照射下，数以千计的蝌蚪孵了出来。而且，那还不是全部：又经过了仅仅一天时间，蝌蚪成熟，又变成了青蛙，这帮儿青蛙贪婪无比，邪恶至极，其中的一半儿立刻就被另一半儿吞到肚子里去了。然而，生存下来的另一半儿，很快就开始产卵了，在两天时间里，它们就产下了无数的新一代，而且不再需要红色光线的照射了。这位科学家的实验室完全炸了锅：蝌蚪从屋子里四散逃去，研究所里爬得到处都是。每个角落都能听见青蛙响亮的呱呱叫声，陆地动物饲养所的地板上顿时成了一片青蛙理想栖身的湿地沼泽。潘克拉特早已经对博西科夫喜欢这样的灾难感到有些恐惧，他现在只感觉到一件事情：那种致命的恐怖。一个星期之后，科学家本人也感到自己是有一点儿发疯。现在，研究所里到处都是毒药氰化钾和乙醚的味道，有一次，潘克拉特错误地取下了自己戴的防毒面罩，这个举动差点儿就要了他的小命。他们最终想办法用毒药把这些在湿地生活的新生代全都杀死了，实验室门窗俱开，始终保持着通风状态。

博西科夫对伊万诺夫说道：

“你知道吗，普尧特·斯戴帕诺维奇，总的说来，这种光线影响滋养质[①]和蛋壳儿的方式是非常惊人的。”

伊万诺夫，在通常情况下是一位冷静和能够保持镇定的绅士，用一种十分奇怪的声音打断了教授的讲话：

“弗拉基米尔·伊帕提耶维奇，为什么您要谈论这些微小的细节呢，为什么要谈论滋养质呢？让我们直接说出来吧：您已经发现了一种非常了不起的物质。”显而易见，他在说这话的时候做出了巨大的努力，可伊万诺夫最后还是想办法挤出了下面要说的话：“博西科夫教授，您发现了生命之光！”

在博西科夫的脸上现出了一丝淡淡的红色，两个颧骨尖儿上红得最厉害。

“好，好，好。”他咕哝着小声说道。

“您应该亲自给这种光线命名……”伊万诺夫继续说道。“我的脑子里始终在转着这样的念头。您看，弗拉基米尔·伊帕提耶维奇，”他继续动情地说道。“H.G. 威尔斯笔下的主人公简直就无法同您相比……原来我还只是想，那些都只不过是些童话故事……您还记得他的小说《众神的食物》吗？”

“哦，那是部小说。”博西科夫回答道。

“是的，当然是小说，那可真是一部非常有名的小说啊！”

“我已经忘了里面的情节了，”博西科夫回答道。“我曾经读过，可是后来忘记了。”

“您说您忘了是什么意思？看看这儿，”伊万诺夫伸手到实验台的玻璃桌面上，拿起一只青蛙，这只青蛙的体积实在惊人，肚子鼓鼓的肿胀着。尽管已经死了，它的嘴还是保留着一种邪恶的神气。“真是邪了门儿了！”

---

① 滋养质——蛋壳儿里的营养物质。

第四章　寡妇德罗兹多娃

只有上帝知道为什么——也许该怪罪伊万诺夫，也许重大新闻总会顺着空气传播，但是谈论这种光线以及谈论博西科夫教授突然传遍了巨大的、火热的城市莫斯科。当然了，最开始只是含糊地传播着。关于这种奇迹的发现的新闻跳跃着在金碧辉煌的首都传播着，就像一只受了伤的小鸟儿直飞向天空然后又消失得无影无踪一样，一直到七月末，关于这种光线的报道出现在《消息报》上的第二十页，报道的标题是“科技新闻”。报道枯燥无味地说第四大学的一位教授发现了一种光线，这种光线可以彻底地提升低等有机体的生命机能，这个发现还有待于验证。发现者的名字很显然给写错了，写成了“派乌西科夫”。

伊万诺夫带来了报纸给博西科夫看。

“派乌西科夫，”博西科夫嘴里嘟囔着，在他的小型实验室里忙乱地走着。“这些告密者怎么什么事儿都知道？”

唉，被写错了的名字并不能把教授从接下来发生的事件当中拯救出来，就在第二天，博西科夫的整个生命被彻底颠覆。

敲门之后，潘克拉特走进实验室，递给博西科夫一张制作得十分精美的名片，制作名片的纸张非常光滑，像缎子一样光滑。

“他就在那儿等着见您。”潘克拉特有些怯生生地补充道。

名片上优雅的字体写道：

阿尔弗雷德·阿克阿蒂耶维奇·布朗斯基

莫斯科《红色火焰》、《红辣椒》、《红色放映机》杂志以及莫斯科《红色晚间新闻》报纸记者。

“把他扔到地狱里去吧。”博西科夫说道，说话的声调儿没有任何变化，他拿起名片，用名片刮起桌子来。

潘克拉特转身离去，五分钟后就又回来了，脸上带着非常痛苦的表情，手里面拿着相同的名片。

“是在开玩笑吗？”博西科夫尖声叫道。同时又感到有些害怕。

“他们说他们来自 Gee—Pee—Yoo（GPU）①。”潘克拉特回答道，脸都白了。

博西科夫一把夺过名片，几乎快要把它撕成两半儿，同时把他手里拿着的镊子扔到桌子上摆着的另一张名片上。名片上用斜斜的字体写着字儿：“请原谅我，尊敬的教授，我非常欣赏您，我是 GPU 出版的讽刺杂志《红色乌鸦》的记者，出于公共报道的

---

① GPU——苏联 1922 至 1934 年间的秘密警察机构国家政治保安总局的俄文缩写，克格勃的前身。

需要，我只占用您三分钟时间。”

“把他们带到这儿来。”博西科夫有气无力地说道。

一个年轻人立刻从潘克拉特的身后跳了出来，脸刮得很干净，上面还抹了油。他的眉毛老是不停地向上翘着，就像是一个中国佬儿，玛瑙一样的眼珠儿转个不停，目光游离，从来不直着看人。这个年轻人的穿着无可指摘，都是当下最时髦的穿戴：一身儿又长又瘦的皮夹克，一直到膝盖那儿，做工精良的宽大的裤子，脚上穿着的是很扎眼儿的宽头皮鞋，就好像他的脚趾头都很大似的。这个年轻人手里拿着一根手杖和一个笔记本，头上戴着一顶非常尖的帽子。

“你们想要什么？”博西科夫出声了，潘克拉特关上门之后就立刻消失得无影无踪。“我不是告诉你们我很忙吗？”

并没有直接回答，这个年轻人一连向教授鞠了两个躬，一个朝着教授的左边，一个朝着教授的右边，然后他就开始四下打量起整个实验室来，飞快地在他的笔记本上做了一个什么记号。

“我非常忙。”教授说道，他带着十分厌恶的神情直盯向这位客人的眼睛里去，可是这一点儿也没起作用，因为这个年轻人的眼睛转个不停，根本就不会让你捕捉到他的眼神儿。

“非常抱歉，尊敬的教授先生，”年轻人开始提高嗓门说话，“我闯到您的实验室里来，并且占用了您的宝贵时间，可是关于您那惊人的发现的消息，已经震动了全世界，也就使我们的杂志不得不问您一些问题，以便做出某种解释。”

“什么？给全世界的解释？”博西科夫发起牢骚来，声音变得很尖刻，脸也变黄了。“我没有义务向你提供任何一种解释，或者是其他什么……我太忙了……忙得很。”

“您现在从事什么研究？”年轻人问道，嗓音甜甜的，说着又在自己的笔记本上做了一个记号。

“我……你看，你……你是要报道出来吗？”

“是的。”年轻人说道，突然，他在自己的笔记本上飞速地写着什么。

“首先，在我完成全部工作之前，我没有任何意愿想要去公布什么……尤其是不想在你们的所有报纸上面……第二，你是怎么知道这些事情的？”突然之间，博西科夫感到一阵儿茫然。

“你们已经发明了一种可以孕育新生命的光线，这是真的吗？”

“什么新生命？”教授变得狂怒起来。“不要再信口开河，说这些没用的废话了！我正在研究的这种光线还没有被很好地研究，我们对它一无所知！是有一种可能性，它可以提升原生质的活动层级……”

“可以提高多少？”年轻人急速地问道。

此刻，博西科夫是彻底感到茫然了。“某些特性。只有魔鬼才知道接着会发生什么！”

“问这样的外行话有什么意义？让我们假设，如果要我说的话，可以提高一千级！”

一种食肉动物见到食物的喜悦从这个年轻人的眼睛里闪过。

“您最后能得到巨大的生物体吗？”

“不是那种东西！嗯，的确是真的，我最后得到的生物体的体积要比正常的生物体的体积大得多……嗯，所以它们会具有一些新的生物特性……但是，这里最主要的还不是生物体的体积大小，而是令人难以置信的繁殖速度。”博西科夫说道，他好像意识到了自己的某种厄运，立刻被自己说出的话吓住了。那个年轻人已经在笔记本上记了满满的一页，他翻过这一页，在新的一页纸上继续飞速地记着。

“不要写了！”博西科夫陷入了绝望，呼吸都有些困难，他放弃了，并且他意识到他现在已经把自己的命运交到了这个年轻人的手上。“你到底在本子上写了些什么啊？”

“您真的能在两天时间里从青蛙的卵里培养出两百万只蝌蚪来吗？”

“从多少卵里？”博西科夫喊道，又变得愤怒起来。“你甚至连一只蛋都没有见过……哦，比如说吧，你见过树蛙的蛋吗？”

“从半磅蛋里？”年轻人问道，丝毫没有觉察到自己的狼狈。

博西科夫的脸都变紫了。

“那是什么标准？呸！你到底在说什么啊？好吧，当然了，如果你准备拿半磅重的青蛙蛋来……那么，或许……见鬼，也许就那么多数量吧，也许会得到更多！”

年轻人的眼睛里就像放了颗钻石，闪起光来，他以飞鹰攫兔的速度又在本子上写下了另一页。

“这会引起世界范围内的家畜饲养业的革命，是真的吗？”

“这可真是小报记者才能问出的问题啊！”博西科夫号叫了起来。“不论怎么说，我决不允许你将这样的胡说八道在报纸上登出来。我从你的脸上可以看出来你正在写一些下流的东西！”

“教授，您的照片，请您一定满足一下儿我们的要求。”年轻人说道，说着合上了自己的笔记本。

“什么？我的照片？登在你们的小报上？和你们刊登的那些狗屎一样的垃圾登在一起？不，不，不……我很忙……我不得不请你离开！”

“至少要一张老一点的照片。我们用完之后很快就会还给您的。”

“潘克拉特！”教授狂怒着叫道。

“见到您很高兴，”年轻人说道，然后就消失了。

从门外传来一阵儿奇怪的声音，还伴着一种什么东西有节奏地敲击着地板的声音，肯定不是潘克拉特，而是一名腰围极大的男子出现在实验室里。他的左腿是假肢，敲击着地面发出不小的声响来，手里拿着一只公文包。他长着一张圆脸，脸刮得很干净，脸上的肉就像一堆黄色的冻好的肉，并且脸上总是带着一副讨好人的笑容。他以军人的方式向教授深深鞠了一躬，然后身子站得笔直，使得他的假腿发出一种咔哒声。博西科夫不由得看得目瞪口呆。

“教授先生，”陌生人开腔了，声音很悦耳，还有点儿沙哑。“请您原谅我这种冒昧的行为，打扰到了您的宁静。”

“你是记者吗？”博西科夫问道。“潘克拉特！！”

“教授先生，我不是记者，”这名肥胖的男子回答道。“请您允许我介绍一下我自己——我是以航海为业的海军上校，同时我还是苏维埃人民委员会主办的《工业先驱报》的撰稿人。”

“潘克拉特！！”博西科夫歇斯底里地喊道，就在这时，墙角的电话上升起了一面小红旗，电话铃声柔和地响了起来。“潘克拉特！”教授不停地喊道。“我在听……”

“请原谅我打扰您了，教授先生，”电话里的声音粗声粗气，是用德语说的，“我是《柏林日报》的记者[①]……”

“潘克拉特，”教授对着话筒大声地喊道。“此刻我非常忙，我现在不能和你说话！[②]潘克拉特！！”

接着，研究所大门的门铃响了起来。

※　　※　　※

“布朗娜雅大街可怕的谋杀！！”闷热的六月的人行道上，到处都可以听到沙哑的有些不太自然的报童的声音在空中飘荡，车轮声响很大，在路灯的照射下映衬出报纸的硕大标题。“可怕的鸡瘟竟是由牧师遗孀寡妇德罗兹多娃所为，报纸上有她的照片！博西科夫教授可怕的发现，他发现了生命之光！！”

博西科夫冲上前去，动作太快，几乎要被莫克霍瓦雅大街行驶着的一辆车撞上，他猛地抓过一份报纸。

“先生，三戈比！”报童尖叫道，收过钱之后他又挤进拥挤的站在人行道上的人群里，再次开始扯着嗓子喊起来：“看《红色晚间新闻》报哩，X射线大发现喽！”

目瞪口呆的博西科夫打开报纸，身子靠在街灯柱上。在报纸第二页的左边部分，上面有一张照片，一名秃顶男子，下巴低垂着，好像有些精神错乱的样子，照片上的博西科夫无神的双眼好像正从烟熏的门框那儿看过来，在盯着看报纸的他。那是阿尔弗雷德·布朗斯基在艺术上追求的成果。“V.I.博西科夫，发现了神秘的红色

---

① 此处原文是德语。

② 此处原文是德语。

光线。”拜访过他的那位海军上校在照片下面这样写道。再往下看，是一篇文章，文章的标题是“世界之谜”。报道是这样开头儿的：

“‘请坐，’受人尊敬的科学家博西科夫对我们友善地说道……”

文章署名：“阿尔弗雷德·布朗斯基（阿隆佐）。”

一道绿光在大学建筑的屋顶闪过，天空中出现了“谈论报纸”的字样，一大群人向着莫克霍瓦雅大街拥来。

“请坐！！！”大学建筑的屋顶上的大号扬声器里突然传来一个高声调儿的听起来很不舒服的声音，就像阿尔弗雷德·布朗斯基的声音被放大了一千倍一样，声音继续播放着，“受人尊敬的科学家博西科夫对我们友善地说道！‘我早就想把我的发现告诉全莫斯科的无产阶级……’”

博西科夫身后传来轻轻的金属敲击地面的声音，有人在拉博西科夫的袖子。博西科夫转过身来，看见那条机械假腿的主人圆圆的黄色脸庞。他的眼睛是湿润的，嘴唇开始颤抖起来。

“教授先生，您没有选择与我分享您惊人的科学发现，”他无限悲伤地说道，重重地叹了口气。“因此我那微薄的收入就没了。”

他沮丧地朝着大学的屋顶瞥了一眼，屋顶上看不见身影的阿尔弗雷德正在黑色的扩音器里的某个地方大声咆哮着。出于某种原因，博西科夫开始对这个胖男人产生了怜悯之心。

“我从未对他说过让他坐下的话，”他嘴里嘟囔着，带着愤恨，好像要抓住从天空中传来的那句话。“他只是一个彻头彻尾的、傲慢无礼的无耻恶棍！请你原谅我这样说，可是当你工作的时候，有人突然闯入……当然，我不是说你……”

“教授先生，也许，至少您愿意为我描述一下您的小型实验室？”这个装着假腿的男人讨好地说道，神情有些伤感。“现在，对您来说，结果都是一样的，毕竟……”

“三天之内，半磅重的青蛙卵就孵化出多到无法计算数量的蝌蚪来。”那个看不见身影的人在扬声器后面继续大声嚷道。

“嘟嘟——嘟嘟，”莫克霍瓦雅大街上的小轿车乏味地发出自己的声音。

“嗬——嗬——嗬……听啊，嗬——嗬——嗬，”街上的人群在急速前进着，他们都在仰着头朝天上看去。

“一帮无耻之徒！嗯？”博西科夫朝装着假腿的男子嘘了一声，嘴唇颤抖着，表现出极大的义愤来。“你觉得怎么样呢？我准备提交一份对他的抗议书！”

“残暴！”胖男子表示同意。

这时，一道紫色的亮光照亮了街灯柱，照到了马路的一部分，照到了黄色的墙，以及马路上行进着的人们一张张充满了好奇心的脸庞，同时这道光也照到了博西科夫，教授只好闭上眼睛。

“教授先生，这是为您预备下的。”胖男子高兴地吹起了口哨，他伸出手来，慢吞吞地想要去抓住教授的袖子。空气中到处都是喋喋不休的说话声。

“啊，你们全都见鬼去吧！”博西科夫厌倦地高呼道，他拖着重重的脚步从人群中挤了出来。“嘿，出租车。到普利奇斯坦卡！”

一辆小轿车在人行道旁边停着，车身上的漆都有些脱落，这样的车在1924年显得实在有些寒碜，车的发动机发出颤抖的声音，教授爬进轿车，试图把自己和那个胖男子隔离开来。

“你挡住我的路了。”他嘴里嘶嘶作响，手攥成拳头挡住眼前的紫色的光的照射。

“你读到了吗？报上怎么说的？博西科夫教授和他的孩子们一起残忍地杀害了玛拉雅·布朗娜雅！！”他们在人群中高声喊道。

“我没有孩子，你们这帮婊子养的！”博西科夫开始怒吼起来，他的这副形象立刻进入到一个黑色相机里的焦点位置，取景器捕捉到了他此刻的形象，嘴巴张得大大的，眼睛里满是怒火。

“咳咳……嘟嘟……咳咳……嘟嘟。”出租车吼叫着，驶入街道上汽车的洪流之中。

胖男子已经坐在了出租车上的座位上，教授立刻感到自己的身边一片温暖。

第五章　鸡的故事

在一个地区小镇上，一位穿着一身灰衣服的妇人，走到镇上原先的那条集合性大街（译者注：“集合性”是俄罗斯东正教的重要概念，有别于天主教的权威主义和新教的个人主义），现在叫个性大街（译者注：此处英文译本中的原文是“Personal Street”）上的一座小房子的门廊那儿停了下来，然后开始伤心地哭起来，她的衣服上有用印花棉布绣出来的花儿，脖子上围着一条方巾，这个地区小镇的名字以前叫托洛茨基（译者注：很显然，作者在这里是有意使用这个名字的），现在以斯台克勒尼地区、科斯特洛马省的斯台克罗夫斯克知名于世。这个妇人——就是德罗兹多娃寡妇，以前大教堂里的主教牧师的妻子——她哭得是那样伤心，很快，一个头上戴着一顶羊毛方巾的妇女从房子里的窗户探出脑袋，然后她惊呼道：

“出什么事了，斯戴帕诺夫娜，难道有什么不对吗？”

“第十七只了！”德罗兹多娃寡妇回答道，说着眼里掉着眼泪。

“哦——哦，亲爱的！”戴羊毛方巾的女人也开始呜咽起来，边哭边摇头。“到底发生了什么事儿？主发怒了，如果事实不是这样，又会是什么呢！全死光了吗？”

“玛特丽约娜，快看看吧，看看，”牧师的遗孀伤心地大声哭着，嘴里嘟囔着。“快看它得了什么病！”

有些倾斜变形的灰色大门砰的一声关上了，玛特丽约娜光着脚踩在坑坑洼洼还有些脏的大街上，抹着眼泪儿的寡妇领着她走进养鸡的院子里。

有人说，神父萨瓦提·德罗兹多夫，也就是以前的主教牧师，死于1926年的反宗教运动中，他的遗孀根本就不伤心，而是想方设法办起了一个很不错的养鸡的农场。寡妇的生意红火了起来，她的养鸡场被评估要交巨额的税款，那样的话，她的养鸡场就得关张了，幸亏她的鸡场还有一帮好乡亲。他们跟寡妇说，她应当给当地的管理部门写出一纸声明，就说她准备组织起一个家禽饲养工人合作社。这个合作社由德罗兹多娃寡妇本人，她忠实的女仆玛特丽约娜，和寡妇耳聋的侄子组成。税款被撤销了，到了1928年，养鸡场经营得非常成功，一共有两百五十只鸡，甚至还包括一些科钦鸡[①]，它们在寡妇积满灰尘的院子里走来走去，然后就被赶到鸡舍里去了。每个星期天，寡妇都要把自己养的鸡下的蛋送到斯台克罗夫斯克的市场上出售，在坦波夫的市场上也卖过，她家的鸡蛋甚至还曾经偶尔出现在莫斯科的商店里的玻璃橱窗内，上面挂着的标签上写着“莫

---

① 科钦鸡——一种源自印度科钦地区的鸡种。

斯科的商店有售：干酪、黄油和农家鸡蛋”字样，一度还很出名。

于是，就在那天早晨，第十七只雅鲁藏布江鸡[1]——一只非常可爱的长着大红鸡冠子的鸡——在养鸡场的院子里走来走去，边走边吐。它的嘴里发出这样的声音：“呃……呃……喔……喔……咯——咯——咯。”它的眼睛无精打采地瞧着太阳，就好像这是它最后一次看太阳似的。合作社的成员玛特丽约娜跳着脚走到它的跟前，放下了一盆水。

“红鸡冠子，亲爱的……咯——咯——咯……喝口水吧，”玛特丽约娜恳求着，掰开鸡的嘴摁在盆子里，可是这只鸡就是不喝……它把嘴张得大大的，脑袋儿拼命往后缩。接着它就开始吐血了。

“我的上帝啊！”玛特丽约娜拍着她的大腿高声叫喊着。“这出了什么事儿？这是会凝固的血。我就站在这儿，我可从来没见过鸡还会得胃病呢，那不跟人一样了吗？”

这就是那只可怜的长着大红鸡冠子的鸡最后与世界告别时听到的话。它突然身子歪向一边，徒劳地往地上啄了几下，然后翻起了白眼儿。接着它翻了个身，两只脚都蹬向天空，最后静静地保持不动。玛特丽约娜开始号起来，声音很低沉，盆子里的水也洒出来了，牧师的寡妇——合作社的社长——也开始哭起来。玛特丽约娜靠近她的耳边小声地对她说：

“斯戴帕诺夫娜，如果没有人朝你的鸡使坏，我就把地上的鸡屎吃了。有谁见过这样的情况的？鸡就是得了病也不会是这样！

---

① 雅鲁藏布江鸡—— 一种源自中国雅鲁藏布江地区的鸡种。

肯定是有人对你的鸡下了符咒了。”

“有人在嫉妒我！”寡妇向着天空高声喊道。“难道他们不想让我经营好我的鸡场吗？”

一只雄鸡响亮的啼叫对她的话做出了回应，一只瘦瘦的长得不怎么好看的公鸡从鸡舍里翻了出来，就像一个从酒吧里走出来的跌跌撞撞的酒鬼一样。它的目光很凶狠，眼睛用力地向外面凸起，在同一个地方使劲儿地跺着脚有好一会儿，然后就像一只鹰一样伸开自己的翅膀，但却没有高飞，只是在院子里绕圈圈儿走着，像一只被缰绳拴住的马一样老是在一个地方走来走去。走到第三圈儿的时候，它停了下来，翻倒在地上，腿乱蹬着，很困难地喘着粗气，嘴里咳出血块儿来，最后，它的身子又翻了个个儿，脚就跟擎天柱一样指向太阳。两个妇人的号叫声惊动了整个院子。对她们俩儿哭声的回应是鸡舍里传来咯咯咯的鸡叫声，鸡翅膀拍打空气的声音，养鸡场里顿时一片大乱。

“如果不是有人搞破坏怎么办？”玛特丽约娜甚至有些得意地问道。“把谢尔吉乌斯神父叫来吧，让他来抵挡一阵儿。”

晚上六点，太阳的光焰渐渐退去，光影消失在幼嫩的太阳花的花丛中间，谢尔吉乌斯神父，大教堂的首席牧师，完成了他当天的祈祷，脱下了他的圣衣。好奇的围观者人头耸动，纷纷透过已经有好些年头的木质篱笆的缝隙向教堂里面张望。悲伤的寡妇亲吻着十字架，把一张已经被她的泪水浸润湿透的黄色卢布票子递给了谢尔吉乌斯神父，神父叹了口气，对她说，你看啊，有些事儿就是主对我们发怒了所显现的结果。通过这些行为，看上去，就好像谢尔吉乌斯神父对主为什么会发怒知道得一清二楚，可是他就是不说。

从那时以后，街上的人们就四散而去，由于鸡睡得都很早，没有人发觉，靠近属于寡妇的养鸡场旁边的邻居家里，三只母鸡和一只公鸡立刻死去了。它们伸腿儿的样子和德罗兹多娃寡妇家的鸡一样，只是死的时候非常安静，就在鸡舍里死了。公鸡从它站着的地方，脑袋猛地一伸，然后就趴下了，就以那样一种姿势断了气。而寡妇家的养鸡场里的鸡，在喂完食儿之后就全都上了西天，整个晚上，鸡舍变得死一般寂静，到处都是身体僵硬的家禽，尸积如山。

第二天早上，整个镇子就像开了锅一样，因为故事已经传开了，说法变成了是魔鬼在作祟。到了中午时分，整条个性大街，只有三只母鸡还活着，户主是个性街末尾一端的租户，租房子的人是当地财政巡查员，可是到了中午一点钟，这三只母鸡最后也翻肚子死了。到了晚上，整个斯台克罗夫斯克镇子就像马蜂窝被捅了一样沸腾起来了，那个代表着凶险的词儿“瘟疫”一传十、十传百地传播起来。德罗兹多娃的名字出现在了当地的报纸《红色士兵》上，新闻标题是：“会是鸡瘟吗？”，接下去，故事就又要从莫斯科说起。

※　　　　※　　　　※

博西科夫教授的生活现在呈现出一种奇怪的、令人不安和让人感到忧虑的色调来。换句话说，在这样的情况下根本就不可能搞研究工作。一天，在摆脱阿尔弗雷德·布朗斯基的纠缠之后，他被迫干脆取下研究所里的电话的话筒放到一边，好让电话无法工作。那天晚上，教授乘着街车沿着猎人街行进，教授在街两旁巨大的建筑的屋顶上的屏幕里看见了自己的形象，屏幕上还打着用大写的黑色字体写的“工人日报”的字样儿。在绿光的闪耀下，教授从街车上下来，爬进一辆出租车，坐到车后排的座位上，旁边的座位上坐着一个圆乎乎的技师模样的人，这人身上从头到脚裹着一条羊毛毯。在屋顶的白色屏幕上，教授攥紧了自己的拳头，抵挡着紫色光线的进攻。接着，屏幕上出现了一行富有杀气的字幕，写着：“博西科夫教授乘车旅游，正在向我们著名的记者海军上校斯戴帕诺夫耐心地解释他的研究工作。”情况的确如此：烟雾弥漫，一辆汽车呼啸着沿着沃尔卡洪卡正在行进，经过基督教主教堂，教授在轿车里晃来晃去，正在注视着一条被逼至绝境的狼。

“他们是魔鬼，不是人。”动物学家坐车经过这里的时候咬着牙，嘴里嘟囔着。

同一天晚上，动物学家返回到他在普利奇斯坦卡的住处，从他的女管家玛利亚·斯戴帕诺夫娜那儿收到了十七张小纸条，上面记着他不在家的时候曾经给他打过电话的人的电话号码。同时他也听到女管家玛利亚·斯戴帕诺夫娜抱怨说她现在实在是筋疲力尽了。教授想把这些纸条全都撕了，可是他突然打消了这个念头，因为他在一张记着电话号码的纸条的背面看到了“人民健康委员”的字样。

“这是怎么回事儿？”这个性情古怪、知识渊博的人完全被搞糊涂了，思考着这一切。“他们怎么也掺和进来了？”

还是在这个晚上，门铃在十点一刻响了，教授被迫同一位穿着有些光鲜的绅士谈话。教授同意见他，是因为他的名片上写着（上面既没有名，也没有写姓）：“苏联共和国外国贸易部官方认定首长。”

“让他见鬼去吧，”博西科夫怨愤地说道，把一个放大镜和一些图表摔到绿色波纹桌面的写字台上，他对玛利亚·斯戴帕诺夫娜说：“把他带到书房里来，就是那个脸上写着‘官方’两个字儿的人。”

“我能为你做什么？”博西科夫问这句话时的声调儿让这个官方认定的首长有些畏首畏尾。博西科夫把他的眼镜从鼻梁上移到额头上方，打量了一下来访者，然后又把眼镜移回到鼻梁上。来访者的皮衣泛着油光，一身珠光宝气，熠熠生辉，右眼上戴着单片眼镜。“真是一头肮脏的猪。”博西科夫这样想，他这样判断这个人当然有他自己的理由。

在博西科夫很勉强地让他的客人坐下之后，来访者开始拐弯抹角地问博西科夫他是否能在这儿抽雪茄。接着客人开始不厌其烦地向教授说抱歉，说自己来得太晚了，他说道：“可是……见到您十分困难……嘿——嘿，请原谅我……能在今天，在受人敬仰的教授家里见到您。”（他笑了起来，那样子就像一只鬣狗哭的时候的样子）

“是的，我非常忙！”博西科夫的回答很简洁，客人再一次将身子往后缩了一下。

不过，他竟然允许自己打扰这位十分著名的科学家……时间就是金钱，就像他们说的那样……抽雪茄打搅到教授了吗？

“嗬——嗬——嗬。”博西科夫回答道。他竟然允许自己打扰教授……

“教授已经发现了生命之光，是这样吗？”

“行行好，什么生命之光？那是报纸的发明！” 博西科夫一下子精神起来了。

“哦，不，嘻——嘻——嘻。”他对一位真正的科学家据以成名的谦逊精神理解得实在是透彻极了……可是，当然了……今天，电报已经发出去了……在世界的各个城市，像华沙和里加，所有的人都知道了，竟然还存在着这样的光线。全世界的人都在竞相说着博西科夫教授的名字……全世界的人都在屏住呼吸注视着博西科夫教授的研究工作……可是，所有人都知道在苏维埃的加盟共和国俄罗斯的科学家们的处境有多么困难。在我们中间……[①]我们在这儿是孤独的吗？唉，他们没有评价这个国家的科研工作，于是，他很想同教授讨论一些事情……某国已确定，非常愿意向博西科夫教授在他的研究领域里面提供完全无私的资助。为什么要抛弃珍珠，就像圣书里说的那样呢？该国非常清楚教授在整个 1919 和 1920 年的生活是多么艰难，嘿——嗬……大革命。现在，当然了，这都是秘密……教授会让该国熟悉他的研究工作的结果，作为回报，该国会向教授提供资助。举例来说，教授已经建造了一间小型实验室——看一眼这间小型实验室的蓝图那将是非常有趣的……

接着，客人从自己的里兜儿里掏出一沓实实在在的钞票……

打个比方，教授可以收下这笔小钱，五千卢布，就在此刻，作为第一笔资金……而且不用打收条……教授如果打收条的话，甚至会伤害到外国贸易部官方认定首长的感情。

---

① 此处原文为法语。

“滚出去！！！”博西科夫突然朝客人大吼起来，以至于起居室里摆放的钢琴都共振了，发出了声调儿很高的声音。

客人立刻消失了，速度之快以至于博西科夫在一分钟之前还处于盛怒之下，他甚至怀疑整件事情是否真的发生过，还是这只是一场梦幻。

“这是他的橡胶套鞋吗？”博西科夫很快就在前厅大声叫喊起来。

“他忘在那儿的。”玛利亚·斯戴帕诺夫娜。

“把它们扔出去！”

“我怎么能扔呢？他会回来取的。”

“把它们拿到研究所的委员会去。要个收条。别让我再看见它们，永远！拿到委员会去！让他们保管这个间谍的橡胶套鞋！”

玛利亚·斯戴帕诺夫娜弯下身来拿起那双惹人惊异的橡胶套鞋，把它们拿到后门去了。然后她在后门站了一会儿，把橡胶套鞋藏在了壁橱里。

“你送过去了吗？”博西科夫又发火了。

“送了。”

“把收条给我。”

“可是，弗拉基米尔·伊帕提耶维奇，委员会的主席不识字！”

“拿回收条。就现在。第二件事。找个狗娘养的会写字儿的，让他把字签了。”

玛利亚·斯戴帕诺夫娜摇着头走了，一刻钟后，她带回一张字条儿：

“收到博西科夫教授一双橡胶套鞋。克罗索夫。”

“这又是什么？”

“确认标签。”

博西科夫把确认标签踩在脚下，然后把收条放到镇纸下面。接着，他那平平的前额里又被一个想法所包围。他冲向电话，给研究所里的潘克拉特打了过去，问潘克拉特：“一切都还好吗？”潘克拉特对着话筒嘟囔着，向教授建议，在他看来，一切都很正常。可是，博西科夫只是平静了一小会儿。他皱着眉头，抓过电话，对着话筒说了下面的话：

“听到了吗，她的脸上……卢比扬卡[1]。谢谢……听着，你们其中一个需要知道……我怀疑这些穿橡胶套鞋的家伙们是受人差遣所为，他们在我的公寓附近溜达，是的……国立第四大学的博西科夫教授……”

话筒里的声音突然中断了。博西科夫教授放下了手中的话筒，嘴里说着一些不得体的脏话发着牢骚。

“弗拉基米尔·伊帕提耶维奇，你现在要喝茶吗？”玛利亚·斯戴帕诺夫娜怯生生地问道，向书房的主人投去问询的目光。

“我不想喝茶……嗬——嗬——嗬，它们全都见鬼去吧……就像是有人要吃了它们。”

十分钟之后，教授在书房里又看到了新的来访者，其中的一个——一位长着圆脸，讨人喜欢，非常有礼貌的绅士——穿着一身非常端庄得体的卡其布军上衣和马裤。他的鼻梁上戴着一副夹鼻眼镜，就像一只水晶般透明的蝴蝶伏在他的鼻子上。他的脚上

---

① 卢比扬卡——指苏联位于莫斯科卢比扬卡广场的秘密警察总部。

穿着名牌皮靴，就像一个天使。第二个人身材非常矮小，脸色阴郁极了，尽管他穿着一身公务员的服装，可是他的装束却让人感到十分不舒服。第三位客人的行为举止与前面两个迥然有异；他没有进到书房里，而是继续留在灯光黑暗的前厅里。然而，他可以看到整个书房里的动静，此刻的书房灯火通明，随处可见烟草燃烧之后的烟雾。正在抽烟的戴着夹鼻眼镜的那位映衬着第三位客人，他也穿着一身公务员的服装。

书房里的两个人检查着名片，让博西科夫感到筋疲力尽，他们问到那五千卢布的事儿，还让教授描述一下他前面接待的那位客人的外貌特征。

“鬼才知道，” 博西科夫嘟囔着。“一个令人厌恶的傻瓜。一个真正的精神变态。”

“他有一只眼睛是假的吗？”个儿矮的那位客人嗓音沙哑地问道。

“鬼才知道。不，等一下，那不是只假眼睛——他的眼神儿可尖了。”

“是鲁宾斯坦？”那个天使模样的男子向穿着朴素的矮个儿男人问道。但是后者神情忧郁地摇了摇头。

“鲁宾斯坦不会给他钱却不打收条，永远不会，”他喃喃地说出这句话。“这不是鲁宾斯坦的工作。这是另外一个来头很大的人。”

这个跟橡胶套鞋有关的事件在客人中引起了一阵儿兴奋。天使模样的客人与研究所的委员会通了电话，说了几句话：“国家政治保安总局需要研究所的委员会的秘书克罗索夫报告关于博西科夫教授公寓里出现的穿橡胶套鞋的男子的情况。”很快，脸色苍白的克罗索夫出现在书房里，他的手里提着那双橡胶套鞋。

“瓦森卡！”天使模样的客人轻声叫着坐在前厅里的那名男子。那名男子懒洋洋地站了起来，步履艰难地走进书房，就好像他的腿断了似的。天使模样的客人正抽着烟，他的夹鼻眼镜把他这副模样完全看在眼里。

“怎么了？”他问道，说话很简洁，声音听上去充满了睡意。

“橡胶套鞋。”

夹鼻眼镜下那双经常被烟熏的双眼的目光滑过那双橡胶套鞋，对博西科夫来说，虽然只是短短的一瞥，却好像是眼镜片下一双非常锋利和一点儿也没有睡意的双眼在闪着光地进行照射。可是，那眼睛里的光又立刻退去了。

“怎么样，瓦森卡？”

那个叫作瓦森卡的人用一种非常疲倦慵懒的声音回答道。

“哦，没怎么样。这是皮兰扎科夫斯基的橡胶套鞋。”

研究所的委员会立刻剥夺了博西科夫教授的礼物。那双橡胶套鞋用报纸包着，很快就消失了。那个身着军服、长着一副天使模样的人感到非常高兴，与教授亲切握手，甚至发表了一通简短的讲话，讲话内容可以被概括为下面的内容：这个事件足以让教授脸上增光……教授可以安心地休息了……再也没有人来打搅教授了，不论是在教授的家中还是在研究所里……他们将会采取各种措施，教授的居室是完全安全的……

“你们有可能把那些记者枪毙吗？”博西科夫问道，目光透过他厚厚的眼镜片。

这个问题相当有趣，把客人给逗乐了。不光是神情忧郁的矮个儿男子，甚至在前厅坐着的那个经常抽烟的人也都笑了。天使模样的那个人眼镜后的眼睛里闪着光，接着他向教授解释说那不可能。

“那么这里谁是恶棍呢？”

此时，他们不再笑了，天使模样的那个人闪烁其词，说这没有什么，只是一些不重要的机会主义者做的事罢了，无关紧要，不需要太多关注……然而，与此同时，他要求教授对于今天晚上发生的事情要严守机密。然后，客人们就告辞了。

博西科夫返回到他的书房中，面对着他那些图表，可是今晚注定是没法干任何工作了。电话上透着一种桔黄色的光，一个女人打过来电话问教授是否有兴趣与一位十分吸引人并且激情四射的寡妇结婚，她拥有一套七居室的公寓。博西科夫对着话筒吼道：

“你应当找罗斯利莫教授，把你的脑袋好好检查一下……”接着，他又接到了第二个电话。

博西科夫脚下都有些发软，因为一个非常著名的人物从克里姆林宫打来电话，对他很关切地问了一些问题，而且很详细地问了一下他现在正在进行的研究工作，最后表达了自己想要访问教授实验室的心愿。博西科夫离开了电话，用手帕擦了擦额头上的汗，然后扭动着身体离去。就在这时，从公寓上方传来铜管乐器的震天响声，瓦尔基里乐团的表演开始了——电台广播隶属于建筑托拉斯的头儿，他选了博舒瓦大剧院里正在上演的瓦格纳的歌剧在广播中播出。博西科夫听着从天花板上传来的震天响的广播声，对玛利亚·斯戴帕诺夫娜宣布，他要把建筑托拉斯的头儿送上法庭，要把他的广播砸碎，而且，他要搬出这地狱般的莫斯科，因为很显然，有人想把他赶出莫斯科。他把放大镜给打碎了，在书房里的沙发上睡下来，手指和着博舒瓦大剧院里传出来的钢琴声的音调儿打着节拍。

第二天，令人惊异的事仍然持续不断。博西科夫坐着街车来到研究所，发现一位绅士，头戴一顶十分时髦的绿色圆领硬礼帽站在走廊那儿。他仔细审视着博西科夫，但没有问各种问题来纠缠教授，所以博西科夫就容忍了他的存在。可是，在研究所的前厅，又出现了一个戴绿色圆领硬礼帽的人站起身来向博西科夫打招呼，旁边站着的潘克拉特一脸茫然的样子。

“你好啊，教授先生。”

“你们想干什么？”博西科夫问道，声音中可以听出他很害怕，在潘克拉特的帮助下，解开自己的外套。但是，戴圆帽子的人立刻让博西科夫平静了下来，他说话的声音是一种非常轻柔和非常低的声音，这让教授顿时消除了自己的疑虑。他们，就是这些戴圆帽子的人，到这儿来的目的就是要把那些骚扰教授的各色人等清除出去……从此教授不但可以不再为他的实验室的大门安全操心，连实验室的窗户也用不着操心了。接着，这个不知姓名的人一下子翻开他的夹克上的翻领，对着教授展示他戴着的某种徽章。

“嗯……你们这些人还真的了解你们这个行当，”博西科夫咕哝出这句话，接着又天真地添了一句话：“可是你们在这儿准备到哪儿吃饭呢？”

戴圆帽子的人傻笑了一下，解释说有人到时候会来换他的班。

接下来的三天里非常平静。博西科夫只接待了两位来自克里姆林宫的来访者，还有他的学生为他们自己考试的事儿来过一回。所有的学生都挂科了，他们脸上的神情表明，现在博西科夫给他们带来的是一种真正的恐惧，这种恐惧看上去显得有些迷信。

“去当街车的售票员吧！你不适合研究动物学。”实验室里传出这样的声音。

“太严格了吧？”戴圆帽子的人问道。

“上帝禁止您同他们纠缠在一起，” 潘克拉特回答道。“如果有人能坚持到期末考试，那些可怜的灵魂从实验室里出来会摇来晃去，就像一只猪一样浑身挂着汗水。然后他们就会径直奔向酒馆。”

带着这些关切，教授根本没有注意到，三天时间不知不觉地过去了，但是，在第四天，他再一次同外部世界接触了，而引发教授同外部世界接触的契机来自街头传来的一声高声的叫喊。

“弗拉基米尔·伊帕提耶维奇！”来自赫尔岑大街的声音从实验室里敞开的窗户传了进来。很幸运：这三天时间已经让博西科夫耗尽了全部精力。在那一刻，他正坐在椅子上休息，抽着烟，红红的眼睛无力地盯着远方。他再也无法坚持工作了。于是，他从窗户那儿探出头去，好奇地想向外面看一看，不料一眼就看到阿尔弗雷德·布朗斯基正站在人行道上。教授的脑海里立刻想起那张精致的缎子面儿的名片，他头上戴着的那顶尖尖的帽子，还有他的笔记本。布朗斯基向着窗户轻柔地鞠躬以表示自己的敬意。

“哦，是你吗？”教授问道。教授实在是太累了，以至于他都没有力气生气了，他甚至有点儿好奇，下面将会发生些什么。教授站在窗户旁边还有个保护，所以感觉自己还很安全。街上那些曾经出现过的戴圆帽子的人立刻转过头来看着布朗斯基。布朗斯基的脸上笑成了一朵花儿，笑容很甜蜜。

“我亲爱的教授先生，请您等一两分钟，”布朗斯基站在人行道上开口说话了，嗓音显得很紧。“只有一个问题，而且完全是一个关于动物学的问题。能允许我发问吗？”

“问吧。”博西科夫很简洁地回答道，带着一定程度的讽刺的味道，他想：“这个狗娘养的还真有些美国人的味道。”

“我亲爱的教授先生，您对鸡的事情还有什么说的吗？”布朗斯基大声叫喊道，两手指尖儿相对做杯子状。

博西科夫大吃一惊。他在窗台旁边坐了下来，然后又站了起来，按下一个按钮，手指头指着窗户，高声叫喊道：

“潘克拉特，让他进来，他在人行道那儿。”

布朗斯基出现在实验室里，博西科夫对客人表现出他的礼貌，他大声对客人喊道：

“请坐！”

布朗斯基欢天喜地，一屁股坐到旋转座椅上。

“请告诉我，”博西科夫开始说话，“你们所有的报纸上的报道都是你写的吗？”

“是的，先生。”阿尔弗雷德相应地回答道。

“那么，我就不明白了，连你自己都不十分确定的事情，你怎么就敢写下来呢？什么是‘一两分钟’和‘对鸡的事情’？你想说的是‘关于鸡的事情’吧？”

布朗斯基相应地发出了一声干笑。

“是瓦兰丁·彼得罗维奇编辑的。”

“瓦兰丁·彼得罗维奇是谁？”

“文学部的头儿。”

“太好了。我可不是一位语言学家。让你的彼得罗维奇闪到一边儿去吧。你想知道关于鸡的事，这到底是怎么回事儿啊？”

“教授，您对您说的任何话都要小心在意。”

布朗斯基手里拿起了一支铅笔。博西科夫的眼睛里闪动着胜利之光。

“你真不应该来找我，我对家禽并不在行。你应该试着去找国立第一大学的叶米良·伊万诺维奇·鲍图嘉洛夫。我对家禽知之甚少……”

布朗斯基笑了，显得兴高采烈，他表现出一副自己完全理解亲爱的教授开的玩笑的样子。“玩笑——知之甚少！”他在自己的笔记本上飞速地写着。

“不过，既然你问了我，既然你在这儿。鸡，或者说，原鸡……是家禽的一个物种，属于鸡形目。源自雉的家族……”博西科夫说话的声音开始响亮了起来，目光盯着的不是布朗斯基，而是看向远处的什么假想的地方，就好像那儿有上千人的观众正在听他演讲。“源自雉的家族……雉。它们是长有肉质冠子的鸟类，在它们的下颚的下面有两处突起的组织……嗯……尽管有时在它们的下巴中间只有一个……还有什么？两只翅膀是短而圆的……尾巴是中等长度，有点儿交叉排列，我想说它们的尾巴很像屋顶的形状，中间的羽毛呈现出一种镰刀状的曲线……潘克拉特，给我从仿造动物箱里拿 705 号的模型来，就在放着公鸡的横截面上……好吧，又一次，你根本不需要模型，对吧？潘克拉特，你不要拿模型了……

我再说一遍，我可不是家禽专家，去找鲍图嘉洛夫吧。现在，我个人只认识六种野鸡……嗯……鲍图嘉洛夫知道得更多……在印度和马来群岛……举例来说，班其瓦斗鸡，或者是卡赞图斗鸡，从喜马拉雅山山脚之下，一直到印度，在印度的阿萨姆邦，在缅甸……那种燕尾状的斗鸡，或者叫瓦瑞斯背带鸡，在印度尼西亚南部的龙目岛和松巴哇岛和弗洛里斯岛都可以看到。在爪哇诸岛，你会发现著名的埃诺乌斯背带鸡这种雄鸡，而在印度的东南部，我向你推荐去看非常美丽的索奈拉提雄鸡……待会儿，我会给你展示一张图片。现在，说到锡兰，我们会看见斯坦利雄鸡，在其他地方可看不到这种鸡呢。”

布朗斯基坐在那儿，双眼向外凸出来，匆匆地在笔记本上记着什么。

“你还想听些什么呢？”

“我想听些关于鸡瘟的情况说明。”阿尔弗雷德轻轻地向教授问道。

“嗯，好吧，我不是什么专家……去找鲍图嘉洛夫吧……还有……好吧，鸡瘟有绦虫病，吸虫病，疥疮虫病，红疥癣，鸟类虫病，鸡虱，跳蚤，鸡霍乱，哮吼性白喉炎症引起的黏膜炎……肺尘症，肺结核，鸡疥癣……谁知道还有什么呢……”（博西科夫的眼睛里此刻闪着光）“中毒——由野生毒草天仙子引起的，举例来说——瘤，佝偻病，黄疸，风湿，真菌，如黄癣菌和许兰毛癣菌……一种非常有趣的病：各种症状都涉及鸡冠子上的小点点儿，就像霉菌……”

布朗斯基用一块手帕把他的眉毛上的汗擦了擦。

“教授，那么在你看来，当下发生的这场灾难的起因是什么呢？”

“什么灾难？”

“教授，您没有读报吗？”布朗斯基大为惊讶，他从公文包里取出一份揉皱了的《消息报》。

“我不读报纸。”博西科夫皱着眉回答道。

“可是教授，您为什么不读呢？”阿尔弗雷德轻声地问道。

“因为上面印的都是废话。”博西科夫毫不犹豫地回答道。

“可是教授……”布朗斯基轻轻地说了一声，展开了这份报纸。

“这是什么？”博西科夫问道，他从自己的座位上起身站了起来。

现在布朗斯基的双眼中闪起光来。他的手指甲经过仔细的修剪，他用尖尖的手指指着难以置信的、占满整张报纸宽度的大字标题，报纸上赫然写着：“共和国发生大鸡瘟。”

“什么？”博西科夫说道，他把眼镜推到前额……

第六章　莫斯科，1928 年 6 月

各种光在闪着，电灯的光在闪耀着，跳动着，由强变弱。公共汽车的白色前灯和绿色街车的灯在大剧院广场的周围交相闪耀着。在曾经的缪尔 & 米丽尔里斯大楼上，在后来增加的第十层的大楼的地板上，一个浑身挂着彩色电灯泡的女郎在跑圈圈儿，手里抛撒着各种颜色的字母，一个个字母从她手中飞了出去，组成了一句话：“工人的信心。”穿过博舒瓦大剧院，在一个小公园里，一处温泉被五颜六色的彩灯照得花里胡哨，一群人相互拥挤着、推搡着。而在博舒瓦大剧院的上空，一只硕大的扬声器正在那儿大声吼叫着：

“由莱弗托沃兽医研究院开发出来的鸡疫苗已经产生了惊人的效果。今天，鸡的死亡率已经下降了一半。”

接着扬声器里的声音改变了声调儿；里面突然喧嚣了起来，在大剧院的上空闪过一道绿光，又随即消逝了，接着，扬声器里的声音用一种低沉的声音开始抱怨起来：

“一个特别委员会已经成立了，要同鸡瘟做坚决的斗争，委员会的成员由健康人民委员，农业人民委员，家畜饲养部的领导——波多夫—鲍尔琴斯基同志，博西科夫教授，鲍图嘉洛夫教授……以及拉宾诺夫斯基同志！这是外国干涉主义对我国的一种新的进攻[①]。”扬声器里突然传出了笑声，就像是豺在嗥叫一样，“这是与鸡瘟事件联系在一起的！”

剧场大道，奈格里尼广场，以及卢比扬卡广场上到处闪耀着白色和紫色的肩章和臂章，反射着各种光线，广场上到处可以听见车喇叭的震天响声，空气中弥漫着车行驶过后的尘土。拥挤的人群摩肩接踵，站在贴满了大幅通知的广场的墙边，通知在强烈的红色反射镜照射下，上面的字儿显得更大了，上面赫然写着：

“共和国内禁止鸡肉和鸡蛋的消费，一经发现，立即根据法律予以严惩。禁止在市场上私自贩卖以上商品，一经发现，以刑事犯罪论处，同时，处没收个人全部财产。所有拥有鸡蛋的公民，应立即向当地警察局上交所有的鸡蛋。”

在工人日报社大楼楼顶的屏幕上，正在播放的录像显示，成群成群的鸡堆得像座山，鸡山直插云霄，身着绿色服装的消防员，把鸡分成区域，然后点火，同时用水龙向鸡的身上喷洒煤油。然后，屏幕上出现的是一片红色的烈焰，一种非常怪异的味道腾空而起，烈焰上空飘起了各种碎片，烟柱在地面上游走着，继而蔓延开来，一位上校出现了，长相凶巴巴的，他下命令道：“下面开始焚烧

---

① 外国干涉主义以及间谍行为，既有实际形式的，也有非实体形式的，这在苏维埃宣传系统中扮演着重要的角色。

霍登卡的死鸡。”

那些过去曾经光鲜亮丽的临街店面，现在一直开到凌晨 3 点，中间休息两次，让员工吃午餐和晚餐，店面的窗户上现在都用木栅栏封了起来，透过木栅栏的缝隙可以看到过去饭店在街上打出的广告牌儿，上面写着：“新鲜鸡蛋出售。质量有保证。”嘶嘶作响的小轿车加速从警察身边驶过，动作显得迅速而又焦急，甚至还透出那么一丝悲伤的情绪，车上挂着这样的牌子，上面写着：“莫斯科人民健康部专用救护车。”

“又有人被坏鸡蛋给放倒了。”目睹这一切的人群议论纷纷。

位于彼得罗夫斯基大道的世界闻名的帝国饭店门前依旧闪烁着绿色和橘黄色的灯光，饭店里边儿，小饭桌上放着电话，电话旁边摆着一块被利口酒弄脏了的牌子，上面写着：“遵照莫斯科市苏维埃的决议规定，不出售煎蛋卷儿。另有新鲜牡蛎，欢迎品尝。”

在偏僻的修道院，中国式样的小灯笼晃动着发着光，就像死人堆里晃动着的可怜的脑袋瓜儿，这里生长的绿树让人感到窒息，这儿还有一处舞台，台上的灯光明亮到可以刺瞎你的双眼的程度，歌手施拉姆斯和卡尔曼奇科夫正在表演由诗人阿尔多和阿古耶夫谱曲的小调儿，他们唱道：

“哦妈妈，我该怎么办
我没有鸡蛋吃？”

……伴着歌声，歌手载歌载舞，鼓声震天。

剧场的名字是纪念已故的戏剧家乌塞沃罗德·梅耶霍尔德——他，你是知道的，死于 1927 年，他在导演普希金的《鲍里斯·戈杜诺夫》的时候，当时有一场荡秋千的戏，赤裸的波维尔①摔倒在他身上——此刻，剧场内挂出一个多彩的可以移动的电子指示牌，宣布即将上演戏剧家厄恩道尔夫创作的名为“鸡的末日”的作品，由声名卓著的共和国导演库克特尔曼执导。剧院隔壁的水族馆里，广告霓虹灯闪烁着，女人半裸的身体在灯下闪过，由作家莱尼乌特塞夫创作的时事讽刺滑稽剧“小鸡娃儿”正在舞台中央的绿地上演出，赢得观众阵阵喝彩和掌声。在特沃斯卡雅，马戏团的驴子排成一排排走着，它们脑袋两边都挂着灯，灯其实都是忽闪忽闪的海报，上面写着：“罗斯坦德笔下的‘仓克列鸡’在考尔什大剧院又要上演了。”

报童在车水马龙的大街上穿行着高声叫喊着：

“地下洞穴内的可怕发现！波兰摩拳擦掌，准备进行可怕的战争！博西科夫教授可怕的实验！！！”

在以前由尼基廷开办的马戏团里，在满是油污的褐色竞技场里，到处可以闻到新鲜肥料的味道，小丑儿鲍姆脸上化着妆，一脸惨白，他跟另一个脸上显然浮肿的小丑比姆说道：

“我知道你为什么这么悲伤！”

“为什么？”比姆尖声问道。

“你在院子里把鸡蛋给埋了，15区的警察最后把鸡蛋找到了。”

“哈—哈—哈—哈。”马戏团里爆发出一阵儿笑声，这笑声融化了快要冰冻的人的血液，也消解了人们心中的渴望，秋千和蜘蛛网同时在这古老的圆形竞技场里飘动起来。

---

① 波维尔——沙皇贵族阶层的高级成员，地位仅次于王公。

“啊—哈！”两个小丑高声叫喊起来，一匹装束整齐的白马出场了，一个双腿纤细、异常美丽的女郎骑在马上，穿着一身儿猩红色的紧身连衣裤。

※　　　※　　　※

孤独的博西科夫深受鼓舞，没有看任何人，他的眼睛里谁也没有看到，他对站街的妓女向他发出的温柔的邀请也视若无睹，他突然获得了巨大的名声，此刻正沿着莫克霍瓦雅大街朝着马术练习场附近正在燃烧着的街区走去。就在这儿，他被脑子里的各种想法所吸引着，根本就没注意他正要往哪儿去，结果他撞到了一个陌生的，穿着非常老派的男子身上，博西科夫的手指竟然戳到了这名男子皮带上挂着的装手枪用的皮套的木质部分，由于撞到的时候劲儿很大，所以博西科夫感到自己的手指尖儿很疼。

“啊，见鬼儿！”博西科夫尖声叫起来。

“对不起，请原谅。”这个行人回答道，声音听上去并不怎么悦耳，然后，他们就在人群中分开了。教授径直向普利奇斯坦卡走去，并且立刻忘记了这次邂逅。

第七章　法特

莱弗托沃兽医研究院开发出来的鸡疫苗是不是真的很有效不得而知，派往萨马拉地区的检疫特遣分队是不是业务熟练也不得而知，针对卡卢加和沃隆奈支地区的鸡蛋二道贩子的严厉措施是否特别有效尚不得而知，还有，特派员在莫斯科展开的工作是否真的很成功也不得而知。可是，众所周知的是，在博西科夫与阿尔弗雷德·布朗斯基再次相见的两星期后，苏联变得完全空旷起来了，也完全干净起来了，像小鸡一样变得智慧起来了。失去父母双亲的小鸡的鸡毛堆在外省的屋子里，让不少人为之伤心落泪儿，那些喜欢吃鸡的老饕们仍然待在医院里，他们刚刚从非常严重的呕吐和腹泻状态中恢复过来。幸运的是，整个共和国里死的人不超过一千人。国内骚乱的范围也很小。一位预言家出现在沃罗科拉姆斯克，宣布鸡瘟的起因的不是别人，正是人民委员，然而，预言家的言论并没有引起人们多么大的热情。有几个警察在沃罗科拉姆斯克的市场里试图没收几位妇女的小鸡时被人打了一顿，还有人砸碎了当地邮局和电报局的窗户玻璃。幸运的是，沃罗科拉姆斯克当局立即采取了几项措施，并且很快产生了效果，第一，预言家停止发布他的言论，第二，电报局被砸碎了的窗户玻璃很快就换上了新的玻璃。

鸡瘟在蔓延的过程中，在北方到达阿查格尔斯克和斯乌姆琴村的时候就停下来了，因为鸡瘟实在无处可去了——你知道的，在白海地区根本就没有鸡的存在。鸡瘟在乌拉迪沃斯托克也停了下来，因为这座城市再过去就是大海了。在遥远的南方，在奥尔都巴特，杜兹胡尔法，以及卡拉布拉克广阔的炎热地区，鸡瘟的力量渐渐消退，最后不见了踪影，而在西面，鸡瘟奇迹般地正好在波兰和罗马尼亚边界那儿停了下来。在那儿，或者是因为气候有些异样，或者是由于邻国政府采取的检疫隔离措施取得了效果，事实在于，瘟疫没有再进一步蔓延。外国媒体贪婪地抓住这场历史上空前的大瘟疫大做文章，鼓噪喧嚣，而苏维埃政府的共和国只是静悄悄地工作着，一丝一毫的工夫也没耽搁。与鸡瘟进行搏斗的特别委员会被重新命名，又成立了一个新的特别委员会，以刺激和重建家禽业，这个新的特别委员会又加入了一个由十六位同志参加、其中三人进行领导的新的特别行动小组。“家禽——志愿者”工作小组成立，博西科夫和鲍图嘉洛夫被任命为这个工作小组的名誉主席。报纸上他们两人的照片下面的标题写道：“大量购买外国鸡蛋”和“休斯先生[①]想破坏这场鸡蛋运动。”记者科莱克琴在莫斯科的报纸上对其进行了十分刻薄的讽刺，他的报道

---

① 查尔斯 · 埃文 · 休斯，在 1921 年至 1925 年间担任美国的国务卿。

最后这样写道："不要垂涎我们的鸡蛋了，休斯先生——你们有你们自己的！"

最近三个星期博西科夫教授工作量极大，这让他感到筋疲力竭。鸡瘟事件完全打破了他的日常工作习惯，让他背负着双重的工作负荷。他不得不在鸡瘟处理委员会度过整个夜晚，整晚上整晚上开会，没完没了的各种会，有时还得忍受着，与阿尔弗雷德·布朗斯基或者是与那个技师模样的胖男人进行冗长的对话。他与鲍图嘉洛夫教授，私人讲师伊万诺夫和鲍恩哈特一道工作，他不得不把得病的鸡分解做成切片，在显微镜下观察，寻找瘟疫杆状细菌，他甚至一连三个晚上加班，一气呵成执笔写出了一本小册子，题目是："论瘟疫影响下的家禽肝脏的各种变化。"

博西科夫对工作在家禽领域，其实并没有什么特别的热情和兴趣，这是可以理解的。他的整个心灵，完全被另外一些东西所占据——最主要，也是最重要的事情就是——也就是那道红色的光线，而他现在却和鸡的这场大灾难纠缠在一起。他早已透支的身体再次受到扰动，工作也占去了他宝贵的睡眠和吃饭时间，他再也找不出空儿回到普利奇斯坦卡去了，再也没时间睡到研究所实验室里的那张油布沙发上去了，博西科夫现在只能在小型实验室里和他的显微镜度过一个个夜晚。

到了七月末，危险的情况已经有所缓解。重新命名的委员会已经建立起日常的工作秩序，博西科夫又返回到自己中断了的工作中去。显微镜下观察的是新鲜的样本，而实验室里鱼卵和蛙卵以奇迹般的速度成熟起来。专门订购的镜头从科尼格斯堡空运到莫斯科，在七月快要结束的时候，在伊万诺夫的监督指导下，又建造了两间较大的崭新的实验室，那道光线发出时就跟一支香烟那么粗，在实验室里的另一头就可以扩展为将近一米的程度了。博西科夫高兴地搓着自己的手，开始准备非常复杂和神秘的实验。第一步，他有意安排了一些谈话内容，然后接通人民教育委员，与之通电话，话筒那边沙哑的声音给他的回复听起来好听极了，他承诺提供各种帮助。接着，博西科夫就给最高人民委员会家禽饲养部的头儿波多夫·鲍尔琴斯基打电话。波多夫也给予博西科夫热情的支持。因为这件事对于博西科夫教授来说太重要了，涉及订购大量外国商品。波多夫在电话中说他会立即给柏林和纽约拍电报。然后，克里姆林宫也打电话来询问博西科夫的研究工作，一个温柔的同时又很威严的声音问博西科夫是否需要配备一辆小轿车。

“不，谢谢。我喜欢坐街车出行。”博西科夫回答道。

“可是为什么？”那个神秘的声音问道，然后又好像是有意欠他人情似的笑了起来。

大体上来说，所有人跟博西科夫打招呼的时候，要么是带着敬意，说话带着颤音，要么就会用笑声来表达自己的深情厚谊，就好像是对一个年纪非常小，但是却又很重要的小孩子说话一样。

“坐街车快多了。”博西科夫回答道，说完之后，话筒那边那个声音洪亮的男低音回答道：

“很好，如你所愿。”

又过了一个星期，博西科夫完全沉浸到对红色光线的研究工作中去了，与正在逐渐消失的家禽问题离得越来越远了。由于很多个无眠的夜晚和工作到筋疲力尽，他感觉自己的脑袋轻飘飘的，就好像他的脑袋已经变成透明的了，完全没有了重量。现在，红色光线形成的那个红圈圈儿从来就没有离开过他的视线，博西科夫几乎每个晚上都待在研究所里。有一次，他抛弃了自己的动物学研究圣堂，在普利奇斯坦卡的巨大的 CeCILS[①]报告厅里做了关于他发现的光线及其对动物卵细胞的影响的学术报告。对于这位行为古怪的动物学家来说，这是一次巨大的胜利。掌声和欢呼声是如此之大，以至于带有柱廊的报告厅的屋顶都要被掀翻了，穹顶上的灯嘶嘶作响，照在 CeCILS 成员身上穿的黑色晚礼服和女人身上穿的白色衣服上。在舞台上，也就是乐队指挥台旁边，在一张玻璃桌子上，一只灰色的青蛙浑身上下湿湿的，体积有一只猫那么大，正在那儿重重地喘着粗气。此刻舞台上扔的到处都是纸条。包括七封情书，博西科夫后来把它们全都撕了。委员会的主席不得不把博西科夫拖回到舞台中央，用力让他对会场鞠了一躬。博西科夫勉强鞠了一躬，他的双手满是汗水，戴的黑色领结都偏到他左边的耳朵那儿去了，而不是正好位于他的下巴下面。他大口喘着气，这让他眼前模糊一片，他看见人群中上百张黄色的脸和男子胸前的白衬衫，突然，一只黄色的装手枪用的皮套不知在什么地方一闪而过，又立刻消失在白色立柱的后面了。博西科夫模模糊糊地注意到了，随即又很快把它忘记了，但是，当他起身离开报告厅，脚下踩着红地毯顺着楼梯往下走的时候，他突然感到一阵儿不适。门廊前厅上方挂着的明亮的枝形吊灯一瞬间变黑了，博西科夫感到天旋地转，一阵儿恶心……他觉得自己闻到了燃烧

① 科学家生活改善提高中央委员会，于 1921 年成立。

的气味儿，他感觉燥热，黏稠的血液一起向他的脖颈涌上来……教授用颤抖的手紧紧抓住楼梯的扶手。

“你还好吗，弗拉基米尔·伊帕提耶维奇？”从四面八方都传来焦急的声音。

“好的，好的，”博西科夫说道，他又恢复过来了。“我只是工作过于劳累了……是的……请给我倒杯水。”

※　※　※

这是非常炎热的八月里的一天。炎热的天气打搅到了教授的研究工作，所以，百叶窗被放了下来。一张玻璃桌上，散乱地摆放着各种工具和各种镜头，一面反射镜被架在一条可以活动的腿儿上，从里面反射出一束强烈的光来。筋疲力尽的博西科夫斜靠在他的旋转座椅上正在吸烟，浑身一点儿劲儿也没有，他的目光紧紧盯着小型实验室微微张开的门，带着满意的表情，那束红色的光线静静地待在那儿，轻轻地给实验室里已经被污染了的，显得乏味的空气微微加热。

有人敲门。

“谁啊？”博西科夫问道。

门嘎吱一声轻轻地被推开，潘克拉特走了进来。他背着双手，脸色苍白，带着一副极其恭敬的表情，他说道：

“教授先生，有个叫法特的人要见您。”

科学家的脸上露出了笑容。他闭上双眼，说道：

“很有趣。只是我太忙了。”

“他们说他们从克里姆林宫拿到了一份官方文件。”

“法特，还有文件？真是罕见的奇怪组合，”博西科夫说道，又马上补充道：“好，那么，就让我们来看一眼！”

“是，先生。”潘克拉特回答道，随即就在门后轻轻地消失了。

一分钟之后，门再一次嘎吱响了，门前台阶上出现了一个人。博西科夫转动着他的座椅，椅子吱一声发出声响来，博西科夫从眼镜的上方盯着来访者，从头看到脚。博西科夫在生活上不修边幅，来访者并没有引起他的兴趣，但是他还是要关注一下来找他的这个人的最基本和最主要的特征。这个人是极其老派的。如果这个人在 1919 年出现在首都的街道上的人群中，那么他的穿着是非常合适的，到 1924 年，他的这身儿打扮尚能容忍，或者至多在 1924 年刚开始时还能勉强容忍，可是在 1928 年，他看上去就显得十分奇怪了。因为那时候，即便是在无产阶级国家专政条件下最为落后的地方——比如说面包工人——也穿夹克，有一段时间，军装在莫斯科也成了稀罕物儿很难看到，老式的衣服和穿着在 1924 年坚决地告别了首都，而这位来访者却穿着一件双排扣儿的皮夹克，绿色裤子，打着绑腿儿，脚上穿着半长筒靴，他的腰上别着一把非常老式的毛瑟枪，挂在一只有些破旧了的黄色的枪套上。来访者的面相给博西科夫也带来了相同的感受，与来人给其他所有人带来的感受一样，这种感受是极其不舒服的。来访者的小眼睛用一种非常惊讶的目光观察着这个世界，与此同时，目光中透着一种超级自信。他的腿短短的，还是扁平足，有一种不拘形迹的味道。他的脸刮得很干净，泛着青光。博西科夫皱了皱眉。椅子嘎吱作响，博西科夫现在又把眼镜推回到鼻梁上盯着来访者看，说道：

“你带来了文件？在哪儿？”

很显然，来访者看到眼前的一切有些发愣。他从来都不会不知所措，而眼下的他的确有些不知所措。他的小眼睛一眼看去，他感到非常震惊，震惊的主要原因是他看到了那个高达十二层一直延伸到天花板的大书架，上面满满摆着的全是书。然后，当然，就是小型实验室里的各种东西，由于镜头的聚光作用，那束红色的光线闪烁着，就像地狱里的光。还有博西科夫本人，他在黑暗中坐在旋转座椅上，旁边就是由反射镜里发射出的细如针但却很强烈的光束，显得既陌生又威严。来访者向博西科夫看了一眼，目光中依旧透着一种超级自信，但显然对这里的主人有一种深深的敬意。他没有拿出任何文件，而是开口说道：

"我是亚历山大·塞姆约诺维奇·法特！"

"是吗？什么情况？"

"我是国营红光示范农场[①]的经理。"来访者解释道。

"那么？"

"我来见您，同志，是秘密使命。"

"我非常高兴听到关于你的使命的话。简短些，如果可能的话。"

来访者打开他的夹克的口袋儿，拿出一纸命令，命令是印在制作精美的厚纸上的。他把命令递给博西科夫。然后他没有得到主人的邀请就一屁股坐到了旋转座椅上。

"不要推桌子。"博西科夫有些愤恨地说道。

来访者瞄了一眼桌子，有些害怕的样子，因为桌子上摆着一只青蛙标本，青蛙标本的眼睛在黑暗中闪着光，了无生气，却又

---

① 苏维埃国营农场，最先创办于20年代，作为社会主义农业的意识形态的典型示范而出现。

好像是丢弃在遥远的潮湿、阴暗的荒野地里的翡翠色的宝石。这双眼睛里渗出一种冷意来。

博西科夫读完了文件，立刻从他坐的椅子起身冲到电话机旁。几秒钟之内，他就已经语无伦次了，说话的声音很急促，很显然他是被激怒了，他说道：

“请原谅……我无法理解……这怎么可能？我……没有经过我的同意，我的建议……见鬼，谁知道他会做什么？”

这时，陌生人从椅子上起身介入了。

“请原谅，”他开口说道，“我是经理……”

但是博西科夫食指一弯，挥动着手臂让他走开，继续说道：

“原谅我，我无法理解……最后，我要正式提出抗议。我不会同意拿鸡蛋做任何实验……直到我自己做过实验以后……”

话筒里传来的声音显示，有什么东西在敲击着，话筒那边儿的声音有些嘶哑，即便是从遥远的地方听来，也可以听出对方是在屈尊迁就，就好像是在跟一个小孩子说话似的。通话结束了，博西科夫的脸胀成了紫茄子，重重地把话机放下，他冲着墙壁发出雷鸣般的吼声：

“这件事儿跟我再也没有关系了。”

他返回到桌子跟前，拿起那份文件，戴着眼镜从头到尾又看了一遍，又从下到上看了一遍，这之后他突然大吼道：

“潘克拉特！”

潘克拉特立刻出现在门口的台阶上，就好像是从歌剧院里的活动门里钻出来似的。博西科夫瞥了他一眼，再次狂吼道：

“出去，潘克拉特！”

潘克拉特的脸上没有一丝一毫的惊讶，立刻消失了。

接着博西科夫转身对来访者说道：

“如果你，请……我服从。这不是我的事儿。而且，坦率地讲，我不在乎。”

来访者听到教授这样说话，与其说是受到了冒犯，还不如说是大吃一惊。

“请您再说一遍，”他开口说道，“您，同志……”

“你口口声声老说‘同志’是什么意思……”博西科夫闷闷不乐地咕哝道

“好吧，就现在！”法特脸上的表情很坚决。

“我请您原谅……”

“不管怎样，如果你愿意，”博西科夫打断了他的话。“这儿是穹顶灯。取下目镜，你就能获得一束光线，”——博西科夫敲了敲小型实验室的盖子，这个小型实验室就像是一台照相机——“这样你就可以集中使用 1 号物镜了……然后是 2 号物镜，”——博西科夫突然收口，然后重新点亮这束光线，照向石棉质的小型实验室的地面——“你把你想要进行实验的物品放在小型实验室的地板上，然后就可以展开你的实验了。非常简单，是不是？”

博西科夫想要表达出自己内心的轻蔑和讽刺挖苦，可是来访者根本就没有注意到这些，他只是用他那双小眼睛小心翼翼地观察着小型实验室里的一切。

“只是，我要警告你，”博西科夫继续说道，“你千万不能把你的手放在这束光线下面，因为，根据我的观察，这束光线会促进上皮细胞的生长……不幸的是，我还不能确定这些生长出来的细胞是不是恶性的。”

来访者放下他的皮帽子，把自己的手灵巧地藏在背后，然后仔细地看着教授的双手。教授的双手黑黑的，因为上面涂着碘酒，右手在靠近手腕儿的地方缠着绷带。

“那么您呢，教授？”

“你可以买双橡胶手套戴上，在库兹奈特斯基大街的舒瓦布商店里有卖的，”教授有些不耐烦地回答道。“这就不是我的责任了。”

此刻，博西科夫仔细地盯着来访者看起来，就好像是在拿着放大镜看似的。

“你从什么地方来的？不管怎样……为什么是你呢？”

法特最后实在忍不住，冒犯起教授来。

“我请您原谅……”

“毕竟，人不能不清楚他正在做的事儿！你为什么要抓住这束光线不放？”

“因为这事儿关系重大……”

“哦——嚯。关系重大？如果是那样的话……潘克拉特！”

潘克拉特立即就出现了。

“等等，潘克拉特，让我想想。”

潘克拉特很顺从地又消失了。

“这里的事情我无法理解，”博西科夫说道。“为什么要这么匆忙，而且还要保密呢？”

“您已经把我完全弄糊涂了，教授，”法特回答道。“您应该知道的，所有的鸡都快死光了。”

“那又怎么了？”博西科夫高声尖叫。“那么，你是想让它们立刻重生过来吗？你为什么想用这道还没有经过仔细研究过的光线呢？”

“教授同志，”法特回答道，“说实话，您把我弄糊涂了。我只想对您说，我们需要重振家禽饲养业，因为他们在国外乱写一气，朝我们身上泼脏水。就是这样。”

“那就让他们写好了……”

“现在，您看。”法特摇摇头，带有一丝神秘感回答道。

“如果我能问的话，是谁想出这么个主意用这种方法直接把鸡蛋变成小鸡的？”

“是我。”法特回答道。

“嗯——嗯。很好。那么，如果我能问的话，为什么呢？你是怎样发现关于这束光线的特性的呢？”

“我听了您的讲座，教授。”

“我还没有对鸡蛋做过实验！我正准备做！”

“看在上帝的分儿上，它能行的，”法特猛地非常自信地说道，他说这话儿的时候，还显示出自己同教授的亲密。“您发明的光线太著名了，很可能还可以孕育大象，更别提鸡蛋了。”

“你知道……”博西科夫说道，“你不是动物学家，不是吧？那很遗憾。你或许可以成为一名勇敢大胆的实验科学家。是的……只是你要冒险……失败的危险……你正在浪费我的时间……”

“我们会把您的小型实验室还给您的。您什么意思？”

“什么时候？”

“我一孵出第一批小鸡就会还您的。”

“你说得多么自信啊！太好了。潘克拉特！”

“我带着人来的，”法特说道。“还有保卫……”

到了晚上，博西科夫的实验室已经变得孤零零的了，就好像被人遗弃了一样。桌子上空空如也。法特的人已经把三间较大的小型实验室全部带走了，只剩下第一间小型实验室，那间实验室是起初最小的那一间，教授在那里做了他对于红色光线展开研究的第一次实验。

七月的天气，暮色已经降临，研究所上空笼罩着一层夜色，进而夜色渐渐扩展到门廊儿。实验室里传来了单调的脚步声——没有开灯，博西科夫踱着步，穿过研究所里的大房子，走到窗户跟前，又走到门儿跟前……真是一件奇怪的事儿：那天晚上，一种无法解释的忧郁的色彩笼罩着所有在研究所里栖息的动物和住着的人。蟾蜍们发出了一种特别悲伤的哀鸣声，叫声很凶险，就好像是在预先警告着什么似的。潘克拉特不得不在研究所里追踪一条跑出饲养室的草蛇，等到他抓到它的时候，蛇的样子就好像是它什么都不要，它只想赶快离开这里一去而不复返一样。

在深深的暮色中，博西科夫的实验室的门铃儿响了。潘克拉特出现在门前的台阶上。在那儿，他看见了一幅奇怪的景象。科学家独自一人站在实验室的中央，就好像他被遗弃了一样，目光死死地盯着桌子。潘克拉特咳嗽了一声，然后静静地站在那儿一动也不动。

“那儿，潘克拉特。”博西科夫指着桌子说道。

潘克拉特吓坏了。深深的暮色中，看上去教授的双眼被泪水润湿了。这太不正常了，这太吓人了。

“是，先生。”潘克拉特以一种哭腔儿回答道，他想：“我宁愿您对我大吼大叫，或者是其他什么的！”

“那儿。”博西科夫重复说道，他的双唇激烈地颤抖着，就好像一个孩子心爱的玩具不知道什么原因被别人拿走了一样。

“你知道吗，我亲爱的潘克拉特，”博西科夫对着实验室的窗户继续说道。“我的妻子，十五年前离开了我，她加入小歌剧团的时候回来过，而现在，她死了，很显然……这就是生活的故事，我亲爱的潘克拉特……他们给我送来了信……”

蟾蜍发出低沉的悲鸣声，现在暮色把教授整个人儿都包裹起来了。这儿，此刻……是晚上。莫斯科……白色的电灯在外面到处都在点亮……潘克拉特站在那儿，带着恐惧心理关注着教授的一言一行，背着双手，心绪茫然而杂乱……

“继续，潘克拉特，”教授挥了挥手，说话的声音低沉下来。“睡觉去吧，我亲爱的朋友潘克拉特。”

夜幕降临。潘克拉特蹑手蹑脚地跑出了实验室，跑进他的小房间里，从墙角的一堆破衣服里找出一瓶已经打开过的俄罗斯人爱喝的伏特加酒，一口气儿不带停地把它给喝光了。喝完，他又吃了一些咸面包，他的双眼这才有了点儿神儿。

进入到深夜，快要到午夜的时候，潘克拉特光着脚坐在灯光昏暗的门厅前廊里的一张凳子上，双手抓着印花布衬衣下面的胸膛，他和正在执勤的戴圆帽子的男子说着话：

“我宁愿他杀了我，上帝啊……”

“他真哭了？”戴圆帽子的男子好奇地问道。

“以……上帝……的名义。”潘克拉特点点头。

“一位伟大的科学家，”戴圆帽子的男子表示同意。“每个人都明白青蛙不能代替妻子的存在。”

“永远不能。”潘克拉特同意他的判断。

接着他又想了一会儿，补充道：

“我正在想把我那个老娘们儿带到这儿来……让她整天蹲在村子里有什么好的？怕只怕她无法忍受研究所里这些很吓人的东西啊……”

“那还用说，研究所里养的这些动物实在是太恶心了。”戴圆帽子的男子也表示同意。

科学家的实验室里没有传出任何声响。里面也看不到亮光。门下面一点儿印记也没有。

第八章　国营农场事件

真的，要说在斯摩棱斯克省，一年当中再也没有比八月末更美妙的时光了。1928 年的夏天就是这样一段美妙的时光，正如你知道的那样，秋雨如期而至，日照饱满，天气炎热，大丰收……苹果在曾经的谢莱莫泰夫庄园里成熟，森林里到处都是一片绿色，金黄色的方形土地位于它们的中间……在视野开阔的乡村，人们的气色看着都很不错。而亚历山大·塞姆约诺维奇看上去却并不怎么样，和他在城市里的神情一样，显得不怎么好。他的脸被晒成了棕褐色，他穿的印花布开领衫敞着口，显露出胸前长满了又厚又密黑色的胸毛，他穿着一条帆布裤子。他双眼里的目光平静而又和善。

亚历山大·塞姆约诺维奇精神饱满地跑下柱廊，走廊上方的一颗红星之下挂着“红光国营农场”的牌子，牌子正对着三辆轻型卡车，在护卫的守护下，卡车送来了三座黑房子。

他和他的助手们整天忙得团团转，把黑房子安置在以前的冬季花园——谢莱莫泰夫温室的地基上……晚上，一切就绪。玻璃天花板下是磨砂玻璃形成的白色区域，整座房子坐落在砖石地基上，和房子一起到达的机修工已经安装好了闪亮的把手，并且点亮了那束神秘的红色光线，正照着黑房子的石棉地板。

亚历山大·塞姆约诺维奇忙得团团转，亲自爬到梯子上检查架线情况。

第二天，相同模样的轻型卡车从车站返回，卸下三只用很好的光滑的胶合板做成的箱子，每只箱子上都贴着标签，黑底白字：

小心：鸡蛋！

小心：鸡蛋！

（译者注：上面黑体字第一行是德语，第二行是英语。）

“为什么他们送得这么少？”亚历山大·塞姆约诺维奇很疑惑，但是很快他就开始忙活起来了，开始卸下鸡蛋。卸货的工作是在同一间温室里进行的，由亚历山大·塞姆约诺维奇自己，他胖得惊人的妻子曼雅，和女仆杜妮亚一起干，曼雅是谢莱莫泰夫庄园以前的园丁，是个独眼龙，现在在国营农场工作，永久占据着农场管理员的职位，同时也是被迫一直生活在农场里的守卫。这里不是莫斯科，这里的一切都有一种简单、质朴、友好的特质。亚历山大·塞姆约诺维奇一边下着命令，一边深情地看着这些箱子，从温室上层玻璃窗框透过来的落日余晖洒在这些箱子上，它们就像包装得严严实实的珍贵礼物。护卫的来复枪静静地放在门边，护卫本人正在用老虎钳拔掉包装箱上的钉子和金属合页。声音叮叮当当……掉下来不少尘土。亚历山大·塞姆约诺维奇围着这些箱子到处乱转，脚下的凉鞋上下起落忽忽带风。

“请你小心一点，”他对护卫说。“小心。你难道没看到吗——这是鸡蛋！”

“不用担心，”这个乡村里的勇士粗声粗气地说道，继续干着手里的活儿，“等一会儿……”

突突突……继续不断落下灰尘。

鸡蛋原本摆得非常整齐，包装得非常好：木箱子的盖子下面铺着一层层的蜡纸，然后是吸水纸，再然后是一层铺得非常均匀的木刨花儿，然后是锯末儿，最后才是生着白尖尖儿的鸡蛋。

“是外国式包装方法，”亚历山大·塞姆约诺维奇高兴地说道，在锯末儿里挖来挖去，“跟我们包装的方法不一样。小心点儿，曼雅，你会把它们打碎的。”

“你这个傻子，亚历山大·塞姆约诺维奇，”他的妻子回答道。“这是什么，金子？就好像我以前没见过鸡蛋似的！哦！看这些鸡蛋多大！”

“外国的，”亚历山大·塞姆约诺维奇说道，说着他把鸡蛋放在木桌子上。“这可不是我们乡下农民的小鸡蛋……全都是雅鲁藏布江鸡产的蛋，没问题，让恶鬼把它们抓走吧！德国人……”

“你知道的。”护卫表示同意，带着敬仰的目光看着这些鸡蛋。

“我只是搞不懂它们为什么会这么脏，”亚历山大·塞姆约诺维奇陷入了沉思。“曼雅，你来照看！继续卸货，我要去打个电话。”

亚历山大·塞姆约诺维奇穿过院子，到国营农场的办公室去打电话去了。

晚上，动物研究所的实验室里的电话狂响起来。博西科夫教授皱了一下眉头，理了一下他的头发，把话筒拿了起来。

“谁啊？”他问道。

“外省有人打电话找您。”话筒里传来一个女人的声音。

“很好。我在听。”博西科夫对着黑色的话筒厌恶地说道。话筒里面响了一下，然后，一个充满关切的男性声音传入他的耳朵里：

“教授，我们应该把鸡蛋清洗一下吗？”

“这是什么？什么？你在问我什么呀？”博西科夫变得不耐烦起来。“你这是从哪儿打来的呀？”

“从尼科尔斯克约打来，斯摩棱斯克省。”话筒里的声音回答道。

“我听不到你在说什么。我从未听说过尼科尔斯克约。是谁在说话呀？”

“法特。”话筒里的声音变得严厉起来。

“什么法特？哦，是的……是你啊……那么，你刚才在问什么？”

“我们应当清洗鸡蛋吗？我们收到一批国外的鸡蛋……”

“还有呢？”

“它们实在是脏极了……”

“你搞混了……它们怎么会‘脏极了’呢，就像你说的那样？当然，它们当中也可能有一些……动物的粪便沾在它们上……或者是其他原因……”

“那么我们不应该清洗喽？”

“当然不要清洗……你们已经准备把鸡蛋放到小型实验室里

了吗？”

“是的，我正在往里面运。”话筒里的声音回答道。

“嗯。”博西科夫嘟囔道。

“再见。”对方的话筒挂上了，话筒里没音儿了。

“再见。”博西科夫恨恨地对私人讲师伊万诺夫重复道。“普尧特·斯戴帕诺维奇，你觉得这个人怎么样？”

伊万诺夫笑了。

“就是他吗？我能想象的出他会拿这些鸡蛋弄虚作假。”

“F……F……F……”博西科夫开始发怒了。“想象一下，普尧特·斯戴帕诺维奇……非常好……这束光线很可能会像它对阿米巴变形虫的原生质产生的作用一样，对鸡蛋的滋养质产生相同的效果。他能把小鸡孵化出来，这是可能的……但是你不敢，我也不敢说，那会是一种什么样的鸡，它们会是什么样子……也许它们最后什么都不是。也许，它们两天之后就会死去。也许，它们根本就不适合食用！更有甚者，我都不敢担保它们最后能站立起来。也许，它们长出来的骨头会很脆。”博西科夫变得激动起来，挥舞着他的手掌，并且开始用他的手指计算起来。

“对极了。”伊万诺夫表示同意。

“普尧特·斯戴帕诺维奇，你能保证它们会繁殖后代吗？或许这个人正在孵化出不能继续繁殖的新一代小鸡来。他能把鸡养成狗那么大的体积，然后你就能期待新的一代诞生了，一直到第二代产生出来。”

“实在是无法保证啊。”伊万诺夫再次表示同意。

“多么傲慢自大啊！”博西科夫继续梳理着自己的思路。“多么厚颜无耻！注意，并且，他们责令我要对这个无耻之徒做相应的指导，”——博西科夫用手指了指法特带来的命令（命令现在就放在实验室的桌子上）——“我本人对这么重要的事情上都没有发言权，在这样的情况下，我又怎么能够去给一个不学无术的人做指导呢？”

“你就不能拒绝吗？”伊万诺夫问道。

博西科夫的脸都变紫了，他拿起桌上的命令，给伊万诺夫看。伊万诺夫看了以后傻笑了一下，笑声带有讽刺的意味儿。

“正确。”伊万诺夫尖刻地说道。

“还要注意，也就是……到今天为止，我订购的物品已经两个月了，还没有一点儿音信呢。而他呢，就在我焦急地等待的同时，立刻就收到了他要的鸡蛋，更别提别的各式各样的辅助材料了……”

“他不会有任何进展的，弗拉基米尔·伊帕提耶维奇。小型实验室最后还是要回到这儿的。”

“除非这件事儿或早或晚有个结果，否则我的实验是不会得到支持的。”

“是啊，这是最不幸的。我所有的准备工作都已经做完了。”

“你收到增压服了吗？”

“是的，今天早上收到了。”

博西科夫没那么烦躁了，并且精神开始振作了起来。

“啊哈……我认为我们应当按照下面的顺序进行。我们要把实际操作间的门封起来，打开窗户……”

“当然。”伊万诺夫表示同意。

“带上三个头盔？”

“三个。是的。”

“好吧，那么……你，我，还有我们再带上一个学生。给他用第三个头盔。”

“格里恩穆特，也许吧。”

“就是和你一块解剖蝾螈的学生里的那个吗？嗯……他挺不错的。尽管，等一下，今天早上他没能描述出游动着的大棘大眼鲬的囊状器官的结构。”博西科夫恨恨地回想起这一点来。

“不，他很不错……他是个好学生。”伊万诺夫站出来为他辩护。

“我们不得不放弃一个晚上的睡眠，”博西科夫继续说道。“只有，普尧特·斯戴帕诺维奇，请你检查毒气，因为，鬼才知道化学药品志愿服务队送来的那些装备是什么玩意儿。他们也许送给我们的都是些垃圾。”

“不，不，”伊万诺夫挥着他的胳膊，“昨天我已经试验过了，我们不得不信任他们，弗拉基米尔·伊帕提耶维奇，毒气的质量好极了。”

“你是怎么试验的？”

“用普通的蟾蜍。你把毒气喷到它们的身上，它们立刻就死了。哦，我们还应当做另一件事情，弗拉基米尔·伊帕提耶维奇。你应当向 GPU 提出请求，给你配备一支连发左轮手枪。”

“可是我不知道怎样使用它……”

“我来用，”伊万诺夫回答道。“我们在科里阿兹玛的时候用过一次，只是觉着好玩……在那儿，我隔壁住着一个 GPU 的人……真是制作精巧的器具啊。使用起来极其简便……火力棒极了，射程大约有一百码，一枪就可以毙命。我们朝着一些奶牛射击……如果你要问我的话，我会说我们甚至都不需要毒气。”

“嗯……这是个聪明的主意。非常聪明。”博西科夫走到房间的角落里，拿起了话筒，声音有些沙哑，说道：

“帮我接，她的脸长什么样……卢比扬卡……”

※　　　※　　　※

这些日子，天气十分炎热。热量在地面上升腾起来的时候，那飘忽不定、透明的热空气波在肉眼中清晰可见。而夜晚是神奇的，新鲜的，对人充满着诱惑力的。晚上，月光照耀着曾经的谢莱莫泰夫庄园，这幅美景实在难以用言语来形容。国营农场的宫殿沐浴在月光中，就好像是用白糖盖的一样，花园里花影交错，花枝儿颤颤巍巍，池塘在夜色中呈现出两种不同的色调来——一半儿是月光照耀的廊柱在水上留下的倾斜的倒影，另一半儿投入到无边的黑暗中去了。月光如此明亮，以至于人们可以轻松地在月光下阅读《消息报》，除了报纸上的国际象棋那一版，因为那一版是用无与伦比的小字体印刷的。但是，当然了，没有人会在这样的夜晚去读《消息报》……女仆杜妮亚出现在农场后面的小树林里，十分巧合，农场里开卡车的司机，就是留着一嘴红色胡子、开着一辆快要散架了的卡车的那个，他也出现在了这里。他们在那儿干什么没人清楚。地上铺着司机的外套，他们俩儿在一棵榆树的树影下相互拥抱在一起，躺倒在了地上。厨房里点着一盏灯，两个园丁正在吃晚饭，法特夫人穿着一身白色家常服，坐在阳台的廊柱之间，凝视着天上的明月，沉浸在自己的幻想中。

十点钟，位于国营农场后面的康特索乌卡村沉寂下来了，不知谁人吹起了牧笛，悠扬而富有魅力的声音开始在这片田园上空飘荡起来。谢莱莫泰夫庄园以前建造的宫殿廊柱之间和小树林里回响着如此美妙的声音，给人带来一种难以形容的美感。《黑桃皇后》中丽萨柔弱的声音，和充满激情的波琳娜[①]的声音混合在一起形成的二重唱，直冲向明亮的夜空，这古老而熟悉的画面构成了一幅惹人无限怜爱的独立王国，魅力大到足以使你动情落泪儿。

“枯萎了……枯萎了……”牧笛声吹过，声音在空气中抖动着，像是有人在叹息，又好像是在哀婉地诠释着一支咏叹调。

小树林静静地站立着，杜妮亚在倾听，就像森林里的宁芙女神一样可以掌控人的生死，此刻，她把自己的脸颊靠在卡车司机那充满男性精魂，长着一脸红胡子的粗糙的脸颊上。

“这狗娘养的，笛子吹的还真不赖。”司机说，他用自己富有男子气概的手摸着杜妮亚的腰部。

这个吹笛子的人不是别人，正是国营农场的经理亚历山大·塞姆约诺维奇·法特，要评价他的艺术表现，只能说他演奏得确实棒极了。事实上，笛子演奏还曾经是亚历山大·塞姆约诺维奇的职业。1917 年以前，他一直在艺术大师、著名作曲家皮图科霍夫主持的著名乐团演奏，该乐团每天晚上都会在叶卡特琳娜斯拉夫城宽敞舒适的“神奇的梦”大剧场里表演，表演的时候，剧场的前厅都可以听见那悦耳和谐的音乐声。但是，那伟大的 1917 年，

---

① 丽萨和波琳娜的二重唱出现在俄国著名的作曲家柴可夫斯基创作的歌剧《黑桃皇后》中的第二幕。

彻底地改变了许多人的职业，也让亚历山大·塞姆约诺维奇走上了一条新的生活道路。他离开了“神奇的梦”大剧场，也离开了星光闪烁的剧场前厅，转而投入到了战争和革命的海洋的怀抱，用他手中的长笛换取了一支能够致人死命的毛瑟枪。战争和革命的浪潮把他抛上抛下，经历了好长一段时间，有时把他冲刷上岸，他来到克里米亚，莫斯科，土耳其斯坦，甚至来到符拉迪沃斯托克。只有用一场革命才能真正地认识到亚历山大·塞姆约诺维奇这个人的巨大潜力。结果证明他实在是一个伟大的人，他在世界中真正的位置，肯定不在“神奇的梦”大剧场的前厅。不必过分纠缠各种细枝末节，让我们直接去看 1927 年以及 1928 年刚开始的时候，亚历山大·塞姆约诺维奇出现在土耳其斯坦，他是当地一家大报纸的编辑，同时还是当地最高委员会农业部的成员，他在土尔其斯坦地区农业灌溉方面取得的惊人成绩为他获得了巨大的名声。1928 年，法特来到莫斯科，并且获得官方批准，得到级别非常高的修养假期。在最高委员会的某次舞会上，那些老派人物以及外省来的人骄傲地在他们的口袋儿里揣着会员卡，说已经安排了，要给他换个班，任命他担任一个很荣耀的职位，工作很清闲。可是呢，唉！唉！对共和国来说，这是最大的不幸了，亚历山大·塞姆约诺维奇的心停不下来，精力十足，他在莫斯科偶然听到了博西科夫的伟大发明的讲座。亚历山大·塞姆约诺维奇待在特沃斯卡雅一家名为“红色巴黎”的旅馆房间里，脑子里突然灵机一动，产生了要在一个月内重新振兴共和国的家禽饲养业的想法。最高委员会农业部听取了法特的意见，同意了他的方案，于是法特手中就拿着沉甸甸的官方命令去拜访行为古怪的动物学家了。

在平静如镜的池塘，小树林，以及苗圃上空的音乐演奏已经接近尾声，可是，发生了什么事儿，突然中间插了一杠子打断了表演。就是康特索乌卡村里的狗，原本已经睡下了，突然狂吠起来，开始是一只狗在叫，后来逐渐演变成众犬共吠，狗叫声汇成一股洪流，让人听了简直到了无法忍受的地步。狗叫声越来越响，嚎叫声遍布整个乡村，突然，池塘里所有的青蛙也开始狂叫起来，作为对狗叫声的回应，声势之大，好像有一百万只青蛙同时在叫。这种情况如此异常和怪诞，瞬间，这幅美丽的充满美丽的夜景就被破坏无遗了。

亚历山大·塞姆约诺维奇放下手中的笛子，从廊柱后面走了出来。

“曼雅，你听见了吗？那些可恶的狗……你从它们的叫声中听出什么来了吗？”

“我怎么会知道？”曼雅问道，双眼继续凝视着天上的月亮。

“曼雅，你说我们去看一眼鸡蛋怎么样了，好不好？”亚历山大·塞姆约诺维奇建议道。

“上帝啊，亚历山大·塞姆约诺维奇，你和你的鸡、你的鸡蛋都已经完全变成傻瓜了。休息一小会儿吧！”

“不，曼尼切卡，我们走吧。”

温室里的供热装置开着，一片明亮。杜妮亚也来了，她的脸上泛着光，眼睛里面闪着光。亚历山大·塞姆约诺维奇轻轻地打开观察窗口，他们一起向小型实验室的里面看去。表面上很脏的鸡蛋被整齐地摆放在石棉地面上，正沐浴在红色光线之中，小型实验室里静极了。相当于 15000 支蜡烛同时点燃的光线在鸡蛋的上方嘶嘶作响。

“哦，我会孵化出这些小鸡！”亚历山大·塞姆约诺维奇非常激动地说道，他通过观察孔往实验室里的四周仔细看了看，又看了看实验室上方宽宽的通风口儿。“你们看……什么？你们认为我不行吗？”

“你知道吗，亚历山大·塞姆约诺维奇，”杜妮亚笑着说道，“康特索乌卡村里的农民说你是反基督者。他们说你的鸡蛋是魔鬼。说你从机器里把小鸡孵出来是罪恶。他们，他们甚至想杀了你。”

亚历山大·塞姆约诺维奇浑身颤抖着看了看自己的妻子。他的脸都变黄了。

“你们听到了吗？那些家伙！你们拿那些家伙有什么办法？哼！曼尼切卡，我们要召开一次会议……明天我要邀请全地区办公室的官员都来参加会议。我要进行演讲。我们要在这里开展一些工作……这里真是一个落后的地区……”

“无知。”护卫说道，他坐在离温室的门不远的地方，坐在他的大衣上面。

接下来的一天，是值得铭记的一天，各种非常奇怪的事件层出不穷，无法解释。早晨，当第一缕阳光照向小树林的时候，往常迎接太阳的喋喋不休的鸟叫声如今全都听不见了，一片寂静。所有人都注意到了这种异常的静谧。这就好像雷暴天气到来之前，根本就没有雷暴迫近的任何征兆一样。农场里的那段对话现在涂抹上了一层——对亚历山大·塞姆约诺维奇来说——模棱两可的色彩，尤其是康特索乌卡村里的一位颇有些名气的蛊惑人心者，当地的圣人，绰号叫山羊瘟的，宣称显而易见所有的鸟儿成群结队都向北飞走了，离开了谢莱莫泰夫庄园这座人间地狱。这当然是一些无稽之谈。亚历山大·塞姆约诺维奇变得越来越烦躁，一整天都想与格拉切乌卡镇取得联系。他们向他承诺在后面几天里会向这里派两个宣传员过来——一个是向大家宣传、讨论国际形势的，另一个是向大家宣传、解释家禽饲养志愿服务队的工作。

那个夜晚也并不平静，一点儿也不缺少让人感到惊讶的事儿。小树林在早上沉寂下来了，很明显，这是在向世人昭示，树的这种非常可疑和不和谐的寂静会到达一种怎样的程度；到了中午，麻雀在国营农场的院子里销声匿迹了；到了晚上，谢莱莫泰夫庄园的池塘也变得寂静一片了。这种情况实在让人感到惊讶，因为方圆二十五英里之内，所有人都知晓谢莱莫泰夫庄园有名的青蛙叫声。而现在呢，就好像它们全都死光了似的。池塘里什么声音都听不见了，纸莎草静静地竖立着。人们必须承认，这让亚历山大·塞姆约诺维奇变得十分暴躁。人们开始谈论这些让人感到奇怪的各种事件，用一种非常不礼貌的方式——那就是，当着亚历山大·塞姆约诺维奇的面儿什么都不说，在他背后说个不停。

“这事儿真奇怪啊，”亚历山大·塞姆约诺维奇吃晚饭时对自己的妻子说道。“我就是搞不懂是什么力量让这些鸟儿全都飞走了。”

“我怎么会知道？”曼雅回答道。“也许它们飞走，是要离开那道光线。”

“你太傻了，曼雅，”亚历山大·塞姆约诺维奇放下他手中的汤勺说道，“就像那些农民。这跟那道光线有什么关系？”

“我不知道。让我静一会儿。”

深夜，第三件让人惊讶的事儿又发生了——康特索乌卡村里的狗又开始嚎叫起来了，怎么会！凡是月光能够照到的地方，都能够听到它们的呻吟和哀怨声，它们的叫声甚至很愤怒，传遍了整个乡野。

回报亚历山大·塞姆约诺维奇的却是另一件奇事，这回是发生在温室里的多少让人感到喜悦的事。小型实验室里的红色鸡蛋里传出连续的敲击声。“托克……托克……托克……托克……”鸡蛋一个接一个发出这样的声音。

鸡蛋里传出的敲击声对亚历山大·塞姆约诺维奇来说是一个巨大的胜利。小树林和池塘里发生的所有怪事儿立刻全都被忘在脑后。所有人都聚集到了温室里：曼雅，杜妮亚，土地看守人，还有护卫都来了，护卫的来复枪放在了门边。

“听见了吗？现在你们还有什么话说？”亚历山大·塞姆约诺维奇带着胜利的表情问道。所有人都充满好奇地朝着第一间小型实验室看去。

“这是小鸡的嘴正在啄蛋壳儿的声音，”亚历山大·塞姆约诺维奇继续说道，他现在容光焕发。“你不是说我不会孵出小鸡吗？不，我亲爱的，”他说道，此刻，他情绪格外好，用手敲击着护卫的肩膀，“我会孵出小鸡来，让你们目瞪口呆。现在，我们要做的就是让我们的双眼睁得大大的，耐心等待，”他又严肃地补充道。“一旦它们开始孵化，你们要立刻通知我。”

“好吧，”土地看守人，杜妮亚，还有护卫异口同声地回答道。

“托克……托克……托克……托克……”第一间小型实验室里的鸡蛋一个接一个发出这样的声音。真的，亲眼目睹这新生命从薄薄的、泛着光的蛋壳中破壳而出是一件非常有趣的事情，所有的人坐在倒扣过来的曾经装过鸡蛋的箱子上，眼睛一动也不动地瞧着红色的鸡蛋在神秘的光线照射下成熟。他们当晚睡得很晚，一直到墨绿色的深夜完全把谢莱莫泰夫庄园和它周围的一切笼罩起来的时候才去睡觉。当晚是神秘的，或许也可以说是有些可怕的，大概是因为这种绝对的寂静不时地会被康特索乌卡村里的狗的无缘无故的嚎叫声打断的缘故。没有人知道这些该死的狗到底出了什么毛病。

早上，麻烦正等着亚历山大·塞姆约诺维奇呢。护卫感到特别不好意思，手捂着自己的胸口，向上帝发誓说他一晚上都没睡，可是无论如何，他什么也没看见。

“真是神秘，”护卫坚持自己的意见，“法特同志，我不是在这儿抱怨什么。”

“我从心底里感谢你，非常感谢，”亚历山大·塞姆约诺维奇说着反话指责护卫。“同志哥儿，你在想什么呢？你觉得我们为什么会安排你在这里值夜班呢？护卫就是守卫。所以请你告诉我，它们都到哪儿去了？它们孵出来了，还是没有？也就是说，它们都逃走了。也就是说，你敞开大门就走了，你离开了你的工作岗位。我要我的小鸡！”

“我哪儿都没去。什么，你认为我不知道我的工作是什么吗？”这位勇士最后起来为自己辩护。“法特同志，你为什么会指责我什么都没有干呢？”

“那么它们到哪儿去了？”

“我怎么知道？”勇士被激怒了。“难道我是负责追踪它们的人吗？我为什么要在这儿呢？就是要守护着你的小型实验室，不让任何人接近实验室，这就是我要做的工作。小型实验室现在在这儿呢。难道法律规定说我要为你捉住那些鸡。谁知道你准备在那儿孵小鸡，也许你就是骑在自行车上也不一定能捉住它们。”

亚历山大·塞姆约诺维奇吃了一惊，他嘴里嘟囔着什么，最后陷入了一种困惑的状态。这里的情况确实很奇怪。在一号小型实验室里，这是第一间往里面装鸡蛋的实验室，两只鸡蛋被放在红色光线照射的中心，现在它们全都破了。其中一只还滚到一边儿去了。此刻，破碎的蛋壳儿就在石棉地面上，光线正照射着它们。

“鬼才知道，”亚历山大·塞姆约诺维奇小声嘀咕道。“窗户是锁住的，而且它们不可能从屋顶飞走！”

他回头再看，结果看到屋顶上的玻璃框架上有好几个大口子。

“亚历山大·塞姆约诺维奇，你在说什么呀？”杜妮亚非常惊讶地说道。“就好像小鸡准备要飞似的。它们就在这儿，在某个地方……咕……咕……咕……”她开始叫起来，在温室的角落里开始搜寻起来，角落里堆着的全是积满灰尘的栽花的器具，木板儿，以及各种各样的垃圾。可是没有小鸡应声儿。

全体人员在院子里足足找了两小时，可是什么也没有寻见，谁也没有找到活着的小鸡。今天过得很是热闹。护卫得到土地看守人的鼓励，他们得到命令，每隔十五分钟他们就要通过小型实验室的观察口儿往里面看，并且立刻向亚历山大·塞姆约诺维奇报告里面发生了什么事儿。护卫坐在门边儿愁眉不展，两膝之间抱着他的来复枪。亚历山大·塞姆约诺维奇完全迷失了自己，脑袋里一团浆糊，两点钟才吃午饭。午饭之后，他躺在谢莱莫泰夫庄园以前的长软椅上，躲在阴凉里小睡了一觉儿，起来之后喝了几口农场自酿的格瓦斯[①]，他走到温室前面停下脚步，确信到了晚上，一切都会恢复秩序。上了年纪的土地看守人在他的肚子上垫了几片席子，眨巴着眼，盯着第一间小型实验室的观察口儿往里看。护卫保持着警惕，一步也没有离开门。

但是，事情也有新的进展：第三间实验室里的鸡蛋，是最后一个被运进去的，开始发出敲击的噪声，就好像有东西在里面小声哭泣一样。

“哦，它们正在孵化，”亚历山大·塞姆约诺维奇说道。“它们正在孵化呢，现在我能看见。听到了吗？”他对护卫说道。

“是的，太吸引人了。”护卫摇摇头，用一种听上去模棱两可的声调儿回答道。

亚历山大·塞姆约诺维奇在小型实验室的旁边蹲坐了一小会儿，但是他在那儿的时候，什么也没有孵化出来，于是他站起身儿，伸了下腰，然后宣布他不会离开庄园一步，他只是到池塘里去游泳，如果发生了什么，他就会立刻赶来。他跑向宫殿里的卧室，那儿有两张窄窄的弹簧床，上面铺着弄皱了的亚麻布床单，床的旁边是一堆绿色的苹果和小米沤过的霉菌土，都是为将来孵化准备的，农场还为他配备了一条表面很粗糙的毛巾。他沉思了一小会儿，然后取出笛子，想在河水旁吹笛子借以打发他的这段空闲时间。他神采奕奕地跑出宫殿，穿过国营农场的院子，然后径直奔向通往池塘的那条柳树林荫路。法特的脚步很轻快，他手里甩着毛巾，

① 格瓦斯——用黑麦面包发酵制成的一种饮料。

笛子别在他的胳膊下面。柳树枝条外面的世界全都为热量所包裹，他的身体开始疼起来，他更加急切地盼望自己能立刻浸没在水中。他的右边出现了一丛牛蒡属灌木丛，他经过灌木丛的时候朝里面吐了一口。灌木丛里立刻传来一阵儿沙沙声，就好像有人正在里面拖着一根原木在走。亚历山大·塞姆约诺维奇感到他的心脏一阵儿短暂的刺痛，他回过头来往灌木丛里看，看过之后，他简直惊呆了。因为池塘已经有两天时间没有任何声响了。可沙沙声这时又停止了，牛蒡属灌木丛旁边的池塘平静的水面出现了，邀请他光顾这里，洗澡间的灰色屋顶也一起表达着同样的意思。好几只蜻蜓冲到了亚历山大·塞姆约诺维奇的前面。他正准备朝通向水面的铺着厚木板的小路走去的时候，绿地里的沙沙声又出现了，这一次还伴有急促的嘶嘶声，就好像蒸汽和油脱离了蒸汽机的时候发出的声音一样。亚历山大·塞姆约诺维奇竖起耳朵，在厚厚的草丛中仔细瞧着。

“亚历山大·塞姆约诺维奇，”法特的妻子就在这个时候喊出声儿来，她白色的短衫在长满覆盆子的灌木丛中闪了一下，又不见了，然后又出现了。“等我一下，我和你一块儿去游泳。”

他的妻子要急匆匆地赶到池塘那儿去，可亚历山大·塞姆约诺维奇却没有回应，他的注意力全都集中在那片牛蒡属灌木丛上了。一段灰色和橄榄色混合的原木出现在地底上，渐渐映入他的眼帘儿。在亚历山大·塞姆约诺维奇的眼睛里，这段原木的外面就好像覆盖着潮湿的，微微发黄的斑点。原木向后延伸着，有些弯曲，有些变化，然后它就变得比一段弯曲的柳树枝条还要高的……接着，这段原木的主干部分就变成了肌肉扭结在一起，稍微有些瘦小的一段儿，它的长度要比莫斯科的街灯柱还要长些，因为此刻亚历山大·塞姆约诺维奇的脑海里出现的就是莫斯科的街灯柱的形象。只是这个东西的长度大概有三个街灯柱那么长，又由于它的身上全都覆盖着鳞片，显得要比街灯柱漂亮些。亚历山大·塞姆约诺维奇不认识眼前的这个东西，可是他浑身上下打了一个激灵，直到他看到这段丑陋的柱子一样的东西的顶端，他的心脏停止了跳动有好几秒钟。对此刻的亚历山大·塞姆约诺维奇来说，八月炎热的天气好像突然变成了霜冻天气，他两眼一黑，就好像他正在隔着夏天穿的短裤看太阳一样。

原木的顶端露出了一个脑袋。脑袋很尖，也有扁平的地方，橄榄色，还有些圆圆的黄色斑点作为装饰。脑袋顶部有两只小眼睛，睁开着，没有眼皮，里面冷冰冰的，绝对难以置信，这双眼睛闪烁着的光透着对人类的仇恨。这东西的脑袋移动起来很迅速，就好像在空气中啄食着什么，而身体的原木部分在牛蒡属灌木丛里爬行着，只留下一双眼睛在盯着亚历山大·塞姆约诺维奇看。亚历山大·塞姆约诺维奇出了一身黏黏的汗，因为大脑已经麻木不再工作，所以只能挣扎着蹦出一句还能让人理解的话——这双眼睛的颜色竟然是桃色的：

“这是个玩笑吗……”

接着他脑子里想起印度教的托钵僧……是的……是的……在印度……一个编织的篮子和一幅画……还有耍蛇的人。

那个脑袋再次昂首出现，身体也开始显现了。亚历山大·塞姆约诺维奇举起笛子凑在唇边，嘴里发出沙哑的叫声，然后就开始用笛子吹奏起歌剧“尤金·奥涅金”里的华尔兹选段来，他每隔一秒钟就得换口气，因为他现在已经上气不接下气了。而灌木丛中的那双眼睛闪着光，对吹奏的歌剧立刻有了反应，它对歌剧一点儿好感也没有，简直可以说是深恶痛绝。

“你傻了吗？这么热的天还在这儿吹笛子？”曼雅兴冲冲地说道，亚历山大·塞姆约诺维奇感觉自己的眼睛的右上角出现了一个白点儿。

接着，一阵儿足以让人全身的血液凝固的尖叫声穿过了整个农场，尖叫声越来越大，在农场上空升腾着，华尔兹曲段断断续续地演奏着，就好像一个人瘸着腿走路。灌木丛里的那个脑袋突然向前探去，它的双眼不再看亚历山大·塞姆约诺维奇，把他的灵魂留在悔恨的境地。这条蛇，大概有十二英尺长，有一个男人的身体那样粗细，在灌木丛中就像一段弹簧一样跳着行进。它行进时掀起来的土形成一片云雾，华尔兹曲子停了。这条蛇从农场经理身边掠过，直接奔向白色的短衫出现的地方。法特可以非常清楚地看到眼前的一切：曼雅的脸色惨白，一脸土色，她的长发在头上竖了起来，足有一英尺高，就像她的头发是铁丝做的一样。就在法特的眼前，这条蛇一瞬间张开了它的大嘴，显示出它的喉咙里有个像叉子一样的东西，用它的牙一下子就噙住了还在泥土中扑腾的曼雅，然后在地上把她拖了有一英尺。这时候曼雅重复着她撕心裂肺的尖叫声。蛇扭曲着身子，变成了一个十二英尺长的螺丝锥，用它的尾巴卷起一阵旋风，并且开始挤压曼雅。她再也没有出声，法特只能听见她的骨头被压碎了的声音。曼雅的脑袋高高地向上离开了地面，轻轻地贴在蛇的面颊上。血从曼雅的嘴里喷了出来，她的胳膊随着蛇卷曲的身体被拧断了，血喷得到处都是，有些顺着她的手指尖儿往下流。接着这条蛇放松了它的下颚，嘴张得很大，猛地一下就把曼雅的脑袋吞了进去，然后是曼雅的整个身体，就像是人往手指上戴手套一样。蛇朝各个方向喷出去的气是那么热，法特感到它呼出的气都快喷到自己的脸上了，而蛇的尾巴一卷，几乎快把法特从路上甩到带着辛辣味道的尘土里。法特的头发立刻就全部变成灰色的了。先是他脑袋的左边，然后又是右边，他黑色的脑袋变成银白色了。法特恶心得要死，挣扎着让自己重新回到路上，等醒过神儿来什么都看不见了，一个人也不在了，他开始奔跑，他边跑边叫，叫声残忍而凄厉，在周围土地的上空回响着……

第九章　活着的群众

国家政治保安总局在杜吉诺警察局的执行官是舒尔金，他是一个非常勇敢的人。他经过深思熟虑之后对他的同事，长着一头红发的鲍莱蒂斯说道：

“好吧，我们现在就去。嗯？去推摩托车。”他沉默了一会儿，然后对坐在椅子上的那名男子说道：“你还是先把你的笛子放下。”

但是那个不停地摇着头的灰头发男子没有放下手中的笛子，此刻，他坐在 GPU 杜吉诺警察局的椅子上开始放声大哭，于是，舒尔金和鲍莱蒂斯意识到他们不得不把他的笛子抽出来。可是，这名男子的手好像和笛子粘在了一起一样。舒尔金的力气很大，几乎跟马戏团的演员力气一样大，他一根又 ·根掰开对方的手指，直到把所有的手指掰开。最后他们把笛子放到了桌子上。

现在是曼雅死亡之后的第一天的早上，阳光明媚。

“你和我们一块儿去，”舒尔金转身对亚历山大·塞姆约诺维奇说道，“告诉我们发生了什么，以及在哪儿发生的。”但是法特害怕地躲开了他，用双手捂住了自己的脸，就好像这样就可以挡住那非常可怕的景象似的。

“你要展示给我们看。”鲍莱蒂斯严肃地说道。

“不，让他一个人静一静吧。现在的他还没有恢复正常呢。”

“把我送到莫斯科去吧。”亚历山大·塞姆约诺维奇哭诉道。

“你根本不打算回国营农场了吗？”

可是法特又一次用双手捂住了自己的脸，他的眼睛里流露出的神情完全是恐怖至极的表情。

“好吧，”舒尔金决定了。“我能看出来。你现在已经完全是……去莫斯科的快车马上就要开了，你可以坐这趟车去。”

火车站管理员给亚历山大·塞姆约诺维奇倒了一杯水，法特接过杯子，他的牙齿碰在烂了个口儿的杯子上叮当作响，这个时候，舒尔金和鲍莱蒂斯讨论了一下法特的情况……鲍莱蒂斯认为，什么事儿也没发生，法特只是一时神志不清，他经历了一场十分可怕的精神错乱。而舒尔金呢，则倾向于这样的看法，即一条大蟒蛇从格拉切沃卡镇逃了出来，在那儿，有个马戏团正在巡回演出。听到他们两人表示怀疑的低语，法特站起身来。他好像又找回了自己的理智一样，张开自己的手臂，就像圣经里的预言家一样，他说道：

“听我说。听着。你们怎么就不相信我呢？它就在那儿。我的妻子到哪儿去了？”

舒尔金沉默了，他变得严肃起来，立刻给格拉切沃卡镇发去了电报问询。他又命令一个三等警官随时待在亚历山大·塞姆约诺维奇的身边，并且护送他去莫斯科。与此同时，舒尔金和鲍莱蒂斯开始为完成一项使命而做准备。他们只有一支连发左轮手枪，但是一支就足够了，就是很好的保护。这种枪，1927 年款儿，一次可装填五十发弹，法国近身搏斗技术的骄傲，只有一百码的射程却可以覆盖两米直径范围内的一切物体，可以杀死这个范围内的一切生物。而且这种枪可以说是百发百中。舒尔金用枪带捆好这支枪，而鲍莱蒂斯拿着一支常规可装填 25 发弹的微型冲锋枪，带了一些子弹夹，然后他们骑着一辆单引擎的摩托车，在露水遍地、还有些凉意的清晨，向通往国营农场的那条公路驶去。单引擎摩托车以每小时三十英里的速度呼啸着离开了警局，只用了十五分钟就来到了国营农场（而法特却走了整整一晚上，每隔一会儿就在路边的草丛里躲起来惊恐万状地观察动静），太阳已经升起，天气已经开始热了起来，好像用白糖盖成还带有柱廊的宫殿出现在铺满绿地的小山上，从那儿可以俯瞰整条蜿蜒曲折的伯格河。这里死一般的沉寂。就在农场的入口处，两位警官遇到一位推着手推车的农民。他正悠闲地推着自己的车，车上装的都是大麻袋，警官很快就把这个农民甩到了身后。单引擎摩托车风驰电掣，驶过了一座桥，鲍莱蒂斯摁响了喇叭想把人叫出来。可是根本就没有人回答，只有远处康特索乌卡村里几只吓疯了的狗叫了几声。鲍莱蒂斯放慢摩托车的速度，径直开到农场的大门口，还有两只满是铜锈的铜狮子在守着门。浑身上下都是尘土的警官们下了车，他们脚上穿的是长筒橡胶鞋，他们用一条链锁把摩托车拴在大门的栅栏上，然后走进农场的院子里。四下里死一样的沉寂把他们吓坏了。

“嘿，那儿有人吗？”舒尔金大声喊着。

但是没有人回应他的大声喊叫。警官们围着院子走了一个来回，越来越惊讶。鲍莱蒂斯皱起了眉头。舒尔金朝四周张望着，神情更为严肃，眉毛都蹙到一块儿去了。他们从厨房开着的窗户向里面看，也没有看见什么人，可是厨房的地面上四散着破碎的白色的碗、碟儿。

“你知道吗，这儿的确发生了什么事儿。我现在就能看出来。是某种大灾难。”鲍莱蒂斯说道。

“嘿，那儿有人吗？嘿！”舒尔金大声喊道，可是，来自厨房上方拱顶的回声儿是他得到的唯一回应。

“见鬼，谁知道这里发生了什么事！”舒尔金抱怨道。“它不可能一下子就把所有人都吃了吧。或许他们都已经逃走了。我们到房子里看看。”

带有廊柱的宫殿大门敞开着，宫殿本身是空空如也。警官们甚至走上小阁楼，敲开所有的门，可是仍然是徒劳无功。他们再次回到已经被人遗弃的廊柱那里。

“我们去转转，到温室那儿去，”舒尔金下命令道。“我们要对这里的一切展开搜索，然后我们才能打电话汇报情况。”

两位警官走上用砖铺成的小路，经过花坛，向后院儿走去。他们穿过后院儿，立刻看到了窗户闪闪发光的温室。

“等一下，”舒尔金低声说道，从枪套里取出他的手枪。鲍莱蒂斯竖起耳朵，从背上拿下他的微型冲锋枪。温室里传来非常大同时又非常奇怪的声响，温室以外的什么地方也有动静。这种声音听起来就像是蒸汽机发出的嘶嘶声。“吱—吱……吱—吱……嘶—嘶—嘶—嘶—嘶……”温室里的嘶嘶声不绝于耳。

“现在，要小心了。”舒尔金低声说道，警官们为了不弄出重重的脚步声儿，直接走到温室的玻璃跟前，透过玻璃往温室里面瞧着。

鲍莱蒂斯看了一眼，身子立刻往后一缩，他的脸变得煞白。舒尔金的嘴张得大大的，手里拿着连发左轮手枪一动也不动。

整个温室里充满了生机：翻腾着的是一堆虫一样蠕动的东西。数量巨大的蛇匍匐在地板上，它们扭动着巨大的身体盘在一起，嘴里发出嘶嘶声，滑动着，摇摆着自己的头部。破碎了的蛋壳儿到处都是，在它们的身体下面敞着口儿。一束白色的能量巨大的光线由天花板上的电灯发出，给整个温室的内部投射出光线，就像电影院里放电影的那束光一样。三只巨大的像是照相机一样的箱子放在地板上，两只已经被推到一边，倾斜着，黑乎乎的，可是第三只有些小的箱子里正发出一束小的深红色的光来。各种大小不一的蛇趴在铁丝上，或者是攀在温室的架子上，或者在温室上方开着的口子上滑动着。一只浑身长着黑斑点、足有几英尺长的大蟒蛇正吊在电灯上，它的脑袋就像钟摆一样摇来摇去。嘶嘶声中可以听见各种各样的噪声，温室里弥漫着一种奇怪的腐臭气息，就像置身于一处不流动的烂水塘一样。最后，警官们模模糊糊地看见肮脏的角落里摆放着数量众多的白色鸡蛋，还看见一只非常巨大的长着长腿的奇怪的鸟儿在靠近小型实验室的地方一动也不动，在门边还有一具人的灰色的尸体，旁边放着一杆来复枪。

“回来。”舒尔金喊道，他左手将鲍莱蒂斯推开，右手举起连发左轮手枪。他向温室里大概开了九枪，每一次射出子弹都能听见嘶嘶声，每一枪射进去的时候都发出绿光就好像是天上在打雷。噪声变得更大了，整个温室受到巨大的震动，最后却好像被冻住了一样，对舒尔金没有做出任何反应。突然，像爬虫一样的扁平脑袋开始在温室的每个出口闪动起来。震天的响声很快传遍了整个国营农场，在农场建筑物的墙壁间四下产生回响。“砰—砰—砰—砰。”鲍莱蒂斯边往后跑边开枪。一种陌生的四足动物爬行的声音在他身后响起，突然，鲍莱蒂斯发出一声可怕的叫喊然后就被放倒在地上。一种长着八字脚的褐绿色的生物，又尖又大的嘴，尾巴一段一段的，就像一只巨大的蜥蜴，它从温室的角落了爬了过来，它凶猛地咬住鲍莱蒂斯的大腿，把他当即掀翻在地。

“救命啊！”鲍莱蒂斯大声叫喊道，他的左手立刻滑进了这种生物的大嘴里，然后传来的就是嘎巴嘎巴的咬嚼声；他徒劳地试图站起来，右手还想拿起微型冲锋枪，可是没能做到。舒尔金转过身来，被眼前的一幕吓坏了。他开了一枪，但是子弹没有命中，因为他害怕打着自己的同事。他下一枪是朝着温室方向打的，因为数量巨大的橄榄色的蛇突然晃动着身体和脑袋正向他冲过来。他挣扎着用枪打死了那条大蛇，转身在鲍莱蒂斯的周围跳着，试图找到办法能够打死怪物而不伤害到自己的同事，而鲍莱蒂斯此刻在鳄鱼的大嘴里已经快死了。最后，他还是尝试了一下。他手中的连发左轮手枪扣动了两下，发射时发出的绿光照亮了周围的一切，鳄鱼猛地抽搐了一下，伸展了一下自己的身体，然后就一动也不动了，嘴里放开了鲍莱蒂斯。血从鲍莱蒂斯的嘴里和袖口同时向外喷着，他坐在地上，拖着已经断了的左腿，完全靠自己的未受伤害的右胳膊支撑着身体。他双眼无神，眼看就要死去。

“舒尔金……快跑。”鲍莱蒂斯哭着，呻吟着，最后挣扎着说道。

舒尔金朝着温室的方向又开了好几枪，击碎了好几块玻璃。可是，就在这个时候，从他身后的地下室的窗户里爬出一只巨大的，外表橄榄色，身体很灵活的像弹簧一样的物体，滑动着穿过院子，它的身体足有十二英尺那么长，在不到一秒钟的时间里就缠住了舒尔金的大腿。舒尔金被掀翻在地，闪闪发光的连发左轮手枪立刻就被甩掉了。舒尔金高声叫喊着，然后嘴里就噎住了，再也发不出任何声音来了，大蟒蛇把他的身体完全给卷了起来，除了他的脑袋还留在外面。最后，连他的脑袋也被卷进去了，只能看见他的头皮，然后他的脑袋咔嚓一声就碎了。国营农场里再也听不见一声枪响了。现在，嘶嘶声无处不在，淹没了这里的一切。风把来自很远的康特索乌卡村的一声号叫带到国营农场的中心，作为对嘶嘶声的回应，但是，现在要分辨出这声号叫是人发出还是由狗发出的是完全没有可能的了。

第十章 灾难

夜晚，《消息报》编辑办公室里灯火通明，身材魁梧的发行编辑正在一张铅制桌子上校读报纸第二栏“共和国专栏”里的电讯稿的印刷校样。有一长条校样映入他的眼帘，他透过自己的夹鼻眼镜扫了一眼，然后突然放声大笑起来。他挥手把办公室里的校对者，还有拼版编辑叫来，让所有人看这个长条校样。还有些湿的纸上用窄行文字写着：

“斯摩棱斯克省，格拉切沃卡。该地区发现了一种小鸡，体积和力量就跟一匹马那样大。这种小鸡生着资产阶级贵妇人一样的羽毛装饰着它的尾巴。”

排字工人看过之后大笑不止。

“在我那个年代，”发行编辑咯咯咯地笑个不停，“当年我在《俄罗斯世界报》为万亚·西亭工作的时候，我们喝酒一直喝到眼前看见大象。这是真的。现在，他们编辑报纸好像要编到眼前看见鸵鸟一样。”

排字工人大笑。

“是鸵鸟，当然，”拼版编辑说道，“那么，我们应该把这些内容加进去，是吗，伊万·伯尼法梯耶维奇？”

“你傻了吗？”发行编辑回答道。“部长如果让这样的消息通过，我会大吃一惊的。这完全是醉汉编辑的恶作剧。”

“这帮家伙也许正在庆祝什么事情。”排字工人同意发行编辑的判断，于是拼版编辑就把这则关于鸵鸟的消息从铅制桌子上抹去了。

结果，第二天的《消息报》上登载着大量的有趣的材料，就跟往常一样，却根本没有提到格拉切沃卡的鸵鸟。私人讲师伊万诺夫，非常认真地读着《消息报》，在他的办公室里把报纸一合，打着哈欠儿，说道：“没什么有趣儿的内容。”然后他穿上了自己的白大褂儿。过了一会儿，他实验室里的炉子就被点着了，青蛙们开始呱呱地叫起来。而对于博西科夫教授的实验室来说，现在可以说是一片狼藉。潘克拉特十分害怕、神情紧张地站在那儿，手背在身后。

“理解了……是，先生。”他说道。

博西科夫递给他一个用蜡封好的信封，说道：

“你赶快到家禽饲养部，找他们的头儿，就是那个波多夫，直接告诉他，就说他是一头猪。告诉他，这是博西科夫教授亲口这么说的。再把这个信封交给他。”

“真是个不错的跑腿的活儿……”面色苍白的潘克拉特这样想，手里拿着信封消失了。

博西科夫还在生气。

“鬼才知道这是什么，”他哀怨道，他在自己的实验室里走来走去，搓着戴着手套的双手。“这绝对是对我以及对整个动物学研究界空前的嘲笑。这些该受到诅咒的鸡蛋都可以成箱成箱地运到，而如今我却在两个月内得不到必要的供给。就好像美国是那么远！总是一团糟儿，总是毫无章法。”他开始伸出自己的手指头计算：“捕获需要花费……最多十天时间……好吧，十五天……好吧，给你二十天时间，两天时间上飞机，再给一天时间从伦敦飞到柏林。从柏林到这儿需要六个小时……这真是令人难以启齿的暴行！”

他猛地冲向电话机开始给某个地方拨电话。

实验室已经为非常神秘和危险的实验做好了充分的准备。实验室的许多门上都贴着封条，带着流动水龙的潜水头盔，还有许多储气罐发着光，就像水银一样，上面贴着标签儿，写着：“请勿触碰，化学药品志愿服务队。”标签儿上还画着骷髅头和腿骨交叉在一起的图形。

教授至少花了三小时的时间才让自己平静下来，他又开始忙活起来，完成自己各种各样的任务来。这就是他所做的一切。他在研究所里一直忙活到了晚上十一点，对于研究所奶油色墙壁以外的世界正在发生的事儿一无所知。他没有听到那个十分古怪的传言，而现在这传言已经传遍了整个莫斯科，说出现了很多蛇，他也没有看到晚报上登载的那条显得有些奇怪的电报稿，因为私人讲师伊万诺夫此时正在剧院里观看“沙皇费尧多·伊阿诺维奇[①]”，

---

① 由阿里克谢 · 托尔斯泰创作的历史剧。

因此，教授身边没有任何人告诉他这条消息。

博西科夫大概在午夜时分回到了普利奇斯坦卡，在读了几份从伦敦寄来的英国学术期刊《动物学论坛》之后，他就上床睡觉了。他睡着了，午夜过后的莫斯科城也和他一样睡着了，只有位于特沃斯卡雅大街的一幢灰色大楼里的人们还醒着，属于《消息报》的这座大楼现在已经乱成了一锅粥。难以置信的混乱状况现在统治了发行编辑的办公室。他完全疯了，不停地向前又向后疾步走着，双眼红肿，不知道自己该干什么，只是嘴里不停地让所有人都去下地狱。拼版编辑嘴里喷着酒气，跟在他屁股后面说道：

“那又怎么样，伊万·伯尼法梯耶维奇？没什么大不了的。明天早上他们可以登号外。我们不能把报纸从机器里抢出来吧，对吧？”

排字工人们都没有回家，而是一小堆儿一小堆儿地在一起走来走去，他们分成几堆儿，纷纷议论着整晚上不停地发来的各种最新电讯，每隔十五分钟，就会发来最新的同时又比上一条更可怕更离奇的消息来。阿尔弗雷德·布朗斯基戴着尖顶的帽子，在印刷办公室那炫目的桃色灯光下摇摇晃晃，身体颤抖着。那个技师模样的胖男人尖叫着，脚下步履踉跄，一会儿走到这儿，一会儿走到那儿。整个晚上，办公室的门不时地响着，开了又关，关了又开，记者们匆忙地出出进进。印刷办公室里的全部十二部电话整晚上根本就没有停过，电话接线总机繁忙地自动发出各种信号，而新的神秘的电话又不断地打进来，电话接线总机前，接线小姐整晚上都在工作，她们面前的电话信号喇叭一直响个不停……

排字工人们像橡皮膏药一样围着那个技师模样的胖男人身边

转，这位海军上校说道：

“他们不得不派飞机去喷洒毒气了。”

“那是当然，”排字工人们回答道。“看看都发生了什么。”空气中飘荡着可怕的诅咒声，有的人尖声高喊道：

“那个博西科夫就应当枪毙。”

“博西科夫和这件事儿有什么关系啊？”人群中有人回应道。“国营农场的那个狗娘养的——才最应该被枪毙。”

“他们应当在农场安排护卫才对。”有人高声喊道。

“也许那根本就不是鸡蛋。”

旋转的机器让整幢大楼都摇动起来，就好像这座毫无吸引力的灰色建筑物在电光中熊熊燃烧着。

新的一天并没有宣布这座大楼里的活动的结束。恰恰相反，活动还升级了，尽管全楼的电灯都关上了。摩托车鱼贯而入，一辆接一辆，驶进铺着沥青路面的院子里，间或会有一两辆小轿车也开进来。全莫斯科的人都醒来了，用白色的报纸把自己装点起来，就像群鸟飞舞一样。报纸在每个人的手上传递着，到十一点的时候，报贩子就把所有的报纸卖光了，尽管《消息报》在那个月的印量是每天印一百五十万份。博西科夫教授坐着公共汽车离开了普利奇斯坦卡，来到研究所上班。事情的新进展正在那儿等他呢。门廊那儿堆起了整齐的板条箱，箱子外面还用金属条儿小心翼翼地进行了加固，总共有三只这样的板条箱，箱子上还有用德语写成的外国字儿，最上面一行是用粉笔写的俄语：“小心：鸡蛋。”

教授兴高采烈。

“终于结束了！”他高呼道。“潘克拉特，立刻把木箱子打开，小心，不要打坏任何东西。把所有东西都拿到我的实验室里来。”

潘克拉特立刻执行起这道命令，一刻钟内，实验室里就满是四散的刨花儿和纸片儿，实验室里立刻传出了教授愤怒的声音：

“他们在嘲弄我吗？”教授号叫道，他挥舞着拳头，两只手里拿的都是鸡蛋。“这个波多夫简直就是一个肮脏的畜生。我不会被嘲弄的。潘克拉特，这是什么？”

“鸡蛋，先生。”潘克拉特可怜兮兮地回答道。

“鸡蛋，懂吗？鸡蛋，它们最好在地狱里全都烂掉！我要这些鸡蛋做什么用？让那个国营农场的无耻混蛋把它们拿走吧！”

博西科夫冲向放在角落里的电话机，但是他已经没有时间打电话了。

“弗拉基米尔·伊帕提耶维奇！弗拉基米尔·伊帕提耶维奇！”伊万诺夫的声音在研究所的走廊里回荡着。

博西科夫转过身来，潘克拉特将身子闪向一边好给私人讲师让路。伊万诺夫一反他平日的绅士举止，他径直冲进实验室而没有取下他的帽子，他进了房间以后帽子还戴在他的后脑勺儿上呢。他手里拿着一份报纸。

“弗拉基米尔·伊帕提耶维奇，你知道发生了什么吗？”他高声喊道，同时在博西科夫的面前挥舞着那份报纸。报纸上的大字儿标题是：“号外”，而报纸的正中心是一张明亮的彩色照片。

“不知道，只是听说他们做了什么。”博西科夫同样高声喊道作为回答，其实根本就没有听。他还在继续说道：“他们觉得他们可以用鸡蛋来吓我一跳儿。这个波多夫真是一个白痴，快看看！”

伊万诺夫完全惊呆了。他望着眼前打开的木箱子，又看了看报纸，最后，他的眼睛几乎就要从眼眶里蹦出来了。

“这么说，这种事儿真的发生了，”他上气不接下气地咕哝道。“现在我明白了……不，弗拉基米尔·伊帕提耶维奇，快看看这个。”他很快展开手中的报纸，用颤抖的手指给博西科夫指着报纸上的彩色照片。照片里是一条橄榄色的大蛇，身上生着黄色的斑点，正在灌木丛中滑行，就像一条十分难看的消防水龙趴伏在草丛中。照片是从空中向下俯拍的，是一架轻型飞机从空中滑行着在不太稳定的状态下拍摄的。“弗拉基米尔·伊帕提耶维奇，你看这是什么？”

博西科夫把眼镜推到前额，然后又把眼镜推回到鼻梁上。他凝神儿看着照片，十分惊讶地说道：

“怎么了？这是……是的，这是一条水蟒……一种水里游的大蟒……”

伊万诺夫扔掉他脑袋上戴的帽子，重重地一屁股坐到了椅子里，用自己的拳头敲着桌子，每敲一下，嘴里就蹦出一个字儿：

“弗拉基米尔·伊帕提耶维奇，这条大水蟒来自斯摩棱斯克省。这是非常可怕和非常残暴的东西。您能理解吗？那个无耻的混蛋孵化的不是小鸡，而是大蟒蛇，正如您看到的，他们这次繁殖的效果就和上一次繁殖青蛙的效果一样惊人！”

“怎么回事儿？”博西科夫问道，他的脸都变成灰色的了。“普尧特·斯戴帕诺维奇，你在开玩笑吧……怎么会呢？”

伊万诺夫同样被吓得发蒙，过了一会儿，他又重新获得了语言能力，他突然将手指伸向地上打开着的箱子，黄色锯末儿的下面露出了一个个白色的鸡蛋，伊万诺夫说道：

“是了。”

“什——什么？？”博西科夫号叫起来，开始用心思考。伊万诺夫挥舞着攥得紧紧的两只拳头，非常自信地高声喊道：

“那天我们就站在这儿。他们执行您的命令，把那些蛇蛋和鸵鸟蛋装上车运到国营农场去了，是您把那些蛋错当成鸡蛋了。”

“上帝啊……上帝啊……”博西科夫说道，他的脸色由灰变绿，他重重地坐到了旋转座椅上。

潘克拉特站在门边都快晕厥了，脸色苍白，惊得目瞪口呆。伊万诺夫跳将起来，一把抓过报纸，用他那尖尖的手指，指着报纸上的一行文字，在教授的耳边高声喊道：

“哦，他们现在可是有事儿干了！我甚至都无法想象下面会发生什么。弗拉基米尔·伊帕提耶维奇，快看看吧，”他尖叫着，读着他的眼睛里看到的第一行字儿：“蟒蛇正成群地沿着莫岑斯克前进……沿途随意地产下数量众多的蟒蛇蛋。在杜科夫斯基地区已经可以看到这些蛋……已经出现了大量的鳄鱼和鸵鸟。执行特殊任务的部队……警察特遣分队想方设法阻止维雅兹马地区的恐慌状况，他们将当地的森林焚烧，以阻止爬行动物的前进……”

博西科夫听着，他的脸色每一秒钟都在改变，最后，他铁青着脸从椅子上起身站了起来，眼珠一动也不动，拼命地喘着气，嘴里尖叫着：

“水蟒……水蟒……一条水蟒！上帝啊！”不论是伊万诺夫还是潘克拉特从来就没见过教授这个样子。

教授一把扯下他的领结，扯开他的衬衫。他现在的脸色实在可怕极了，是瘫痪病人才有的那种紫色，他身体摇晃着，两眼无神儿，一下子就冲出了屋子。他的尖叫声在研究所的穹顶下回响着。

“水蟒……水蟒……”研究所里到处都是他的尖叫声。

“快追上教授！”伊万诺夫对潘克拉特尖叫道，潘克拉特此刻还没从这可怕的情形中挣脱出来呢。“给他带些水……他可能中风了。”

第十一章 战役与死亡

带着狂热情绪的电灯亮遍了整个莫斯科。所有的电灯都亮着，公寓里到处都是被点亮的灯泡，没有一个死角不被照到。今晚的莫斯科无人能入睡，除了那些最年幼的儿童以外，那时这座城市有四百万人口。公寓里住的人们又吃又喝，把手边儿够得着的食物和酒吃喝一空。公寓里的人们不停地对着什么东西大声喊叫着，一张张扭曲了的脸不时地朝窗户外的地面上看看，然后转头又凝视着被探照灯巨大的灯柱分隔划分开来的天空。白色的巨大光柱不停地照向天空，用晃动着的巨大光柱照亮了整个莫斯科，光柱射去，又消逝，最后直到完全消失。天空不间断地为各种低空飞行的飞机所占据，发出震耳欲聋的响声。特沃斯卡雅—亚姆斯卡雅地区周围的情况尤其可怕。火车每隔十分钟就会在亚历山大罗夫斯基车站停靠，货车经过危险的改造，客车的每节车厢，甚至油槽车，装着已经发疯了的人们。巨大的人群从亚历山大罗夫斯基涌了出来，登上公共汽车，甚至街车的车顶上也都是人，他们相互拥挤，最后就从车上掉了下来。火车站里表示警告的枪声听来撕心裂肺，在疯狂的人群头上呼啸飞过——军队已经出动，试图将沿着从斯摩棱斯克省到莫斯科的铁轨走来的疯狂的人们所制造出的恐怖控制住。火车站里的玻璃窗框在这混乱局势面前显得十分脆弱，一直在发出受到激怒却又无力反抗的哀鸣声，所有的蒸汽机车头都在高声吼叫。所有的街道四散乱扔着已经被撕烂、践踏的各种海报，被人踩在脚下，仍然贴在墙上的相同内容的海报上的人物，从周围的墙上瞪着这一切，海报在发烫的红色反射镜的映射下燃烧了起来。每个人都已经知道海报上他们说的内容，可是没有人看这些海报。官方已经宣布，在莫斯科，一切军法从事。官方还威胁说，那些传播恐慌情绪的人，一定会受到严惩，并且宣布红军的特遣部队已经出发，在前往斯摩棱斯克省的路上了，部队一个接着一个，都配备着毒气。可是，那些宣传海报还是不能制止喧嚣骚动的夜晚。公寓里的人们不停地摔碟子砸碗，还砸花盆，他们转圈圈儿跑，撞各种东西，他们把各种东西捆起来打成各种各样的包裹，或者是把东西装进行李箱，然后又把包裹解开，箱子打开，只是徒劳地希望可以把它们送到卡兰切乌斯卡雅广场去，或者是把它们送到雅罗斯拉乌斯基火车站，要不然就送到尼可拉耶乌斯基火车站。唉，所有通往北方和东方的火车站现在都被步兵团重兵把守着。巨型卡车，一辆接着一辆，摇晃着发出巨大的声响，车上满载着各种箱子和红军士兵，战士站在货物的上面，头上戴着尖尖的钢盔，从车的各个方向都能看到亮闪闪的刺刀直直地向上竖着，他们的车来往行驶着，运送着从苏联人民委员会的财政部国库里提出的金币，车上许多巨大的箱子上都带着这样的标记：“小心。特列季亚科夫艺术博物馆。”这些车呼啸着穿过整个莫斯科。

在很远很远以外的天际可以看见大火的火舌在摇曳摆动着，远处炮兵部队拦截敌人的弹幕射击持续不断，打破了八月闷热夜晚的宁静。

黎明前，数千强壮的骑兵部队就像一条蛇一样向特沃斯卡雅开过来，穿过整个沉睡的莫斯科城，马蹄敲击着石子儿路发出清脆的响声，嘚嘚的马蹄声响席卷了一切，将自己的声音传进大街小巷，强制性地传进各种建筑物的门廊和商店的橱窗里，冲击着玻璃窗框。骑兵尖尖的红色兜帽儿在士兵灰色战衣的上方摇来晃去，他们锋利的长矛尖儿齐刷刷地直指天空。当那些行为颠倒、大呼小叫的人们看到鱼贯而行的骑兵队伍时，他们好像又活过来了一样，立刻又陷入了一种新的疯狂的海洋。人们站在人行道两旁，开始发出饱含希望的欢呼声。

“骑兵万岁！”疯狂的女人们开始大声叫喊起来。

“乌拉！”男人们回应道。

“它们要把我们碾碎了！！碾碎了！”有人号叫道。

“救命啊！”他们在人行道两旁大呼小叫着。

整盒整盒的香烟，银币，还有手表，开始从人行道两旁像雨点儿般撒向行进中的骑兵队伍。有些女人从马路上跳了起来，冒着生命危险和有可能摔断胳膊腿儿的危险，踉踉跄跄地跟着骑兵队伍行进的行列，抓住马镫子，亲吻他们。排长下命令的声音伴随着马蹄踩在石子儿路上的嘚嘚声此起彼伏：

“停下来。”

有人唱起了节奏十分欢快的歌，人们仰头从马头向上看去，盯着那些竖起的红色帽子下面的一张张面孔，脸庞被时亮时灭的广告灯的灯光照亮了。骑兵行进的队伍，时不时地会被人群中被人高举起来的人物阻挡而被迫停下，这些被群众举起来的人的脸上戴着不同寻常的面具，面具下面还有各种管子垂下来，一直垂到他们的肩膀上，他们的背上用带子捆着圆筒形的缸体。巨型储水罐车在骑兵队伍的后面慢慢地爬行着，上面配备有长长的机器套管和水龙带，就跟消防车的模样一样，靠履带行进的重型坦克碾压着莫斯科的石子儿路，上面封得严严实实得，只露出长长的炮管和发射口。这些新冒出来的特种部队，由外面包着灰色装甲的卡车点缀着，卡车上也有相同的水龙头伸出来，旁边画着白色的骷髅头，还有一行文字说明："毒气。化学药品志愿服务队护送。"

"救救我们，伙计！"人们在人行道两旁号叫着。"砸死那些蛇……拯救莫斯科！"

发自善意的诅咒声在队伍中一浪又一浪传过。整条整条的香烟在天色快要发白的夜空中飞来飞去，马上高坐的人对着疯狂的人们露出了自己白白的牙齿。队伍中有人开始用低沉的嗓音唱起了歌，这歌声越传越远，扣动着每个人的心弦：

"……不需要王牌儿 K，也不需要皇后 Q，更不需要杰克 J。
我们一定会击败群蛇，无可置疑，
它们没有任何机会，我们已经做好了一切准备……"[①]

乌拉声震耳欲聋，在人群中此起彼伏，因为人群中有个谣言

---

① 这首歌的曲调和《国际歌》是一样的（从来就没有什么救世主，也不靠神仙皇帝……）。

已经开始传播起来了，说老迈的，同时又十分老练的指挥官，也就是这支庞大的骑兵部队的总司令，十年前辉煌传奇的创造者，正走在队伍的最前头，和其他所有骑兵一样，戴着同样的红色兜帽儿。人群再一次沸腾了，向着骑兵队伍高声叫喊“乌拉……乌拉……”这震天的喊声飞向天空，传向天际……

※　　　※　　　※

研究所里灯光昏暗。现在，消息传递到这里，都变成了一些沉闷的回响，让人感到一头雾水、模糊不清，只是增加了这里与世隔绝的感受罢了。研究所里的人曾经听到过马术训练场附近那口晒得灼热的大钟下面响起过一阵儿密集的枪声：一些抢劫者想抢劫位于沃尔卡洪卡的一幢公寓，他们已经统统被枪决了。大街上看不到什么车在行驶，因为人流都在向火车站涌动。在教授的实验室里，只有一盏孤灯亮着，灯光很昏暗，在实验台上投下一道光影，博西科夫两手抱头静静地坐在那儿。他的周围到处都飘着烟。小型实验室里的光已经熄灭了。这片地域现在很安静，因为青蛙们都已经睡着了。教授此刻没有在工作，可也没有在读书。在他的左侧，就是他的左眼皮底下，放着昨天的一份报纸，新闻电讯一栏里的报道说，斯摩棱斯克省现在是硝烟一片，炮兵部队正一个地区一个地区对莫岑斯克的森林地区展开地毯式攻击，以摧毁那里堆积如山的鳄鱼蛋，那里潮湿的溪谷到处都是鳄鱼蛋。报道还说，靠近维雅兹马的空军中队在对几乎整个地区喷洒毒气之后，已经取得了相当可观的成功，但是，在这些地区造成的人员伤亡也是不计其数，因为当地的老百姓不是以有序的方式疏散到安全区域，而是闻讯之后惊慌失措，他们冒着生命危险，以中小群体的方式四散逃离。报道还说，一支来自高加索的特殊的骑兵分队，在莫岑斯克方向对孵化出的鸵鸟游牧部落取得了一次辉煌的胜利，将它们剁成碎片，并且摧毁了大量堆积的鸵鸟蛋。骑兵分队的损失不大。政府已经宣布，如果爬行动物突破首都周围150英里安全区的话，整个城市的居民都必须全部撤离。公务员和工厂工人务必要保持绝对的冷静。政府将采取最为严厉的措施以防止再次出现斯摩棱斯克省那样的大惨败，由于斯摩棱斯克省的居民在受到成千上万只响尾蛇的突然攻击后大为恐慌，他们大批离去，只知道绝望地撤离，而丢下了他们的炊具和炉子。报纸上还说，莫斯科至少还有足够支持一年的物资供应，由总司令亲自主持召开的苏维埃会议正采取紧急措施，加固公寓设施十分必要，如果红军和空军中队无法阻止爬行动物继续前进的话，那就要做好准备在首都的街道上与爬行动物进行一场战役。

教授根本就没有读这些报道，他只是戴着眼镜看着天空，抽起了烟。现在，研究所里只有两个人在他身边——潘克拉特和女管家玛利亚·斯戴帕诺夫娜，女管家一直在抹眼泪儿，连着三个晚上都没睡好觉，在博西科夫拒绝丢弃他最后一座保留的小型实验室之后，她就一直待在教授的办公室里。现在，玛利亚·斯戴帕诺夫娜蜷缩在办公室黑暗角落里的一张油布布面的床上，静静地思考着，心里焦急万分，可又无事可做，于是盯着茶壶发呆，茶壶放在三脚架上，下面是煤气炉子可以加热，水已经开了，她就等着给教授倒茶了。研究所里静极了，而一切都在无人预料到的情况下发生了。

突然，外面传来了响亮的表达愤恨的尖叫声，这让玛利亚·斯戴帕诺夫娜一下子从床上跳了起来，并且开始高声尖叫。街道上开始亮起了灯，潘克拉特的声音从前厅那里传进来。教授对这些噪声根本就没有在意。他抬起头，自言自语道：“听听他们说的话，他们疯了……那么，现在我该做些什么呢？”说完这些，他就不省人事了。可是，他的昏迷状态很快就受到了干扰。研究所朝着赫尔岑大街方向的大铁门，开始轰隆轰隆地乱响，研究所所有的墙壁都在摇晃。实验室隔壁屋子坚固的窗户玻璃碎了。教授实验室的窗户玻璃飞了起来，摔出了窗框，一块儿灰色的石头从窗子外面扔了进来，打碎了一张玻璃面儿的桌子。青蛙开始乱蹦乱跳，引起了一场可怕的骚动。玛利亚·斯戴帕诺夫娜开始高声尖叫，四处飞奔着。她冲向教授，紧紧抓住教授的手，哭着说道：“快跑，弗拉基米尔·伊帕提耶维奇，快跑。”他从旋转座椅上起身站了起来，习惯性地又把他的食指弯成钩子状，有那么一小会儿，他的双眼又恢复了以前目光炯炯有神的样子，想起了以前，这给了博西科夫极大的鼓舞，他回答道：

“我哪儿都不准备去，”他说道。“这简直就是一派胡言，他们现在乱打一气，就像疯子一样……而且，如果整个莫斯科都疯了，我又能到哪儿去呢？所以，拜托，不要再喊了。我对这些事儿又能做什么呢？潘克拉特！”他朝外面喊道，手按了一下按钮。

他很可能是希望潘克拉特把这所有的混乱状态都结束掉，因为他对此深恶痛绝。可是，潘克拉特再也无法做任何事情了。当研究所的大门被打开的时候，撞门的声音就听不到了，而远处传来清脆的枪声，整个研究所里现在到处都是人，他们跑着，尖叫着，到处可以听见玻璃被砸的声音。玛利亚·斯戴帕诺夫娜拽着博西科夫的衣角儿，想把他拖到什么地方，可是他挣脱了，身上依旧穿着他的白大褂儿，大步向走廊走去。

“怎么了？”他问道。门被撞开了，在走廊里最先出现的是一位军官的背影，在他的军服左袖子上有一颗红星，左臂上还有深红色的V形臂章。他手里拿着连发左轮手枪，正在向门外射击，他边打边退，愤怒的人群还是将大门推开冲了进来。于是他向教授飞奔过来，对博西科夫喊道：

“教授，救救你自己吧，我已经无能为力了。”

玛利亚·斯戴帕诺夫娜的尖叫声回应着这位军官说的话。军官起身，从博西科夫身边跳过，立刻消失在夜色之中，穿过走廊向研究所的另一面跑去了，而博西科夫站在那儿一动也不动，就像一座白色雕像。人们从大门那边冲了进来，号叫着：

“把他揪出来！杀了他……”

“国际流氓！”

“就是他把蛇放出来的！”

许多张扭曲的人的脸，还有破烂的衣服在走廊里出现了，还有人开了枪。棍棒也出现了。博西科夫向后退了一步，关上了通往实验室的门，玛利亚·斯戴帕诺夫娜吓坏了，跪在地板上，博西科夫伸出手来一动不动，就好像被十字架钉住了一样……他不希望这些暴民进到实验室里来，他暴躁地高声喊道：

“完全疯了……你们的行动就像野兽。你们要什么？”他咆哮道：“出去！”他的吼叫是世人皆知的，最后他像过去一样简略地呼喊道：“潘克拉特，把他们从这儿撵出去。”

但是潘克拉特再也不能把任何人撵出去了。他的脑袋被打碎了，他躺在研究所的前厅的地上一动也不动，被人践踏着，最后被撕成了碎片，越来越多的暴民从他的尸体上踏过，丝毫没有注意到屋外警察开枪的声音。

一个小个子男人，腿弯弯的，就像是长着猿猴一样的腿，他穿着一件烂夹克，身上的衬衫破破烂烂，胡乱地遮住自己的胸口，就是这个人，用他手中的棍子给了博西科夫凶狠的一击，教授的脑袋立刻开了花儿。博西科夫的身子歪向了一边，躺倒在地上。他最后说的话是：

“潘克拉特……潘克拉特……”

完全无辜的玛利亚·斯戴帕诺夫娜也被谋杀了，在实验室里，她被暴民撕成了碎片。暴民们在勉强能看见的灯光照射下砸碎了小型实验室，破坏了整个研究所的地域，踩死了慌忙四散逃跑的青蛙，打碎了玻璃实验台和各种反射镜，一小时之后，研究所陷入了一片火海之中，地上散落着尸体，暴民们最后被一队穿着制服，配备着连发左轮手枪的人包围了。消防车的引擎从消防栓里使劲儿吸着水，最后，人们将消防水龙指向房子的所有窗户，而此刻，长长的火舌正在屋子里面肆虐，火焰吞噬了整幢建筑物。

第十二章　霜冻：解围之神

1928年8月19日的晚上，一场毫无预兆的霜冻突然降临，即便是那些上了年纪的老人的记忆里也找不出能够与之相比的严寒天气。霜冻从天而降，足足持续了两天，气温达到冰点以下十八度。陷入狂乱状态的莫斯科城关闭了所有的大门和窗户。也只是到了霜冻来临之后的第三天末尾，人们才意识到是这场霜冻拯救了首都，所有在1928年的那场大灾难中遭了秧的地区，面积多到无法计算的地步，也全部得到了拯救。靠近莫岑斯克的骑兵部队，损失了四分之三以上的分遣队，已经接近崩溃的边缘，而负责喷洒毒气的空军中队同样也失败了，他们在莫斯科的西部，西南部和东部方向划了一个半圆形实施作业，却怎样也无法阻止那些污秽、肮脏的爬行动物向莫斯科的挺进。

它们最后都被这场严寒冻死了。这些让人感到厌恶的游牧部落无法忍受持续两天零下十八度的气温，当八月的最后一周到来的时候，霜冻天气结束了，只留下潮乎乎的一片宁静和死寂，空气中的湿度很大，受到突如其来的霜冻天气的猛烈打击，树都卷了叶，没有人留下来与那些爬行动物作战了。这场大灾难结束了。森林里，旷野中，无边无际的沼泽湿地上仍然散布着五颜六色的蛋，其中一些蛋上面带有一种奇怪的外国印记，法特这时候已经消失得无影无踪，他原先是把这些带有外国印记的蛋当作是污垢的，可是这些蛋现在是无害的了。它们已经死了，作为生命的胚胎，它们的生命已经终结了。

土地将会在相当长的一段时间内使那些尸体和蛋腐败，其中的损失和付出的代价无法计算，也无人宣布损失到底有多大，数量多到无法计算的鳄鱼和蛇的尸体堆积如山，它们受到赫尔岑大街一位天才的眼中发现的神秘光线的召唤获得生命，最后又全部死去，现在，不再是危险了。这种令人厌恶的，柔弱的，适合热带湿地环境的物种在两天之内全都灭亡了，它们的尸体占据了足有三个省的广大地域，腐败着，变质着，散发出可怕的恶臭。

相当长的一段时间里，疾疫流行，爬行动物和死去的人们的尸体引起的各种传染病在广泛传播着，军队作为一支重要的力量束手无策，不再装备毒气，而是配备炸药，用于储存煤油的储液器，以及可以用来浇水的软管，一直做着纯净整个大地的工作。纯净大地的工作一直到 1929 年的春天方告结束，一切都结束了。

时间到了 1929 年的春天，莫斯科又开始欢歌笑舞，散发出光芒来，各种彩灯又开始在城市上空盘旋，摩托化的客车又廾始在莫斯科的道路上飞奔起来，晚上月亮出来的时候，照常挂在救世主基督教堂的金色圆顶之上，就好像有一根绳儿把月亮吊在那里一样。而原先两层的动物学研究所的楼在 1928 年 8 月被烧毁了，现在这个地方，新建起了一座用于进行动物学研究的宫殿，领导人正是私人讲师伊万诺夫，可是博西科夫已经不在那儿了。现在再也没有人看到他那代表自信的弯成钩子状的手指关节了，也没有人能再次听到他用那沙哑的嗓门说话了。很长时间，世界继续谈论着那道神秘的光线，书写着发生在 1928 年的那场大灾难，然而，弗拉基米尔·伊帕提耶维奇·博西科夫的名字渐渐地被掩藏在历史的烟云之中，渐渐退去自己的存在，就像他在四月的晚上发现的那道光线一样消失了。而那道神秘的光线呢，人们想方设法想要再次捕捉到它，却总是无法如愿，尽管那位气质优雅的绅士，现在已经成为教授的普尧特·斯戴帕诺维奇·伊万诺夫，还在不断地尝试再一次找到这束光线。建造的第一间小型实验室已经在博西科夫被害当晚被愤怒的人群毁坏了。尼科尔斯克约国营农场，也就是“红（色）光（线）”农场里的那三间实验室，在空军中队与爬行动物之间进行的第一次战役中被烧毁了，并且已经证明，要修复它们是不可能了。不论伊万诺夫怎么努力，不管这些能够反射光线的各种镜头的组合有多么简单，它再也无法复原了。很显然，这需要某种特殊的天才力量，某种超越人类知识体系的东西，这种东西在这个世界上只有一个人有——那就是已故的弗拉基米尔·伊帕提耶维奇·博西科夫教授本人。

莫斯科，1924 年 10 月

作者小传

米哈伊尔·阿法纳西耶维奇·布尔加科夫于 1891 年出生于基辅，父亲是一位从事神学研究的教授，他是家中的长子。他于 1916 年作为一名医科学生从基辅大学毕业，在俄国内战期间以乡村医生的职务服役，最后搬到高加索，在那里他决定此后将全力投入自己的文学创作事业。他的弟弟也被征募入伍，最后在巴黎行医，而布尔加科夫却一直待在俄国。

他大概是在 1916 年开始文学创作，1924 年完成了自己的第一部重要作品《白卫军》。1925 年，他创作完成了讽刺小说《狗心》，这部小说在前苏联直到 1987 年才得以出版。

《致命的蛋》于 1925 年首次发表在《内德拉》杂志上。布尔加科夫因为公开宣称的反苏维埃观点而招致大量的批评，其作品也受到了严格的审查，以至于他的绝大多数作品一直到他死后很长时间才得以出版。布尔加科夫早期创作的短篇小说《致命的蛋》是他一生当中那些为人所熟知的作品中唯一一部完整出版的作品。

布尔加科夫生前最为著名的是他的戏剧作品，如《图尔宾一家的日子》，这部戏剧是根据小说《白卫军》改编的，有传言说约瑟夫·斯大林特别喜爱这部作品。然而，在上世纪20年代末，苏联批评界对布尔加科夫展开了持续不断的围攻，最终终结了他作为作家的文学创作生涯。

1930年，布尔加科夫所有的戏剧作品遭到禁演，也没有哪一家剧院敢雇佣他。他给苏联政府写信，请求允许他移民国外。斯大林给布尔加科夫打了私人电话，拒绝了他的请求，后来为他在莫斯科艺术大剧院安排了一份工作。布尔加科夫在他生命当中的最后十年里，继续创作剧本，改编舞台剧，写短篇小说，并且完成了他最后一部同时也是他最有名的小说《大师和玛格丽特》的创作。

1938年，就在他患上一种致命的疾病的前一年，布尔加科夫完成了他的杰作《大师和玛格丽特》。布尔加科夫于1940年死于遗传性肾硬化症，死时《大师和玛格丽特》的最后编辑工作尚未完成。1966至1967年间，得益于他的孀妇的执着，这部小说在《莫斯科》杂志上首次以不完全的版本公开发表，直到1973年才正式出版了全本。

今天，布尔加科夫被认为是20世纪俄罗斯最重要的作家之一，也在一定程度上被认为是魔幻现实主义的鼻祖。